벌거벗은 공주님

벌거벗은 공주님

초판 1쇄 | 인쇄 2025년 3월 4일
초판 1쇄 | 발행 2025년 3월 10일

지은이 | 권영임
펴낸이 | 권영임
편   집 | 윤서주, 김형주
디자인 | 사과나무

펴낸곳 | 도서출판 바람꽃
등   록 | 제2023-000004호
주   소 | 서울시 은평구 연서로22길 16-5, 501호(대조동, 명진하이빌)
전   화 | 02-386-6814
팩   스 | 070-7314-6814
이메일 | greendeer@hanmail.net / windflower_books@naver.com
홈페이지 | https://blog.naver.com/windflower_books

ISBN   979-11-90910-19- 4   03810

값 16,000원

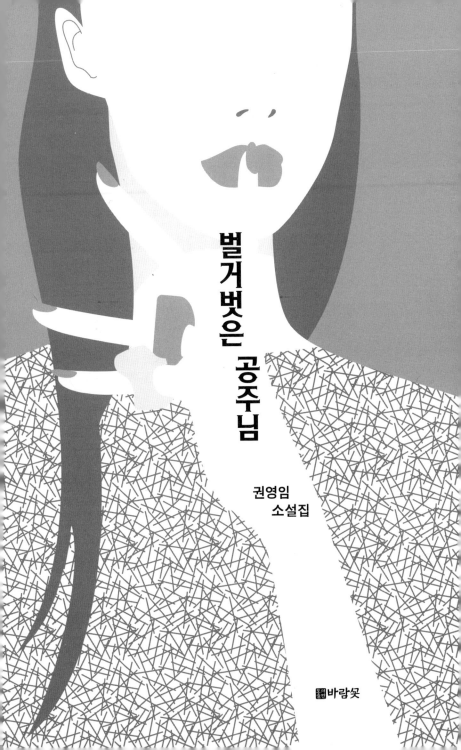

벌거벗은 공주님

권영임
소설집

바람꽃

차
례

목탁

달도 차암, 오살허게 밝다야. 이런 달빛이라문 바느질도 허겄
다. 엄마 목소리가 들리는 듯하여 아랫목으로 시선을 돌린다.
엄마는 두 다리를 구부려 가슴에 대고 모로 누워 있다. 전등을
끄고 창문을 활짝 열어젖힌다. 달빛은 창문 앞에 선 오동나무
그림자를 끌고 방 안까지 와락 쏟아져 들어온다. 엄마를 덮고
있는 그림자는 엄마의 생에서 지워버리고 싶다던 기억을 표시
해 놓은 것 같다.

　지지리도 남편 복 없는 년이 무신 자식 복이라더냐? 잔소리
라도 좋으니 엄마의 다문 입이 열리기를 기원해 본다. 엄마 손
에 쥐여있던 염주도 엄마 손을 떠나 머리맡에 얌전히 놓여 있
다. 적막을 깨트리고 딱딱딱딱딱, 목탁소리 환청이 들린다. 지

금 이 나이에 깨달아야 하는 것, 득도해야만 하는 것이 있다면 그건 과연 무엇일까? 모든 게 너무 늦어버린 판국에 말이다.

돌아가실 무렵의 아버지 모습이 머리를 스친다. 아버지도 두 다리를 바짝 오그려 가슴까지 올리고 누워 계시곤 했다. 그런 아버지를 대할 때마다 이어지던 엄마의 푸념이 새삼스럽다. 아이구매, 다리가 코꺼정 닿겄다. 사람은 말이여, 쪼깨만 더 살다 가셨더라문 얼마나 좋았을까, 허고 자식덜이 눈물 훔칠 때 꺼정만 살아야지, 저러코롬 두 다리가 방아깨비마냥 코에 닿도록 살다 가문 되려 욕먹는 거여. 당신이 아버지처럼 누워 있을 것이라고는 생각조차 하지 않았을 것이다. 잠자듯이 죽어야 헐 턴디, 그래야 늬가 고생을 쪼깨라도 덜 허는디….

옷 사이로 드러난 엄마 다리가 삭정이처럼 앙상하다. 말라비틀어진 대추처럼 까칠한 엄마의 손을 잡아본다. 얼굴에 내 손을 갖다 비벼도 눈조차 뜨지 않는다. 이 염주가 아니었으면 나는 펄시 죽었어야, 늘 가까이하던 염주를 손에 쥐여주어도 마냥 고개를 젓던 엄마가 이윽고 염주 대신 내 손을 잡는다. 엄마 기억은 여섯 살 때의 내 손을 더듬고 있는지도 모른다.

엄마는 그 겨울, 머리에 화로를 뒤집어쓴 것처럼 불덩이가 되어 끙끙 앓았다. 찬 물수건을 머리에 얹고 누워서도 가슴이 탄다고 했다. 나는 마당으로 나가 쌓인 눈 속에 두 손을 집어넣었다. 시린 손을 호호 불며 돌아와 엄마 이마를 식혀드리곤 했다. 숯불처럼 뜨거운 엄마 이마에 손을 얹고 있으면 금세 손바닥이 따뜻해지는 게 퍽 신기했다.

시상에나! 이 고사리 같은 손을 눈 속에 파묻었다가 내 머리에 얹기를 거듭허는디, 어린것이 어떻게 그런 생각을 다 혔을꼬. 한겨울에 잉어를 잡아다가 봉양혔다는 효자가 우리 딸 앞에 서문 눈물을 쏙 뺄 일이지야.

그러면서 엄마는 늘 나를 심청이하고도 바꾸지 않는다고 주변 사람들에게 얘기하곤 했다. 심청이가 되어서라도 엄마를 살리고 싶었는데 나는 심청이가 아니었다. 담당 의사는 더 이상 손쓸 일이 없다고 했다. 집에서 편안하게 보내드리고 싶어 퇴원하자는 내 말을 엄마는 한사코 거부했다.

아무리 에미라고 헌들 눈 딱 감고 죽어불면 한낱 송장인 벱인디, 한밤중에라도 그런 숭헌 일 당해봐라. 너 혼자 무섭타서 안돼야.

엄마는 내가 혼자 큰일을 당할까 봐 퇴원을 거부한 것이었다. 돌아가시는 날까지만이라도 내 손으로 보살피고 싶어 엄마를 퇴원시켰다.

엄마는 하나밖에 없는 사위를 기다리지 않았다. 남편 역시 엄마가 죽음을 눈앞에 두고서야 퇴원한 사실을 알면서도 회사일이 바쁘다는 핑계를 대며 전화만 했다. 병원에 있을 때 잠시 들렀을 뿐이다.

나 죽거든 아뭇소리 말고 화장해 버리고 제사는 지낼 생각도 하지 말거라, 이?

엄마는 퇴원하여 자리에 눕자마자 잊어버리면 큰일이라도 날 것처럼 내 다짐부터 받아두려고 했다. 이내 썩어 없어질 삭신을 저승까지 이고지고 가야 하느냐고 평소에도 매장을 고집하는 사람들을 못마땅해하던 엄마였다. 죽어서라도 놓아버리고 싶었던 게 그리도 많았던 걸까. 엄마는?

아버지가 돌아가실 무렵에도 엄마는 화장 얘기를 자주 입에 올리곤 했다. 그때쯤 이미 반 귀신이 되었을 아버지가 엄마 뜻을 헤아리지 못할 리 없었다.

"선산이 버젓한데, 그게 무슨 섭섭한 소린가?"

"하나뿐인 딸이 장차 고생하고 살 일은 섭섭지 않으요? 그 버젓하다는 선산 벌초는 누가 하고 있는지 알기나 허요?"

벌초는 그때까지 한때 행랑채에서 살았던 인연으로 양 서방이 도맡고 있었다. 그나마 엄마가 따로 넉넉한 사례를 하고 있기 때문에 가능한 일이었다.

"오다가다 잡풀이 무성헌 묘를 보면 사람들이 얼매나 자손들을 욕하는 줄 진정 모르시우? 화장해서 무탈허고, 화장해도 발복은 다 헌답디다."

"끄-응!"

아버지는 입을 다물었다. 당신이 나서서 아무리 애써봐야 자기 머리를 스스로 깎을 수는 없는 노릇이고 더구나 당신이 죽은 뒤에 화장을 하든지 묘를 쓰든지 자기 의지 밖의 일이라는 걸 인정하셨는지도 모른다. 엄마는 아버지의 한숨 섞인 신음을 묵계로 알고 아버지가 세상을 뜨자 화장을 했다. 그러고는 아버지 제사도, 당신 제사도 지내지 말라고 선포했다. 절에 맡길 테니까 제삿날이 되거든 발소리 한 번 들려주면 그걸로 족하다는 얘기였다. 아무리 출가외인이라고 해도 내가 제사 하나 지내지 못할까 봐 그러느냐고 부러 서운한 낯빛을 지었지만 엄마는 그저 고개를 흔들 뿐이었다. 나는 휴대폰을 몇 번이나 꺼내 들었다가 다시 가방에 넣곤 했다. 남편은 여전히 멀었다. 먼 만큼 소용없는 존재였다.

우리 결혼은 시어머니도 친정엄마도 모두 반대했다. 시어머니는 남편이 2대 독자로 손이 귀한 집 자식인 데다 나 역시 그렇다는 이유였고, 친정엄마는 남편의 이혼 경력을 들어 처음부터 펄쩍 뛰다시피 반대했다. 하지만 남편과 내 고집을 두 분 다 꺾지는 못했다.

시쳇말로 호적에 잉크가 마르기도 전에 시어머니는 손자 타령을 해대곤 했다. 죽기 전에 손자를 봐야겠다고 하도 닦달하는 바람에 전화벨 소리만 들려도 숨이 턱턱 막힐 지경이었다. 내 얘기를 전해 들은 친정엄마는 차라리 우물가에서 숭늉을 찾는 게 낫겠다며 언짢은 기색을 감추지 않았다. 모자의 불같은 성격을 그때 알았더라면 지금쯤 뭔가 달라졌을까.

남편과의 잠자리는 순전히 아이를 갖기 위해 치르는 의식에 지나지 않았다. 내키지 않을 때가 많았어도 의식을 게을리할 수는 없는 노릇이었다. 하지만 일 년이 다 가도록 기다리던 아이는 생기지 않았다. 내가 살던 친정집 인근의 절에서나 들려와야 마땅할 도로아미타불이었다. 병원에서는 남편이나 나에게 아무 이상이 없다고 했다.

시어머니는 임신에 특효라는 한약을 지어와 며칠씩 머물렀다. 약 먹는 시간을 조금만 지키지 않아도 정성이 부족하여 애가 들어서지 않는 거라며 나를 타박했다. 대를 잇기 위해 며느리를 들인 것 같은 생각이 들 때마다 모멸감도 커졌다. 냉동실의 얼음을 입에 넣고 씹어도 가슴속의 열기는 식지 않았다. 아마도 내가 여섯 살이던 시절, 엄마의 가슴앓이도 그랬을 것이다. 시어머니는 내 턱 밑에 약사발을 바싹 들이밀기 일쑤였다.

한약이 목구멍을 타고 넘을 때마다 거기 식도 어디쯤에 서 있을 내 생의 초목들이 쓰디쓰게, 그리고 아프게 쓰러져가는 느낌, 그 느낌은 결코 지워지지 않을 것 같다. 한약 먹은 지 몇 달 되지도 않았는데 또 한약 사발을 디밀었다.

"약이 쓴 건 당연한 처사지, 이맛살을 그리 찌푸리고 먹는데 무슨 효험이 나겠느냐?"

시어머니는 약그릇을 내려놓기 무섭게 쏘아붙이더니 찬바람이 일도록 현관문을 닫으며 돌아가 버렸다. 다른 때처럼 며칠 머물 것이라는 내 예상을 깼지만 시어머니의 살벌한 기운은 고스란히 내게 전해졌다.

나는 남편 퇴근시간에 맞추어 외출할 준비를 끝냈다. 그대로 집 안에 갇혀 있다가는 숨이 막힐 것만 같았다. 남편은 내 차림새를 보고도 아무런 말이 없었다.

"어머님, 방금 다녀가셨어요."

이 말 한마디면 남편이 내 기분을 짐작하고도 남을 줄 알았다. 하지만 남편은 미운 꼬마인형처럼 이마를 잔뜩 찡그릴 뿐 반응이 없었다.

"회사에서 무슨 일 있었어요?"

싸움에서 질 준비를 이미 해버린 사람처럼 내가 물었다. 목탁소리의 환청은 그때도 들렸던 것 같다. 그는 이마의 주름을 한곳으로 모으며 고개를 외면했다.

"저녁 준비할 틈이 없었어요. 나가서 삼겹살이라도 구워 먹어요."

"여자가 집에서 밥도 해놓지 않고 뭐 하는 짓이야?"

"어머님이 다녀가셨다고 말했잖아요."

"그게 이유야?"

"…"

"애도 못 낳는 며느리에게 약을 지어다 바치는 시모가 우리 어머니 말고 어디 또 있어?"

말인즉슨 옳았다. 아마도 옳지 않을 리 없을 것이다. 나는 그렇게 생각해서 침묵했다. 그런데 남편은 한술 더 떴다.

"고마운 맘으로 냉큼 받아먹으면 될 일이지. 애만 낳으면 만사가 다 해결될 일이고… 남들 다 낳는 애도 하나 못 낳으면서 시위하는 거야, 뭐야?"

나는 저녁을 지으러 부엌 쪽으로 향하다 돌아섰다. 그리고 정말이지 남편 말마따나 시위를 하고 말았다.

"이제 약은 당신이 먹어요. 이상이 없기는 나나 당신이나 마찬가진데 왜 약을 나 혼자만 복용해요? 나는 먹을 만큼 먹었으니 이제…."

말이 끝나기도 전에 남편의 주먹이 내 얼굴로 날아들었다. 나는 벽에 머리를 부딪치며 널브러졌다. 그는 거듭해서 내 머리를 쥐어박으며 벽 쪽으로 몰아붙였다. 언젠가 티브이에서 봤던 권투시합도 아마 그랬을 것이다. 남자들은 한 시절 권투 선수를 꿈꾸기도 하는 걸까? 구석에 밀려 동그랗게 몸을 말았다. 심하게 얻어맞은 뺨이 욱신거리며 환청이 아닌 어떤 소리가 실제로 들려왔다. 딱딱딱딱딱!

"미안해, 이러려고 한 건 아니었는데…."

남편의 뜨거운 입김이 귓가에 맴돌던 목탁소리를 사라지게 만들었다. 권투 경기가 끝나자마자 승자들이 패자에게 흔히 그러하듯 그가 내 어깨를 감싸 안았다. 나는 그의 손을 밀치며 자리에서 일어났다. 내 기분 따위는 아랑곳하지 않고 그가 가슴으로 손을 뻗었다.

"싫어, 하지 마!"

그가 강제로 앞 단추를 뜯어 내렸다. 손길이 닿는 곳마다 오소소 소름이 돋았고, 급기야 온몸이 마비되는 것 같았다. 그는 완력으로 자기 욕구를 채웠다. 그가 아니라 짐승은 바로 나였다. 나 자신이 그렇게 여겨졌다.

"배고파. 밥 좀 줘."

남편은 속삭이는 목소리로 말을 했지만 내 귀에는 짐승이 으르렁거리는 소리로 들렸다. 나는 그의 말을 뒤로하고 밖으로 나왔다. 갈 곳이라고는 친정밖에 없었다. 하지만 얼결에 달려왔을 뿐 대문을 열고 들어서지는 못했다. 엄마의 방은 내 암담한 심사처럼 깜깜했다. 흐트러진 머리칼에 슬리퍼를 신고 있는 내 몰골도 어둡고 깜깜하기만 했다. 힐끔거리며 쳐다보던 택시 운전사의 눈길이 떠올랐다. 세상천지에 그의 눈길만 환한 듯했다. 대문 앞에 쭈그려 앉아 무릎에 얼굴을 파묻자 귀에 익숙한 소리가 또 들려왔다. 딱, 딱, 딱, 따악… 목탁소리가 회초리인 양 아프게 다가왔다.

어린 시절, 대문 앞에 이렇게 앉아 있던 나 때문에 엄마는 아버지를 떠나지 못했다고 했다. 한 달 넘게 집을 비운 아버지가 집으로 돌아왔을 때였다. 밤을 새워 엄마는 아버지를 향해 싸움을 걸었다. 하지만 아무리 표독스럽게 엄마가 악을 써도 아버지는 아예 대응을 하지 않았다. 그게 바로 아버지 장기라고 할 수 있는 싸움 수였다. 염주는 엄마의 애완용품이었지만 정작 그 덕을 본 건 아버지였을까? 깜박 잠이 들었다 눈을 떴을 때 이미 날은 밝아 있었다. 엄마가 보이지 않았다. 술을 마셨는지 아버지는 고주망태가 되어 코를 골았다. 나는 아무것도 먹지 못해 허기진 배를 안고 대문 앞에 웅크리고 앉아 엄마를 기다렸다. 해가 지도록 엄마는 돌아오지 않았다. 지친 나는 눈물과 콧물 자국이 말라서 뺨이 뻣뻣한 채로 대문 앞에서 잠이 들었다.

결혼하지 않겠다는 엄마를 시집보낸 건 외할머니였다. 외할머니는 당신 살아생전에 엄마를 출가시켜야 마음 놓고 눈을 감는다며 기어코 아버지와의 결혼을 성사시켰다고 했다. 신랑 나이가 열두 살이 더 많았지만 재산만큼은 튼실하다니까 가난한 친정에서 배곯는 것보다는 낫지 않겠냐며 엄마를 윽박질렀던 것이다. 하지만 어찌된 일인지 아버지는 집에 있는 날보다 밖으로 떠도는 날이 많았다. 아버지 역마살은 그렇게 엄마 가슴에 평생 지워지지 않을 짙은 그늘을 드리웠다.

"내가 죽어버렸더라문 너도 안 생겼고, 나 또한 이 고생은 안 했을 텐디… 흐유, 너 하나 시상에 떨쳐 놓을라고 내가 죽지 못 혀서 그렇게 살았는갑다."

어미 없이 남의 집 담벼락에 코 비틀고 앉아 있을 나 때문에 죽지도 도망치지도 못했다는 사실을 엄마는 귀에 못이 박히도 록 내게 일렀다. 그래서 나는 당연히 엄마의 화풀이 대상이 돼 야만 했던 걸까? 엄마의 손찌검이나 매타작은 엄마 눈물에 비 례해서 날로 늘어났다. 엄마는 실컷 분풀이를 하고 난 뒤에야 비로소 내 어깨를 다독이곤 했다. 너라도 있었응게 내가 이때 껏 살았지. 그게 아니문 누굴 믿고 살았겠냐, 이?

처음 한 번 우연히 시작된 남편의 손찌검도 날로 거침이 없 어졌다. 나는 점점 무기력해졌다. 맞서 싸우고 싶은 의욕까지 다 사라지고, 내 몸은 그저 짐승이었다. 그럴 때면 나는 얻어맞 은 애완견들이 다시 주인 곁으로 다가가 그의 손에 코를 비벼 대듯 친정으로 향하곤 했다. 내가 갈 곳은 거기뿐이었다. 엄마 가 나를 손찌검하던 집, 간간히 목탁소리가 매타작처럼 들려오 던 집!

"남의 집 앞에 누구여, 아니?"

나를 본 엄마가 땅바닥에 털썩 주저앉고 말했다.

"미안해, 엄마. 나 또 왔어."

"이번에는 늬가 서방질이라도 한 것이더냐?"

언어터지고도 남을 만큼 내 잘못이 혹시 선행됐던 건 아닌지
엄마는 언제나 먼저 묻곤 했다. 나는 매번 고개를 저었다.

"내 그놈을 당장 요절내고 말 것이여. 앞장서라!"

"그러지 마, 엄마."

"아녀. 늬가 설사 동네북이라고 할망정 이럴 순 없다."

남편은 삼겹살을 구워가며 혼자 소주잔을 기울이고 있었다.
태평스러운 얼굴이었다. 늘 그랬다. 맞은 사람이 발 뻗고 잔다
는 말이 무색할 정도였다.

"서방인지 남방인지 몰라도, 자네 어디 대고 툭 하면 주먹 자
랑을 일삼는가?"

엄마가 주먹을 언급한 때문인지 남편은 멀뚱한 표정으로 자
기 주먹을 폈다 오므렸다 할 뿐 입을 열지 않았다.

"야가 서방질을 허능가? 도둑질을 허등가?"

고기 타는 연기가 매캐했다. 그 때문인지 눈물이 주르륵 흘
러내렸다. 주먹으로 방바닥을 내리친 엄마가 어디선가 종이와
볼펜을 찾아와 남편 앞에 내밀었다.

"여그따가 각서를 쓰소. 다시는 주먹을 놀리지 않겠다고…"

남편은 거기에 뭔가를 적고 서명까지 했다. 엄마가 입으로
도 약속하라고 한 차례 더 남편을 윽박질렀다. 그가 나지막하
게 웅얼거리는 소리를 나는 듣지 못했다. 남편의 주먹이 도대
체 어깨 혹은 가슴, 아니면 머리 어느 부위에서 뻗어 나오는 것

인가 하는 생각에 잠겼던 탓이다.

"나, 간다!"

냉랭한 바람이 일만큼 엄마가 치맛자락을 홱 잡아 여몄다. 나는 무르춤하게 서 있는 남편을 뒤로하고 엄마를 따라나섰다.

"외할머니 산소 가기 전에 큰 방죽 하나 있는 거 너도 알쟈?"

가로등이 깜박거리는 길에 이르자 엄마가 난데없이 방죽 얘기를 꺼냈다. 오리알터라는 이름의 저수지였다. 청둥오리며 가창오리, 쇠오리 등등 하여튼 이름을 다 알 수 없는 숱한 오리가 떼로 몰려들어 알을 낳는 곳이라고 했다.

"죽을라고 맘먹고 내가 오리알터로 안 갔겄냐? 나도 미쳤제. 참말로 죽을 생각이면 양잿물을 마시든가 지등뿌리에 목을 매든가 헐 일이지 뭔 지랄났다고 친정 동네까지 갔는지 모르겄시야. 그날 밤, 참말로 달이 훤언히 떴드라. 오살허게 달도 밝았지야. 바느질꺼정 혀도 되겄더라만… 나는 신발을 얌전히 벗어놓고 치마를 둘러썼는디, 무섭드라. 죽을라고 왔는디 막상 물에 뛰어들라고 허니께 겁나게 무섭더라니께. 근데 말이여, 내 귀에다 바싹대고 외할머니가 부르는 소리가 들리더란 말이여. 야야, 정순아, 정순아! 을매나 반갑던지 치마를 홱 걷어 버리고 뒤를 돌아보았는디 아무도 없는 것이여. 오메, 머리끝이 쭈뼛 서고 금방 뒤에서 누가 나를 잡아댕기는 줄 알았다. 근디 말이다. 그때 딱 딱 딱, 따악, 허고 목탁 두드리는 소리가 안 나겄냐. 그 소리는 아메도 내가 치마를 뒤집어쓸 때도 났을 것이지만 그때는 못 들었어야. 한달음에 느 외갓집꺼정 달렸는디, 내 꼴을 본 외할머니 억장이 무너질 것 같던 소리가 지금도 쟁쟁하다. 이년아, 찬물에만 위아래가 있는 게 아니라 먹고 죽어 나자빠질 양쟀물에도 위아래가 있고, 오리알터에 뛰어드는 순서도 위아래가 엄연헌 벱이여. 늬가 어찌 나를 앞지를 생각을 다 품는 것이냐, 이?"

그리고 엄마는 죽을 생각을 다시는 하지 않았다고 했다. 아버지의 끝없는 방황으로 전답이 거의 다 결딴나고 말았을 무렵, 엄마는 선산마저도 팔아먹을 위인이라며 아버지를 윽박질러 몇 뙈기 남은 땅을 정리하여 고향을 떴다. 동네에 소문이 자자했던 바느질 솜씨 하나 믿고 내린 결정이었다. 서울에 맞춤한 집이 나왔다는 친척의 연락을 받고 가서 보니 집 앞은 제법 큰 규모의 사찰이 위치해 있었다. 붉게 물든 담쟁이넝쿨이 긴 담장을 덮고 있었고 빨갛게 익은 감나무 옆으로는 후박나무 넓은 잎사귀가 시나브로 떨어져 내렸다. 전에 살던 고향 집 정원 같았다. 뒤따라 올라온 복덕방 영감은 엄마가 절 쪽으로 오래도록 시선을 놓고 있자 선수를 쳤다.

"살아보면 아시겠지만 이 집 역시나 절집만큼이나 조용한 곳이라오."

엄마가 다른 집은 둘러보지도 않고 서둘러 계약서에 도장을 찍어준 이유는 아마 절집 같다는 표현 때문이었을지도 모른다. 당신 남편의 역마살을 정화시키고, 당신 역시 조금은 달라지기를 소망하는 윤회의 삶에 귀의하고, 당신 딸인 내 미래까지 빌고 기원하려는….

　몸을 동그랗게 말고 누운 엄마 머리맡의 염주가 눈에 들어온다. 본래는 갈색이었을 염주 알들이 손때가 묻어 까맣다. 까맣기는 해도 윤기가 좌르르 흐른다. 엄마가 돌아가시면 함께 쥐여드려야 하는 첫 번째 물품이기도 하리라. 아버지 사십구재를 마친 날, 엄마의 염주는 더욱 빛났다. 이른 새벽에 목탁소리와 함께 눈이 뜨였는데 처음 내 눈에 들어왔던 게 바로 그 염주였다. 엄마는 단정하게 앉아 염주를 굴리고 있었다. 토끼 눈처럼 까맣게 반짝거리던 염주 알들… 내 인기척을 느낀 엄마가 가만가만 얘기를 시작했다.

　"가만히 생각해봉께 갈라서지 않고 사는 부부한테는 바늘귀만 한 정이라도 있다는 말이 틀리지는 않은갑다. 하루는 느 애비라는 작자가 어디를 떠돌다 왔는지 근 일 년 만에 나타나서는 방앗간에 맡겨 놓은 쌀을 다 내다 팔아먹었지 뭐냐. 그러고는 옷을 척 차려입고 안 나서겄냐. 또 어느 지집 년한테 가려고 나서느냐며 느 아부지 바지 골마리를 틀어쥐고 악을 쓰는 판인디, 외할머니가 내 뒤에 와서 야야, 정순아, 하고 부르더라."

엄마 신세보다 사위한테 얹혀사는 외할머니 처지가 더 가여워서 엄마는 두 다리를 죽 펴고 앉아 통곡을 했다고 한다. 외할머니는 가만히 방으로 들어가서 어지러워진 방을 치웠다는 것이다. 아버지는 금방 나가더니 외할머니가 좋아하는 홍어 한 마리를 사고 옷감 한 벌을 떠 오더니 출타를 하지 않고 그 겨울은 집에서 보냈다고 한다. 외할머니가 그때 엄마 손에 쥐여 준 게 바로 염주였다.

야야, 정순아, 속상하고 안 좋은 맴이 들거들랑 이거 한번 굴려봐라. 세상사가 이 염주맹키로 술술 넘어갈 때도 있을 것이다. 그러다 보면 애가 들어설랑가도 모를 일이고….

외할머니 예언대로 엄마가 나를 낳은 뒤 아버지는 한동안 방랑벽을 접었다. 하지만 엄마는 가문을 이어야 한다는 집안의 바람까지 이루어주지는 못했다. 더 이상 아이를 낳지 못했던 것이나. 엄마는 당신이 아들 못 낳은 죄가 있으니까 씨받이 시앗이라도 들인다면 받아들이겠다고 선포하기까지 했다고 한다. 그러면서도 아버지 역마살에 대해서는 끝끝내 양보하지 않고 큰소리를 쳤다. 도대체, 하늘을 봐야 별을 따든지 말든지 헐게 아녀…?

서울로 이사하기 직전, 엄마는 정말이지 당신이 공표했던 선포가 결코 거짓이 아님을 증명해 보이기도 했다. 아버지와 정분이 났다고 소문이 자자한 옆 동네 과부를 일부러 찾아갔던 것이다. 그리고 태연스레 말했다고 한다. 우리덜은 인자 서울로 이사 가요. 불광동 거그 무신무신 절이라면 모를 사람이 없답디다. 그리로 찾아오문 되니께 아무 때든 놀러 오소, 이?

나는 엄마 배 속에서 나오긴 했어도 엄마 배포를 물려받지 못했다. 우리 결혼은 엄마가 그렇게도 반대했다. 남편은 거래처 직원이었다. 업무처리를 위해 퇴근시간 이후에도 가끔 만나던 남자였다. 부인과 이혼하여 집에 돌아가면 혼자서 밥을 먹어야 한다며 함께 저녁을 먹자는 그의 제안을 받아들이면서 데이트가 시작됐다. 결혼하고 삼 년 만에 이혼을 했다는 것이다. 전처가 고스톱에 미쳐 헤어졌는데 호적도 깨끗이 정리되고, 아이도 없다는 것을 증명하고 싶다며 호적등본을 불쑥 내밀었다. 그러면서 내게 어떤 남자를 원하느냐고 물었다. 나는 평소에 엄마가 하던 말을 그에게 들려주었다. 사나라고 집에서 못질 한 번을 제대로 할 줄 아나, 여편네가 무거운 걸 들고 오면 한번 받아주기를 하나, 손님이 오면 닭 모가지를 비틀 줄을 아나. 지집년한테 돈을 앵겨주기를 하나, 느 아부지라는 작자는 그런 위인이여….

그가 내 얘기를 듣더니 큰 소리로 웃어 젖혔다. 그러고는 자신의 아버지에 대해 언급했다. 아버지가 살아생전에 어머니를 자주 때려서 자신은 여자에게 절대로 손대지 않을 다짐을 오래전부터 해왔으며 다른 건 몰라도 여자에게만은 잘할 자신이 있다고 가슴을 내밀기까지 했다. 심지어 아버지 행패를 문 뒤에 숨어서 고스란히 지켜보아야 했던 그 시절의 자신이 지금도 밉다며 눈물을 글썽였다. 내가 그와 결혼하기로 마음을 굳힌 결정적인 이유는 순전히 그날 보았던 그 눈물 몇 방울 때문이었다.

남편의 폭력 성향은 유전일까? 그래서 그토록 혐오해 마지않았던 일들이 DNA 어딘가에 꼭꼭 숨겨져 있다 때가 되면 마치 야행성 짐승의 이빨처럼 드러나는 것일까? 그게 후천적 학습에 기인한 행동이라고 설명하는 걸 들은 적이 있기는 하다. 호된 시집살이를 한 며느리가 시어미 노릇을 독하게 한다는 속담도 그래서 생겨났을 것이다. 그렇다면 어릴 때부터 엄마에게 적잖이 맞고 자랐던 나에게도 매타작 대상으로서의 후천적 학습이라는 게 있는 걸까? 그리고 나아가 그게 내 고유한 유전자일 수도 있을까?

아버지 병시중으로 심신이 지쳐 있는 엄마에게 내가 사는 모습을 보여줄 수는 없었다. 엄마 보란 듯이 살고 싶었다. 잦은 손찌검을 제외하면 남편은 분명 아버지보다 나았다. 그런 장점들을 애써 찾아가며 위안을 삼고자 했다. 태기는 그 무렵에 있었다. 시어머니는 하루에도 몇 번씩 전화를 해서 먹고 싶은 것을 물어왔지만 나는 전혀 행복하지 않았다. 남편은 구타 후 언제나 내 몸을 요구했다. 아이는 뒤틀린 욕정으로 생겨났던 걸까? 그래서였을까? 그 아이는 삼 개월을 채 넘기지 못하고 유산되고 말았다.

남편은 갈수록 자기 아버지를 닮아갔다. 패악을 일삼던 아버지를 증오했던 게 아니라 사실은 반면교사로 추종하고 있는지도 몰랐다. 나는 한 번도 만난 적이 없는 시아버지가 마냥 두려웠다. 어딘가에서 아직까지도 남편을 조종하고 있는 듯했다. 내가 파출소 문을 두드렸던 건 끝을 알 수 없는 두려움 때문이었다.

"이해는 합니다만, 이런 일은 저희가 관여할 일이 아닙니다. 일개 가정사의 범주에 속하는 일이라서 말입니다. 저희가 폭행 현장을 목격하는 경우라면 몰라도…."

경찰들은 내가 피멍 든 부위를 내보여도 그렇게 난색을 표했다. 파출소가 핑계를 대는 그 일개 가정사라는 게 무슨 난공불락의 성이라도 되는 것처럼 여겨졌다. 그 뒤로 파출소를 내 발로 다시는 찾아가지 않았다.

파출소를 나와 다시금 터벅터벅 찾아간 곳은 친정이었다. 기껏해야 내가 기어들어갈 만한 데가 친정뿐이라는 사실을 떠올리면 서럽기까지 했다. 내 인생이 처량한 게 마치 갈 곳이 친정밖에 없는 것이기라도 한 것처럼.

"야야, 옷이라도 좀 벗고 자거라."

"몸살 기운이 있는지 으슬으슬 춥네요."

불을 끄고 누웠지만 잠은 오지 않았다. 잠이 올 리 없었다. 목탁소리가 또 들려왔다. 현실인지 환청인지 모를 아득하고 먼 소리였다.

"조 서방은 요즘 어쩌냐?"

"늘 그렇지 뭐."

"늘 그렇다는 게 머여? 머가 늘 그렇다는겨? 너 어디, 일어나 보그라. 어서!"

얼떨결에 일어나 앉았다. 엄마가 내 팔을 걷어 올려 보기도 하고 낯짝을 돌려 살피기도 했다.

"시상에, 살 맞은 짐승처럼 되어가꼬 명색이 친정이라고 찾아들었는디 그것도 눈치를 못 채는 내가 늬 에미 마중가 모리겄다. 저번에도 고뿔이라고 혀서 그런 줄만 알았지, 이 지경인 줄은 참말 몰랐네. 진정 몰랐어야."

엄마의 한숨소리가 깊었다. 아버지를 바라보며 내쉬던 한숨보다 깊었으면 깊었지 결코 작지 않은 소리였다. 땅이 꺼지게 내뱉은 한숨 끝에 엄마가 마치 넋두리라도 하듯 들려준 얘기는 내 한숨도 그렇게 깊게 만들고 말았다.

남편이 나보다 앞선 전처와 살면서 저질렀다는 폭행 얘기였다. 비명이 밖으로 새나가지 않게 수도꼭지까지 틀어놓고 혁대를 풀어… 그건 이웃집 노인이 들려준 사실이라고 했다. 그러면서 댁네 딸은 어떠냐고 물어오는데 가슴이 철렁 내려앉더라는 것이다. 사람은 열 번 바뀌는 것이라고, 그 여자하고는 합이 들지 않아서 그럴 수도 있었겠지만 내 딸하고는 잘 살고 있으니 걱정 말라는 말을 하는데 다리가 후들거려 집으로 어떻게 돌아왔는지 모른다고 덧붙였다.

"밤중에 미안허게 되얐소이. 지금 아들네 집으로 쪼께 오셔야 허겄소이."

엄마는 내 만류에도 불구하고 기어코 시어머니에게 전화를 했다. 그리고 또 나를 앞장세웠다. 방으로 들어서자 드르렁거리며 코 고는 소리가 엄마와 나를 먼저 맞았다. 거실 바닥에 속옷 하나만 걸치고 대 자로 누워 곤한 잠에 떨어진 남편은 사람이 들어서는 소리도 듣지 못했다. 엄마 입술이 파르르 떨렸다.

"사람을 개 패듯 패고도 잠이 오능가?"

호통과 함께 엄마가 거칠게 흔들어대자 남편이 일어났다. 그는 이유를 알 수 없다는 듯 뚱한 표정을 지었다. 시어머니도 때를 맞춰 도착했다.

"금쪽같은 내 딸을 당신 집으로 보낼 때는 허구헌 날 주먹질이나 받으라고 보낸 줄 아시요이? 눈이 있으면 좀 보씨요. 야 몸뚱아리가 어떤지 좀 보시랑게요?"

엄마는 사레가 들릴 만큼 악을 써대며 내 옷을 마구잡이로 들어올렸다. 민망한 생각에 엄마 손을 뿌리치고 일어나 이가 시릴 만큼 차가운 보리차를 따라 내밀었는데 엄마는 그걸 단숨에 들이켰다.

"콩나물국을 못 끓인다고 이렇게 팼는가? 자네, 우리 집에 처음 인사 왔을 때 내가 그랬제? 야는 음식도 못하고 살림하는 데는 부족한 게 많은 아이라고… 그때 자네가 뭐라고 그랬나, 도와가면서 산다고 자네 입으로 다짐허지 않았는가? 헌데 지금와서 콩나물국 싱겁다고, 된장국 짜다고 주먹을 뺏기로 허면 다음번엔 김치찌개 못 끓인다고 지게 작대기를 휘둘를랑가?"

"그게 아닙니다."

남편이 기어들어가는 목소리를 냈다. 내 기억이 틀림없다면 그는 매번 자신의 행동에 대해 후회하곤 했다. 그게 구타 뒤의 섹스를 위한 한낱 양념 같은 것에 지나지 않는 것인지 어떤지는 내가 알 수 없지만.

"아니면 긴 건 머시당가? 야가 쌀이라도 한 종지 친정으로 빼돌릴라고 허등가, 이? 말이라도 속 씨언허게 혀보소. 어디서 배운 짓거리인가는 몰라도, 왜 걸핏하문 주먹질인지 어디 한번 말을 히보라고, 말을!"

엄마는 금방이라도 남편의 턱주가리에 종주먹을 들이밀 태세로 다그쳤다. 시어머니가 불난 집에 부채질을 한 건 그때였다.

"사부인, 막말로 야가 지금 맞아서 허리가 부러졌습니까, 다리 병신이 되었습니까. 부부싸움 좀 했다고 이 밤중에 사람을 오라 가라 하면 이 세상 천지에 조용할 집구석이 하나라도 남아 있겠어요?"

"한 대 맞을 수도 있소이? 야 몸뚱이를 보고도 시방 그 말이 입 밖으로 나오요?"

엄마가 기어코 남편의 따귀를 후려치고 말았다. 얼떨결에 당한 남편은 주먹을 꽉 쥐고 부르르 떨었다. 시어머니가 자리에서 벌떡 일어나 엄마의 눈 쪽으로 검지 하나를 쭉 뻗으며 삿대질을 했다.

"체통머리 없이, 도대체 이게 뭔 짓이랍니까?"

"시방, 뭔 짓이냐고 혔소이? 보면 모르시오이? 사위도 자식잉게 장모한테 따귀도 한 대 맞을 수 있는 것이지라. 그런다고 설마 허리가 부러지고 다리 병신이 되겠느냐는 말은 누가 헌소리다요?"

엄마가 남편 뺨을 때릴 줄은 나도 미처 생각지 못한 일이었다. 하지만 어찌됐든 그게 나한테는 아무런 상관도 없는, 강 건너 불구경 같은 일로나 여겨질 따름이었다. 시어머니와 엄마의 다툼도 웬일인지 코미디 한 토막 같았다. 남편의 볼멘 표정도 현실성이 없어 보였으며 심지어는 내가 남편에게 맞았다는 사실조차도 전후 맥락이 전혀 얼토당토않은 극의 전개 같다는 느낌이 들었다. 그래서 아마 그 순간 잠이 쏟아졌을 것이다. 나는 눈을 감고 있다가 실제로 꾸벅꾸벅 졸았다.

"사내가 이 세상에 자네 한 사람만 남았다고 헐망정 그런 사위는 인자 싫네. 자네가 사람이 되고 사내가 되기 전까정은 내 맴속에 자넨 사내도 앙 기고 사위도 앙 기네. 그런 줄 알게, 이?"

호통소리에 놀라 나는 눈을 부릅떴다. 엄마가 남편의 과거까지는 언급하지 않기에 우리 결혼 생활의 마지노선은 지켜주는 거라고 짐작하고 있었는데 그게 아닌 모양이었다. 우리 집 문턱을 넘는 순간 엄마는 마치 돌아가지 못할 강을 건너온 사람 같았다.

"생애 말년에 내가 야 아부지를 쪼깨 구박은 혔지만 대소변 받아내면서도 끝끝내 갈라서지 않은 이유가 뭔지 가르쳐 주랴?"

"옛날 얘기가 지금 무슨 필요 있답디까? 하나뿐인 사위에게 있는 힘껏 앙갚음을 하고도 아직 분이 덜 풀어졌답니까?"

손자국이 벌겋게 나 있는 남편 뺨을 바라보던 시어머니가 엄마 말을 자르려고 나섰다. 내 방도 아닌, 바로 지금 거실에서 그대로 누워 잠들고 싶은 생각이 간절했다. 남편에게 얻어맞은 날이면 이상스럽게도 잠이 그렇게 쏟아지곤 했었다. 남편의 뒤틀린 욕정에 내가 특별히 반항하지 못했던 이유도 어쩌면 그것 때문이었는지도 모르겠다. 맞고 나면 몸이 아픈 증세보다 먼저 찾아오던 그 졸음기, 다량의 수면제를 삼키기라도 한 것 같던… 나는 그런 날들마다 죽음을 떠올리고 있었던 걸까?

"야 아부지는 집에 손님이 와서 닭 한 마리를 잡을래도 사람을 불러야 하는 인물이고, 벽에다가 못질 하나 할래도 놈을 언어야 하는 위인이었는디요. 상추밭에 똥 싸고 가는 개새끼한테도 발길질 한 번 안 허던 양반이었구만이요. 그게 먼 말인지 아시것소이?"

남편은 여전히 자다가 깬 웬 봉창 뜯는 소리인가 하는 멀뚱한 표정이었다. 그러더니 갑자기 생각이 나기라도 한 듯 자기 뺨을 어루만졌다.

"야 살은 남의 살이라 안 아프고 자네 살은 자네 살이라고 아픈가? 더 이상 긴 사설도 필요치 않네. 야야, 가자! 예로부터 노름허고 오입질허는 서방하고는 살아도 패는 놈하고는 못 산다고 혔응게."

엄마가 내 손을 잡아끌었다. 어릴 때에도 엄마는 그랬다. 당신이 나에게 화풀이를 하고, 내가 대문밖에 쪼그려 앉아 훌쩍거리고 있을라치면 한참 후에 돌아와 내 손을 잡아끌며 말했었다. 야야, 가자!

"아이고, 잘 되었소. 갈라서고 나면 내 아들이 새 장가는 못 들까?"

"그려요, 그려! 이력이 좋응게로 그러고도 남겄소."

날이 훤히 밝아오고 있었다. 엄마가 다시 내 손목을 낚아챘다. 시어머니는 말할 것도 없고 남편까지도 말리려 들지 않았다.

엄마 손에 이끌려 다시 친정으로 돌아온 나는 그대로 지쳐 떨어지고 말았다. 사흘 동안을 내내 물 한 모금 넘기지 못하고 앓아누웠다. 일어나면, 자리에서 일어나기만 한다면 이대로 다시는 일어나지 못할 약을 먹어야겠다는 생각이 끊이지 않았다. 야야, 이년아, 생목숨 끊어지는 게 그리 쉽다면 나는 펄시 죽고도 남았어… 꿈인지 생시인지 모를 엄마 목소리가 간간이 들렸다.

자리에 누워 있는 동안 엄마도 나와 함께 굶었다는 사실을 안 건 명태처럼 말라 있는 주방 행주를 봤을 때였다. 엄마가 거울 앞에 나를 앉히고 염색약을 챙겨왔다. 엄마가 머리를 빗겨주던 어린 날들처럼 나는 고분고분 잠자코 있었다.

"마흔 고개를 넘기도 전인디 너조차 머리에 웬 억새꽃이 피었다냐? 이런 게 뭣이 좋은 거라고 나를 닮아, 닮기는?"

문득 고개를 돌려 창밖을 바라보니 달빛이 환했다. 노느니 염불한다고, 스님들도 달빛이 밝아서 목탁을 치고 있을까? 딱, 딱, 딱, 따악… 목탁 치는 소리가 달빛 사이로 섞였다. 엄마는 매실장아찌 하나만을 앞에 두고 소주잔을 기울이기 시작했다.

"전생의 웬수끼리 만나서 부부의 연을 맺는다던디, 다음 생에 또 느그 아부지를 만나야 혈랑가도 모르겄다. 퍼뜩 그런 생각이 들었어야. 너도 소주나 한잔 마셔볼래?"

나는 고개를 흔들었다. 엄마는 그런 무서운 저주를 누구한테 들었던 걸까? 세상의 부부들은 전생에 원수로 지내던 사람들이었다고? 어쩌면 당신 자신이 했던 그 무서운 말 때문에 엄마는 나를 붙들지 않았는지도 모르겠다. 내가 샤워를 하고 난 뒤 얼굴을 토닥이고 입술에 립스틱을 바르고 있는 동작이 무엇을 의미하는지 뻔히 알고 있으면서도 그랬다. 술에 취해 가는지 넋두리처럼 내뱉는 말들이 들렸을 뿐이다. 그려, 팔짜다! 팔짜여! 그걸 인간이 어치케 고친다더냐?

그날 밤, 나는 집으로 돌아왔다. 아니, 정확하게는 집으로 돌아오지도 못했다. 집 앞 어린이 놀이터 그네에 앉아 흔들거리던 남편이 내 머리채를 휘어잡았던 것이다. 남편은 나를 끌고 집 안으로 들어가려고 했고 나는 죽기 살기로 그네에 매달리며 버텼다. 새로 바른 립스틱은 남편의 우악스러운 손등 어딘가에 금세 지워졌으리라.

나를 구해준 건 때마침 순찰을 돌던 방범대원들이었다. 아니면 주민들 가운데 누군가가 파출소에 신고를 했을 수도 있다. 남편은 그 일로 이틀 동안 구류를 살았다. 그리고 나를 때릴 때마다 구류 날짜는 조금씩 더 연장되었다. 법원으로부터 내게서 오 미터 이내 접근금지 명령이 내려진 건 엄마가 쓰러지기 직전이었다. 아니, 엄마가 쓰러진 건 그런 명령이 내려진 직후의 일이었다.

무릎이 머리에 닿도록 잔뜩 웅크린 엄마는 이제 작은 애벌레처럼 보인다. 당신 자신의 삶으로 인해 날로 쭈그러진데 이어 내가 더욱 한없이 위축시킨 결과가 아닌가 싶어 섬뜩한 기분이 든다. 그렇다면 아버지는 무슨 이유로 돌아가시기 직전에 이런 모습이어야 했을까?

생전에 아버지가 없앤 재산 중에는 당신 처가로 보내진 것도 상당했다는 사실을 엄마는 나중에 알았다고 했다. 자신의 삶이 한스럽다고 반추하면서도, 그래서 엄마가 스스로 목숨을 끊고자 했으면서도 끝내 결행하지 못한 이유는 그 때문이기도 했으리라.

"내가 전생에 이 씨 밥을 얼마나 먹었길래 이렇게 갚을 것이 많다더냐?"

중풍으로 쓰러진 아버지 대소변을 받아내면서부터 엄마의 푸념은 점점 더 심해졌다. 당신이 먼저 죽어야겠다는 말이 입에서 떠나지 않았다. 그러면서도 엄마는 꼬박 오 년 동안 아버지 병시중을 들었다. 시골에 살았을 때도 농사일은 늘 엄마 몫이었다. 아무리 일손이 모자라도 아버지는 손에 흙을 묻히지 않는 분이었으니까 말이다. 아버지 어릴 적에는 가을 추수가 끝나면 소리꾼을 불러들여 한바탕 놀았다고 했다. 그 추억 때문인지 아버지는 비라도 주룩주룩 내리는 날이면 혼자 쑥대머리를 흥얼거리며 막걸리잔을 기울이기도 했다. 쑥대머리 귀신 형용은 춘향의 모습이 아니라 바로 엄마의 심사였고 머리칼이었을 것이다.

청승이다, 청승! 하이고, 지집년이 저러고 앉아 있으면 열녀

났다고 허것다!

평소 엄마의 넋두리가 떠올랐다.

그만하면 아버지도 괜찮은 분이었어요. 안 그래요 엄마?

나는 가만히 혼자 읊조린다.

늬 말도 맞다. 근디 말이다. 지금 와서 가만히 생각을 허면 느그 아부지도 아부지지만 뭣이냐, 나는 말이다. 너를 의지헐 수 있어서 평생을 동무험서나 살은 것만 같다. 가슴속에 불은 얹고 살았지만 너 같은 딸이 있어서그 불에 타 죽지는 않았다. 늬가 있어서⋯ 헌디 너는 어쩐다냐, 너 같은 딸도 없으니.

엄마의 눈물 젖은 말이 들려오는 것만 같다. 나는 실제인가 싶어서 귀를 가까이 대본다. 그때 엄마가 거짓말처럼 입을 연다.

"늬 서방은 오고 있냐?"

엄마는 내 남편을 기다리고 있다. 남편마저 없으면 혼자 남을 내가 걱정이 되어서다. 그가 와야 비로소 눈을 감을지도 모르겠다. 하지만 남편은 오지 않는다. 올 수도 없는 형편임을 나는 잘 알고 있다. 딱, 딱, 딱, 따악! 목탁소리가 다시 들려오기 시작한다. 내가 도대체 무엇을, 얼마나 더 깨달아야 하는가 하는 심사로 버럭 부아가 치밀어 오른다.

건너편 절을 향해 사죄라도 하듯, 나는 생각을 고쳐 엄마가 손에 쥐기를 거부하는 염주를 굴려본다. 그러자 불현듯 내 생의 목탁은 엄마였다는, 뭔가 깨달음 같은 게 내 머리를 스친다.

남편을 기다리지 않아도 좋을 것이란 생각이 든 건 그때다. 나는 염주를 손안에 쥐고 반질반질하게 손때 묻은 나무 구슬들을 굴리기 시작한다. 지금 당장 깨닫지 않으면 안 될 것 같은 절박한 심정으로….

벌거벗은 공주님

이세화! 포털 사이트 검색어에 실시간 올라오는 세화 이름을 클릭했다. 『마음이 예쁜 여자, 이세화』 에세이집 출판기념회를 겸한 국회의원 출마 선언을 한다는 보도다. 발간될 책의 내용도 함께 떠돌고 있다. 세화가 나를 찾아와 에세이집 발간을 의뢰했을 때는 전혀 없었던 얘기였다.

내가 써준 작가 후기는 그녀의 요구대로 얼굴보다 마음이 예쁜 여자로 살아가겠다는 다짐과 육영사업, 기부단체 설립 등의 원대한 포부를 근간으로 작성됐다. 그런데 결국 이 모든 게 국회의원이 되기 위한 포석이었던 셈이다. 국회의원과 미스코리아는 서로 차원이 다를 수밖에 없다. 아무래도 작가 후기를 다시 써야 할 것 같은 절박한 심정으로 인쇄소 김 부장에게 전화를 걸어 작업을 보류하라고 부탁했다.

세화는 여고 졸업 이후부터 처진 눈매와 살짝 들린 코, 각진 턱을 성형으로 조금씩 다듬었다. 깊게 파인 드레스 사이로 볼록하게 솟은 젖가슴은 성형의 마무리였다. 새삼스러울 것도 없는데 심은 눈썹까지도 찾아낼 만큼 나는 세화 사진을 확대해 놓고 세세히 살폈다. 밋밋한 세화의 가슴을 떠올리며 혼자서 통쾌해하다가 그 사실을 나만 알고 있다는 쾌감에 빠지기도 했다. 하지만 성형으로 얼굴을 고치고 실리콘으로 가슴을 키웠어도 몸의 탄력은 그녀가 흘린 땀방울의 결실이라는 것을 인정하지 않을 수 없다.

세화는 방송인이 되어 티브이 화면에 모습을 드러냈다. 가슴골을 강조한 파격적인 의상으로 쇼 프로그램에 출연하는가 하면 볼록한 엉덩이 선을 강조한 짧은 스커트를 입고 나와 몸매를 과시했다.

문예지에 간간이 시를 발표하기도 하면서 세화의 인기는 절정을 이루었다. 그러다 소리 소문 없이 티브이 화면에서 사라지고, 인터넷 검색어로만 남았다. 재벌 2세와 결혼한다는 소식을 접하지 않을까, 예능 프로그램 진행자로 얼굴을 알리지 않을까, 이런저런 상념과 함께 더러는 그녀의 근황을 궁금해하기도 했다. 하지만 내가 먼저 세화에게 연락할 일이 없었으므로 소식은 그렇게 끊겼다. 그러다 에세이집 출간 대필 작가로 억지 만남이 이뤄진 것이다. 무소식이 차라리 나에게는 희소식이었다. 순전히 세화의 억지로 이루어진 일이긴 해도 내가 그녀의 대필 작가가 된 건 부인할 수 없는 사실이다.

국회의원에 출마한다는 세화 소식은 예고 없이 손에 땀을 쥐게 하는 공포영화의 트릭처럼 느닷없었다. 심장을 조여오는 배경음악에 손바닥으로 눈을 가려보지만 서서히 손가락을 펼쳐 기어코 그 장면을 보고야 말 때처럼 나는 세화 기사를 찾아 나서고 있었다.

세화의 성공 뒤에는 나, 강경희가 있다. 나 없이는 지금의 세화를 설명할 수 없다. 이세화라는 이름과 내 이름은 서로 겹친다. 그게 오늘날 세화의 본 모습이다.

내가 원하는 기업에서 모조리 낙방하고, 마지막 시험인 대기업 홍보실 지원에서도 떨어진 뒤, 내 일생을 안온한 울타리에 가둘 수만 있다면 어디든 상관없을 것 같았다. 하지만 눈높이를 낮추고 낮추어 원서를 내봐도 나를 받아주는 곳은 없었다. 방송국 구성작가로 발을 들이미는 데 성공은 했지만 제대로 된 프로그램 하나 맡아보지도 못한 채 그만두고 말았다. 출판사에서 교정보는 아르바이트를 시작한 게 그대로 직업으로 굳어졌다. 이게 현재의 내 본 모습이다.

그사이 세화 어머니 말을 고려해 보지 않은 것도 아니었다. 자존심 다 버리고 취직을 부탁하고 싶기도 했다. 세화 어머니는 특정 회사를 추천해 주었다. 아마 지나가는 말 정도가 아니라 진심이었을 것이다. 그때 거절했던 자존심을 후회하기도 했다. 하지만 평생 먹고살아야 하는 직업까지 세화 어머니 힘을 빌린다면 죽는 날까지 세화의 그림자에서 벗어날 수 없을 것 같았다. 번번이 면접에서 떨어지는 비애를 겪고 난 후에는 세화 어머니가 혹시 내 취업을 방해하는 음모를 꾸민 것은 아닌지 괜한 피해의식에 사로잡혀 한동안 괴로웠다. 그만큼 내 곁에는 그녀와 그녀 어머니가 가까이 있었다.

아직 소설집 하나 내지 못한 이름 없는 작가에 불과하지만 나는 여전히 이름 석 자를 세상에 떨칠 날이 있을 것이란 희망을 잃지 않고 있다. 새해 첫날 신문에 실린 내 이름 석 자가 소설가로서 내 인생을 바꾸어줄 것이라 믿어 의심치 않았다.

등단 이후, 문예지에서 두어 차례 원고 청탁을 받았지만 그것으로 끝이었다. 나는 컴퓨터 폴더에 쌓여있는 습작들을 버리고 정리하는 중이었다. 저장해 놓은 글 뭉치들을 완전히 털어내고 새로 시작하지 않는 한 어떤 작품도 쓸 수 없을 것이란 불안에 늘 사로잡혀 있었다.

시간 가는 줄도 모르고 인터넷에서 세화 기사를 클릭하며 읽고 또 읽었다. 그러다 정신을 차리고 앉아 세화 에세이에 실릴 작가 후기를 다시 썼다. 그동안의 행동을 반성하며 국회의원에 나갈 생각은 추호도 없다는 것으로 작가의 말을 교체했다.

얼마 전 장편소설 교정을 보면서는 내 상상을 한껏 펼쳐본 적이 있다. 아픔이 있는 사람들끼리 새로운 가족이 되는 과정을 그린 소설이었다. 교정을 본다는 사실도 잊은 채 나는 소설 읽는 재미에 푹 빠졌다. 등단한 경력이 없는 신인 작가의 작품이었다. 그 소설이 좋아서 나는 별도로 다른 소설집을 구해서 읽어보기까지 했다. 신인 작가의 추리소설은 끝까지 냉정한 시선을 잃지 않는 섬뜩함이 오랫동안 머릿속에서 지워지지 않았다. 문득 소설 속 캐릭터처럼 세화의 민낯이 떠올랐다.

세화를 등장시킨 소설을 쓴다면 그 소설 못지않게 섬뜩할 것 같았다. 내 역할이 무엇인지를 생각해 보면 그건 더 끔찍했다. 그렇다고 손바닥으로 하늘을 가린 채 영영 외면할 수는 없었다. 세화와 내가 함께 등장하는 실록이라도 하나 써내지 않으면 세화라는 벽을 영원히 넘어설 수 없을 것 같았다. 세화뿐 아니라 내가 앞으로 쓰게 될 그 어떤 글의 문턱도 밟아볼 수 없을 것 같은 섬뜩한 공포가 밀려왔다.

*

"얼굴이 왜 그래? 요즘도 밤샘하면서 일하니?"

"아니, 어제 잠을 좀 설쳤더니."

모처럼 만난 수지가 내 안색부터 살피며 물었다. 수지는 여고 동창이다.

"낼모레 마흔인데 이 얼굴도 감사하지."

"무슨 소리를 그렇게 살벌하게 하니? 우린 고작 서른다섯이다, 얘!"

살짝 눈을 흘기며 수지가 나를 다시 바라보았다. 뭔가 다른 할 말이 있어서 나를 불렀을 텐데 우리는 얼굴이며 나이 얘기부터 늘어놓았다. 긴 수다를 풀어내려면 단가 한 토막을 먼저 불러야 하는 것처럼.

"아, 인생 정말 지랄 같다. 야, 난 네가…."

"내가 뭐?"

"노벨문학상은 못 받아도 한국 문단은 평정할 줄 알았지. 시면 시, 소설이면 소설, 못 쓰는 게 없는 네가 남의 글이나 봐주면서 살아갈 줄은 정말 몰랐다, 얘."

갑자기 가슴이 울컥해지면서 말이 막혔다. 내 재주를 조금이라도 아껴서 말하는 진심이 묻어났기 때문이다.

"근데 경희야, 넌 정말 세화가 문창과에 합격했던 게 믿어지니?"

수지는 의심의 눈초리를 거두지 않았다. 그래, 세화 작품 내가 써준 거야. 하지만 입 밖으로 뱉지 못했다.

"예전에 장원 받은 작품도 어딘지 세화하고는 동떨어진 것 같고… 아무튼 이상해. 벌써부터 의원 배지 달면 여성으로서 최연소 국회의원이라는 등 난리도 아니더라. 미모에 재능에 자본에 이제 권력까지. 걘 정말 금수저를 물고 태어났나 봐."

세화는 언제나 화제의 중심에 서 있었다. 뉴스와 인터넷은 그렇더라도 수지의 관심 역시 세화에게서 벗어나지 못했다.

"인생은 관 뚜껑 닫을 때 알 수 있는 거야."

"그때까지 기다리기엔 너무 멀다. 난 걔가 가진 것 중에 하나라도 가져봤으면 여한이 없겠다. 이제는 질투도 안 난다. 부럽기만 하고."

세화가 시인이란 타이틀을 액세서리처럼 달고, 미스코리아가 되고, 방송인이 되어도 그건 어디까지나 개인의 문제였다. 갑자기 사회정의를 내세우거나 부도덕한 인간이 활개 치는 것을 두고 볼 수 없다는 공명심 같은 건 아니었다. 하지만 국회의원은 다르다는 생각을 떨쳐버릴 수 없었다.

대학에 입학할 때 쓴 세화의 작품은 내가 써 주었지만 시인으로 등단한 시는 내가 써 준 게 아니었다. 근성은 있었으니 노력한 결실이라는 것을 인정해 주기로 했다.

"여당 공천을 받을 게 확실한가 봐."

나는 스파게티 한 가닥을 포크에 돌돌 말아 입으로 가져가던 동작을 멈추었다. 수지와 함께 계속 앉아 있다가는 내 입으로 치부를 드러낼 것만 같아 피곤하다는 핑계를 대고 일어섰다.

그동안 대나무 숲이 없어서 비밀을 발설하지 못한 건 아니었다. 세상에 알려지는 순간 나 역시 추악한 공범이 될 것이기에 입을 다물 수밖에 없었다. 세화의 꼭두각시로 살았던 건 부인할 수 없는 진실이기 때문이다.

*

고등학교 2학년 오월, 교내 축제가 있었다. 내가 기대하는 건 백일장 대회였다. 교내뿐만 아니라 나는 전국구에서도 여러 번 입상한 경력이 있었다.

백일장에 참가 신청을 한 전교생이 강당에 모였다. 모두 글이 좋아서 모인 학생은 아니었다. 뭐든 한 가지를 참여해야 하는 의무사항인지라 시간을 때우려고 온 아이들도 많았다. 선생님의 지시사항을 듣고, 나는 한적한 학교 뒤쪽 하늘공원으로 올라갔다. 학교에서 공들여 조성한 공원이었다. 보랏빛과 노란색의 팬지가 피어있는 꽃밭 벤치에 앉았다. 제각각 편안한 장소를 찾아 아이들도 어딘가로 사라졌다.

시제는 하늘과 봄이었다. 유치하게 하늘이라니. 봄은 또 뭐야. 혼자서 투덜거리며 무엇을 선택할까 고민하다 6인실 맨 끝 병원 창문에서 엄마가 바라보는 하늘을 선택했다. 엄마는 눈을 뜨고 있을 때면 언제나 창 쪽으로 고개를 돌려 하염없이 하늘을 바라 보았다. 엄마가 바라보는 시선 끝엔 무엇이 있을까. 엄마는 내가 이렇게 마음 아파하는 것을 알기나 할까. 엄마의 기억이 돌아오기나 할까, 그것도 알 수 없었다. 가장 친한 친구인 수지조차도 엄마가 오랫동안 병상에 있다는 것을 어렴풋이 짐작할 뿐이었다. 내 얘기를 누구에게도 한 적이 없었다. 아픈 가족사를 하늘에 빗대어 썼다 지우기를 반복하다 말고 나는 종이를 구겨버렸다. 혹시라도 아이들이 이 시를 빌미로 내 생활을 알까 봐 두려웠다. '봄'의 시제를 선택해 산문을 써 내려갔다. 마무리를 하고 있을 즈음 세화가 곁에 와 앉았다.

"너도 백일장 신청했니?"

"신청은 했는데 쓰지 못했어. 어떻게 하면 너처럼 잘 쓸 수 있을까?"

"뭐, 어쩌다 보니까."

나는 다소 우쭐하는 마음으로 어깨를 으쓱했다. 부러워하는 세화의 시선을 온몸에 받는 걸 잠시 즐겼다.

"근데, 이거, 버리는 거야?"

구겨진 파지를 펼치며 세화가 내 앞으로 바싹 다가앉았다. 그러고는 찬찬히 시를 읽기 시작했다. 우리 엄마가 바라보고 있는 하늘에 대한 시를….

"시 좋다. 눈물 나네."

"뭐?"

눈물이라는 단어를 알 것 같지 않은 아이 입에서 눈물 나게 좋다는 말이 이해되지 않았다. 세화와는 2학년이 되어 같은 반이 됐지만 서로 공감대가 전혀 없었다. 성적이 중간쯤이라는 것과 피아노, 바이올린, 그림 등 닥치는 대로 과외를 받으며 굉장한 부잣집 딸이라는 사실 정도만 소문으로 알고 있었다. 잘난 척은 하지 않아 친구가 되려고 하는 아이들이 많았는데 세화 곁을 떠나온 애들 입에서 나온 말은 한마디로 '재수 없다'였다. 같은 반이 되고 나서 내가 본 세화는 조용한 아이였다.

"응, 버린 거 맞아."

"그럼, 가져도 되니? 슬프다."

슬프다는 한마디에 나는 선심을 쓰고 말았다. 내 손을 떠난 엄마의 하늘이 그 애 손으로 옮겨갔다. 그리고 깜짝 놀랄 일이 벌어진 건 그다음이었다. 내 작품이 우수상으로 선정됐다. 그렇다면 장원으로 내 이름 뒤에 불릴 아이가 누구란 말인가? 그 아이가 바로 세화였다. 이세화가 호명되었을 때 뒤로 넘어가게 놀란 건 나뿐만이 아니었다.

"어머? 이세화가 장원이래."

"세상에!"

내가 버린 시, 그러니까 가져도 좋다고 말한 내 시가 이세화의 당선작으로 둔갑한 것이다. 그 애가 그렇게 시를 잘 쓰는 줄 몰랐다, 앞으로 강경희는 이세화 앞에서 잘난 척하지 못할 것이라는 등 노골적인 비아냥거림도 들려왔다. 이세화가 내 이름과 함께 오르내리는 것 자체가 듣기 싫었다. 더 기막힌 건 국어

선생님의 해석이었다. 세화의 시선이 머물고 간 자리에 어여쁜 꽃이 피었다고 칭찬했다. 세화 어머니가 병원에 있지도 않고, 세화가 그런 어머니를 간호하는 자식은 아니지만 타인의 처지를 마치 자신이 직접 경험한 것처럼 형상화한 부분이 탁월하다는 것이었다.

그때 수지가 내게 다가오더니 옆구리를 찔렀다. 어떻게 된 일인지 그 애는 벌써 눈치를 챈 모양이었다.

"저거, 네가 쓴 시 아냐? 어쩜, 쟤 진짜 웃기는 애다. 선생님께 당장 말씀드려."

나보다 수지가 더 억울해하면서 발을 동동 굴렀다. 그런 수지를 말린 건 나였다. 장원이 욕심나는 건 아니었다. 이런 일로 가정사가 드러나는 게 나에게는 더 치욕이었다.

"아냐, 세화가 쓴 시 맞아. 아까 나한테 보여줬어."

수지는 믿지 못하겠다는 표정을 거두지 않았다. 세화를 감싼 것도 나였다. 시상식 이후, 세화는 입을 꾹 다물고 지냈다. 변명조차 늘어놓는 일이 없었다. 나는 그게 더 견딜 수 없었다. 그 애는 내가 화장실에 가면 화장실 주변에서 서성였고, 자리에 앉으면 책상 옆에서 머뭇거렸다. 그러더니 금요일 야간자율학습이 끝나고 조심스럽게 내게 다가왔다.

"난, 네가 버린다고 해서…."

"기가 차서! 내가 그 시를 제출하라고는 안 했잖아?"

"상을 받을 줄 몰랐어. 사과할게."

"어떻게 사과할 건데?"

"상은 내가 받았지만 실력은 네 것이잖아. 토욜 잠깐만 시간 좀 내줘."

"됐거든. 네 입으로 선생님께 말씀드려. 그게 사과야."

"경희야."

내 이름을 불러놓고 그 애는 금방이라도 눈물이 뚝뚝 떨어질 것 같은 표정을 지었다.

"아, 진짜 불쌍한 표정 좀 짓지 마. 너 정말 웃긴다."

내 뒤를 졸졸 따라오면서 세화는 토요일 자기 집으로 한 번만 와달라고 졸라댔다. 나는 계속 그 애에게 진실을 밝히라고 윽박질렀다. 세화가 그때 내게 해서는 안 될 말을 아주 순진한 얼굴로 꺼냈다.

"선생님께 말씀드리는 건 어렵지 않아. 근데 그거 네 엄마 얘기잖아. 아이들도 네 사정은 잘 모르던데. 네 자존심 생각해서…."

"그러니까 내 얘기가 알려질까 봐서 말을 못한다?"

"꼭 그런 건 아니지만."

그랬다. 세화 말대로 지금까지 숨겨온 사실이 드러날까 봐 나는 선생님께 달려가지 못한 것이었다. 가난한 집 아이라는 낙인, 생활환경이 구질구질하게 보이는 것이 무엇보다 싫었다.

집에 가서 정식으로 사과하겠다는 세화의 말에 약속 장소로 갔다. 승용차가 앞에 와 섰다. 세화가 먼저 타라며 뒷문을 열어주었다.

대문이 열리고도 한참을 달려 차가 멈추었다. 대궐 같은 집이라더니 세화네 집이 그랬다. 나는 자꾸만 주눅이 들었다.

"네가 경희구나! 얘기 많이 들었다."

현관에 들어서자마자 내 두 손을 꼭 잡은 세화 어머니는 연신 고맙다는 인사를 했다. 무엇이 그리 고마운지 나는 순간 헷갈리기도 했지만 내 얘기를 많이 들었다는 것이 더 당황스러웠다. 드라마에 나오는 여자처럼 외출에서 막 돌아왔거나 외출하려는 차림새였다. 집에서도 외출복을 입고 있는 여자들은 드라마에만 나오는 줄 알았다. 점심을 차려놓은 식탁 하나가 우리 집 주방만큼이나 넓었다.

"네가 도와줘서 상을, 아니 세화 이름으로 상을 받아본 게 이번이 처음이지 뭐냐."

내 시를 그냥 갖다 제출한 일이 어떻게 도와준 일로 둔갑한 것인지 요상한 셈법이었다. 차를 마시고 나자 도우미 아주머니가 까만 가방을 들고 나왔다.

"이거 고마움의 표현이다. 줄 게 있어야지."

아버지에게 손을 벌려 살 수 없었던 노트북이었다. 시 한 편 주고 노트북을 받는 건 과분하다는 생각이 들었다. 머뭇거리는 표정을 본 세화 어머니는 오히려 내게 부탁을 했다.

"받아주면 안 되겠니?"

"…."

"부담 갖지 않아도 된다."

"그래도 이건 너무…."

"우리 세화랑 좋은 친구가 되면 그것으로 족하다. 세화야, 네 방으로 올라가렴."

그러고는 세화를 불러 내 말을 막았다. 더는 왈가왈부하지 말라는 압박이었다. 할 수 없이 나는 엉거주춤 일어나 세화를 따라 이 층으로 올라갔다. 그 애 방 하나가 우리 집 전체를 합한 것만큼이나 넓었다. 세화와 마주 앉았지만 갑자기 우정이 생기는 것도 아니었고 할 말도 딱히 떠오르는 게 없었다. 얼떨결에 초대되어 노트북까지 선물로 받고 나니 쑥스럽기도 했다. 저녁을 먹고 가라는 것을 뿌리치고 이 층에서 내려왔다. 세화 어머니가 운전기사를 불렀다.

"이 동네는 버스도 다니지 않고, 택시 잡기도 힘들다."

억지로 승용차를 타고 집으로 돌아왔다. 골목까지 차가 들어갈 수 없어 큰길가에서 내렸다. 운전기사가 차 문을 열어주기 전에 내가 스스로 내렸다.

"그럼!"

깍듯이 인사를 하고 기사는 돌아갔다. 나는 결국 선생님을 찾아가지도 못했고, 세화 역시 친구들 사이에서 시침 뚝 떼고 장원 받은 행세를 했다.

그사이 우리 집엔 이상한 일들이 발생했다. 비정규직인 아버지가 정규직이 되었다. 세화네와는 상관도 없는 회사였다. 아버지조차도 고개를 갸우뚱했다. 나는 아버지에게 세화 어머니 얘기를 하지 않았다.

세화 어머니를 병원에서 만난 건 엄마 병원비가 석 달째 밀려 있을 때였다. 세화 어머니가 한 달치를 계산한 상태였다. 나는 몸 둘 바를 몰랐다.

"미안해할 거 없다. 네가 우리 세화 좀 도와주면 되잖니?"

"제가 뭘 어떻게….."

대학에서 응모하는 백일장에 당선만 하게 해준다면 내 대학 등록금은 물론 나머지 병원비와 엄마가 퇴원할 때까지 치료비를 대준다는 것이었다.

어마어마한 제안 탓에 나는 순간 머릿속이 하얗게 표백제에 씻기는 느낌이었다. 이건 내 시를 가지고 장원 행세하는 것과는 차원이 다른 얘기였다. 나는 세화 어머니가 무서웠다. 세화 어머니는 이따금 명품 운동화나 점퍼를 기사 편에 보내오기도 했다. 그런 선물을 받을 때마다 나는 세화 요구를 거절하지 못했다. 운전기사가 또 뭘 가져오면 어쩌나 두려운 마음이 들기도 했다.

아버지가 대기발령을 받은 건 그 무렵이었다. 언제 해고를 당할지 알 수 없다고 했다. 세화 어머니가 개입했으리라는 심증이 들었다. 설상가상으로 엄마 병원비 독촉이 빗발쳤다. 아버지는 왜 이런 일이 자신에게 닥쳤는지 까닭도 짐작하지 못하고 느닷없는 평지풍파가 가라앉기만을 초조하게 바랄 뿐이었다.

할 수 없이 세화 어머니를 찾아갔다. 내가 무슨 말을 꺼내기도 전에 세화 어머니는 내 손을 꼭 잡았다.

"네가 와줘서 고맙구나."

택시 타고 가라며 내민 봉투를 거절하고 잘 닦인 도로를 걸어 내려오며 하늘을 향해 고개를 젖혔다. 아무리 고개를 꺾어도 흐르는 눈물은 멈추지 않았다. 억울했다. 영원히 내 인생이 꼬일 것 같은 예감이 자꾸만 들었다.

*

세화 어머니가 원하는 대학에서 주최하는 백일장에 세화 이름으로 응모를 했고, 예심에 통과되었다. 예심 통과자들은 그 대학에 가서 본심을 치러야 하는데 내가 대신 강당에 들어갈 수는 없었다.

시제를 받아올 때까지 화장실 변기 위에 앉아 세화를 기다렸다. 대학 측에서 화장실까지 따라와 감시하지는 않았다. 그래, 이번 한 번만이야. 수없이 되뇌면서 나는 시를 완성해서 넘겼다. 세화는 그 시로 우수상을 받아 수시전형에 합격했다. 나 역시 방송국에서 주최한 백일장에 산문부 장원으로 당선되어 세화가 가지 않은 다른 대학에 합격했다. 등록금 면제가 되어 세화 어머니 도움을 받지 않게 된 것이 무엇보다 기뻤다. 세화 어머니는 엄마가 세상을 떠날 때까지 병원비를 계산해 준다는 약속을 지켰다. 세화는 그렇게 나와 인연을 맺고 또 끊었다.

대학 4학년, 취업에 신경 쓰느라 도서관에서 살고 있을 때였다. 인터넷 검색어에 실시간 올라오는 세화 기사를 보고 나는 잠깐 정신이 아득해졌다.

미스코리아 출전에 관심이 있지도 않았고, 누가 미스코리아가 된다 한들 나하고는 상관없는 일이었다. 하지만 미스코리아 이세화는 달랐다. 세화 얼굴을 떠올리면서 동명이인이 아닌가 생각했다. 이세화란 이름을 보고는 그냥 지나칠 수 없어 클릭을 해봤다. 내가 알던 이세화였다. 얼굴은 완전히 달라져서 알아볼 수 없을 정도였지만.

그다음 날, 인터넷에는 성형 전의 세화 사진들이 올라오기 시작했다. 중고등학교 시절에 세화가 친구들과 찍은 사진들이었다. 세화 얼굴마다 빨간 동그라미가 그려져 있었다. 그리고 그 아래로는 댓글이 줄줄이 매달렸다.

— 돈으로 미스코리아?

— 성형미인이 한국을 대표한다고?

입에 담지 못할 비아냥과 욕설로 도배된 자리에 세화를 옹호하는 댓글도 더러 눈에 띄었다. 쌍꺼풀이든 턱이든 성형한 부류들이었겠지만.

— 배 아프면 니들도 성형해라.

— 넌 뭐하니, 빨리 성형하러 가지 않고?

세화는 예뻐지려고 노력하는 것이 왜 죄가 되는지 모르겠다며 성형 사실을 당당히 인정했다. 한 발 더 나가 칭찬받아야 마땅한 일이라며 반격을 가했다.

세화가 가끔 티브이에 얼굴을 비치는 동안 나는 대학을 졸업하고도 일 년이 더 지날 때까지 이력서와 자기소개서를 곳곳에 접수하기 바빴다. 하지만 앞서 실토했듯이 지원하려는 기업에 대해 심층적으로 파고들며 뛰어다녀도 면접 단계에서 번번이 낙방하고 말았다. 그리고 다시 세화 소식을 인터넷에서 접했다.

— 미스코리아 출신 이세화, 방송인으로 합격.

신은 없다. 아니, 신은 이세화에게만 있는 게 분명했다. 신이 있다면 인생이 이렇게 불공평할 리 없었다. 세화의 성공 밑바닥엔 내가 있다고, 그렇다면 세화에게 주어지는 행운의 떡고물쯤은 내가 좀 나눠 받아야 하는 게 아니냐고, 내게 등을 돌리고 앉은 신에게 항의하고 싶었다. 엄마 의식이 오락가락할 때마다 얼마나 빌고 또 빌었는지 모른다. 죽을 고생만 하고 살았던 우리 엄마! 제발 한 번만이라도 좋으니 마지막 가는 길에 딸의 모습을 기억할 수 있게 해달라고.

세화는 나를 자기 종교 신자로 만들려고 애쓰기도 했다. 기도하는 세화의 뒷모습이 떠올랐다. 세화는 다만 이루어지게 하소서, 라고 말만 하면 하늘에서 뚝 떨어지는 것 같았다. 나는 아무리 눈을 감고, 기도해 봐도 아무것도 얻는 게 없었다. 그 애에게만 던져지는 행운이 부러웠다.

그런 이세화가 에세이집 출간기념회에서 국회의원 출마 선언을 한다지 않은가. 난 아직 단 한 줄의 글도 쓰지 못한 채 그 애와 공범으로 얽힌 추악한 기억으로부터 한 치도 벗어나지 못하고 죄책감에 마냥 시달리고 있는데 말이다.

*

"경희야, 한 번만 도와줘."

다짜고짜 도와달라는 말과 함께 세화는 또 그렇게 나에게 다가왔다. 마치 은행에 맡겨두고 제 맘대로 뽑아 쓰는 현금처럼.

"더 이상 너와 엮이고 싶지 않아. 다신 연락하지 마."

전화를 끊고도 가슴이 진정되지 않아 안절부절못했다. 기어코 내 인생을 망치려고 작정한 것이 아니라면 이럴 수 없었다. 그런데 바로 다음 날 아무런 연락도 없이 세화가 집으로 찾아왔다.

"분명히 말했을 텐데?"

"여기선 좀 그렇고 차에 타서 얘기하자."

세화가 내 팔을 잡아끌다시피 억지로 차에 밀어 넣었다. 그러고는 또 절박한 표정으로 하소연했다.

"잠깐이면 돼."

그 애가 직접 운전하는 승용차는 고속도로를 벗어나 한적한 길로 접어들었다. 그러고도 한 시간 남짓 더 달렸지만 차는 멈출 기미가 보이지 않았다.

"어디 가는 거야?"

"…."

"어디로 가는 거냐고?"

내가 재차 물었다. 그 애 대답은 가히 놀랄 만했다. 자서전을 쓰기엔 젊은 나이라서 에세이집을 한 권 계획하고 있다는 대답이었다.

고속도로에서 우로 좌로 꼬불꼬불한 국도를 타고 계속 달려갔다. 어디쯤인지 전혀 짐작할 수 없었다. 승용차 한 대가 겨우 드나들 정도의 다리를 건너자 작은 성이 나타났다. 자동차는 그곳에서 멈췄다. 한 남자가 달려 나와 허리를 깊이 숙여 인사했다.

"아가씨, 오셨습니까?"

안으로 들어가자 식탁이 마련되어 있었다. 바람이나 쐬자는 건 거짓이었다. 매번 당하기만 하는 나 자신이 한심했다.

"한 번만 도와줘."

"도대체 그 한 번이 몇 번째야? 왜 하필 또 나냐고? 그 정도 돈이면 대필해 줄 사람 얼마든지 구할 수 있을 텐데."

"너만큼 나를 잘 포장해 줄 사람이 어디 있니? 우린 공범이잖아."

"뭐?"

"내가 모를 줄 알아? 우리 엄마가 너한테 해준 게 얼마인데. 물론 이번 에세이집도 맨입으로 해달라는 건 아니야. 에이에스는 끝까지 해줘야지."

"네가 이렇게 뻔뻔한 줄, 예전엔 왜 몰랐을까? 네 엄마가 나한테 해준 건 너 대학 입학으로 다 갚았어. 나는 내 글을 단 한 줄도 쓰지 못하고 있어. 왜 그런지 알아? 부끄러워서…."

"네 능력 팔아서 돈 버는 건데 그게 어때서. 그럼, 대필 작가들은 다 부끄러워해야 하니?"

"내가 지금 말하는 게 대필이 아니잖아."

"내가 이런 말까지는 안 하려고 했는데, 아버지도 병원에 있다며? 산재도 안 되고."

"이젠 내 뒷조사까지 하고 다니니?"

"그런 거 알아내는 건 아무것도 아냐."

세화는 노트북을 남기고 돌아갔다. 필요한 자료와 어떤 내용으로 쓸 것인지 콘셉트가 잡혀 있었다. 세화가 돌아가고 한참을 그대로 앉아 있다가 핸드백을 챙겨 밖으로 나왔다. 도시와 다르게 해가 떨어지고 나자 금방 어두워졌다. 아무것도 보이지 않았다. 어디가 남쪽이고 또 북쪽인지, 방향감각도 없었다. 할 수 없이 다시 집 안으로 들어갔다. 휴대폰은 터지지 않았다. 노트북에 인터넷도 연결되지 않았다. 외부에 연락할 방법도, 탈출할 방법도 없었다. 원고가 완성되면 나를 산 채로 암매장한다 해도 이상할 것이 없을 것 같았다. 날이 밝으면 바로 출발할 심산으로 소파에 웅크리고 앉아 밤을 새웠다.

"허락 없이는 아무 데도 못 가십니다."

새벽이 되어 밖으로 나서자 중년 남자가 나를 가로막았다. 그러니까 내가 감금을 당한 것이었다. 원고를 끝내기 전에는 한 발자국도 나갈 수 없다는 얘기였다.

"들어가시지요."

남자가 채근했다. 그러면서 현관으로 팔을 잡아끌었다. 내 힘으로는 당할 수 없는 완력이었다. 다음 날 세화는 다시 찾아왔다. 그리고 거듭해서 도와달라는 말만 되풀이했다. 부드러운 말 속에 숨겨진 무시무시한 협박이었다.

"출간은 언제야?"

"그래, 네가 그럴 줄 알았어. 발간은 완성되는 거 봐서 잡아야지. 되도록 빠르면 좋겠지만."

어쩌면 방 어딘가에 카메라가 설치되어 있는지도 모르는 일이었다. 세화는 사흘 후에 다시 오겠다며 밝은 얼굴로 떠나갔다.

자포자기 심정으로 노트북을 펼친 나는 미스코리아 당선 얘기로 첫 단락을 시작했다. 그리고 하루 오십 매가 넘는 분량을 써댔다. 사흘에 걸쳐 이백 매를 뚝딱 채울 정도였다. 세화는 당선되었을 당시 성형수술 사실을 인정했다. 순순히 성형을 인정한 세화의 말에 만약 미스코리아만 될 수 있다면 달러 빚을 내서라도 성형을 하겠다는 답글이 쇄도했었다. 영혼을 팔아 몸을 상품으로 만들었다는 비난은 몇 차례 등장했을 뿐 시나브로 사라졌다. 나는 성형수술을 하기까지 한 여성으로서의 고민과 고통을 먼저 소상히 밝혔다. 누가 독자가 될지는 몰라도 감정에 호소할 셈이었다.

앞부분을 읽어본 세화는 얼굴에 환한 미소를 지었다. 예전의 단순한 미소가 아니었다. 우아하고 세련돼 보이면서도 그 미소에는 악마의 서늘하고 차디찬 기운이 서려 있었다. 적어도 내게는 그렇게 보였다.

"경희야, 이게 정말 마지막이야."

"당연한 얘기지. 출판사는 정했니?"

"이번에 등록한 신생이야. 내 책을 시작으로 엄마가 출판업을 시작할 예정이고, 네가 편집장으로 와주면 좋겠는데, 당연히 거절하겠지?"

나는 대답하지 않았다. 그 애 모녀가 내게 베풀었던 모든 호의는 하나같이 족쇄나 다름없었으니까.

"경희야, 고마워. 네가 도와줄 것이라 믿었다. 완성하는 데에 얼마나 걸릴까?"

"감금에서 풀려나려면 한시라도 빨리 써야겠지."

"감금이라니, 무슨 말을 그렇게 하니. 섭섭하게."

세화 말에 일일이 대꾸하기도 싫어서 나는 한 달이면 끝낼 수 있다고 서둘러 얘기하고 말았다. 세화는 사나흘에 한 번씩 들러서 내가 써놓은 원고를 읽고 USB에 담아 갔다. 그런 뒤에는 세화 어머니가 꼼꼼히 살피고 수정해야 할 부분을 요구했다. 한 달 후, 원고가 완성되었을 때 세화가 내 손을 덥석 잡았다.

"경희야, 내가 생각했던 것보다 너는 더 대단하다. 넌 정말 탁월한 글솜씨를 가졌어."

원고를 담은 USB를 들고 세화와 함께 편집 디자이너를 만났다. 디자이너는 삼십 대로 보이는 여자였다. 세화는 나를 장황하게 소개했다.

"앞으로 이 책과 관련해서는 강경희 편집장님과 상의하시면 됩니다."

세화가 제멋대로 내 직함을 만들었다. 책이 발간되고 나면 호텔에서 출판기념회를 개최한다고 했다. 얘기를 마칠 무렵 세화 어머니가 나타났다. 예전처럼 내 손을 꼭 잡으며 고맙다는 인사를 했다.

"그날, 네가 꼭 와주었으면 좋겠다."

세화 어머니가 내민 건 초대장이었다. 나는 가타부타 대답도 하지 않고 초대장만 받았다. 디자이너는 표지와 본문 피디에프 파일이 나오면 다시 만나자는 말을 남기고 먼저 떠났다.

디자이너가 작업하는 동안 나는 작가 후기를 다시 썼다. 통째로 마지막 한 페이지만 바꿨다. 편집에 관한 일은 나와 상의하라고 했으니 편집자인 내게 질문할망정 바뀐 내용을 세화에게 일일이 보고하지는 않을 것이다. 어둠 속에서 혼자 은밀한 범행 모의라도 하듯 가슴이 마구 뛰었다. 짜릿한 스릴도 없지는 않았다고 고백해야겠다.

새로 작성한 작가 후기를 디자이너에게 넘기면서 나는 수지에게도 메일을 발송했다. 죄책감으로 글을 쓰지 못한 그동안의 양심 고백이었다. 그제야 비로소 답답했던 가슴이 열리면서 큰 한숨이 밖으로 배출되었다. 말 그대로 살 것 같았다. 수지는 메일을 확인하고도 어쩐 일인지 아무런 답글도, 전화 연락도 하지 않았다.

*

세화든 세화 어머니든 이게 어떻게 된 일이냐고 묻는 전화를 나는 초조히 기다리고 있었다. 아무리 기다려도 내가 기다리는 연락은 오지 않았다.

"경희야, 고맙다. 얼른 오지 않고 뭐해?"

"책은 봤어?"

"응, 아주 심플하게 잘 나왔어."

세화 목소리는 하늘을 찌를 듯이 높기만 했다. 내가 몰래 바꿔치기했던 작가 후기는 인쇄소로 넘어가지 못했다. 디자이너도 인쇄소도 세화와 관련 있는 사람들인데 세화에게 알리지 않을 이유가 없었으리라는 걸 나는 간과했다. 세화는 그 사실을 알고도 모르는 척했다.

출간기념회에는 여당 대표가 참석한다는 보도 자료가 나가고, 여당 실세들의 화환이 줄줄이 들어섰다. 세화는 가슴골이 파인 드레스나 엉덩이를 강조한 짧은 스커트가 아닌 하얀 와이셔츠에 검은 정장을 입고 기념식장에 등장했다. 고등학교 동기들의 모습도 보였다. 나는 그들과 섞이지 못하고 맨 뒷자리에 앉았다. 지루한 축사가 이어지고 행사가 끝났다.

뷔페는 성대했다. 와인 잔을 든 세화가 사람들 사이를 오가며 인사를 하고 있었다. 나는 세화를 뒤에 두고 씁쓸한 기념식장 밖으로 나왔다.

"이세화의 실체를 밝힙니다."

그때 문자 한 통이 내 휴대폰에 당도했다. 클릭한 문자는 내가 바꿔치기한 작가 후기였다. 클로즈업된 세화 얼굴이 대형 스크린에서 환하게 웃고 있을 때 언론사 기자들의 마이크가 일제히 세화를 향했다.

"이세화 씨, 이 제보가 사실입니까?"

휴대전화를 터치해 포털 사이트에 접속했다. 놀랍게도 세화에 대한 의혹들이 줄줄이 꼬리를 물고 이어졌다. 댓글들 사이에 내 이름 강경희도 간간이 섞여 나왔다.

"벌거벗은 임금님은 혼자만 모르고 있었다지? 그런데 경희야, 네가 알고 내가 알고 하늘이 알고 있다면 이 세상에 모르는 사람이 없지 않겠니?"

수지 문자였다. 나라 방방곡곡에 벌거벗은 임금에 대한 소문이 파다했다는데 하물며 벌거벗은 공주님 소문이랴! 이게 바로 우리 공주님 소문의 앞과 뒤 전말이다.

오빠는 없다

─ 사무직 여성들에게 접근한 남성이 적게는 수백만 원, 많게는 수천만 원을 갈취한 사건이 연달아 발생하고 있습니다.

후드 티를 입은 남자가 씨씨티비 화면에 흐릿하게 보였다. 연봉도 높고 경력 있는 여성들을 주 타깃으로 삼았다는 뉴스였다. 정애는 얼마나 모자라면 사기를 당할까, 하는 생각이 들었지만 남의 일 같지 않아 마음이 불편했다. 상도의 전화를 기다리며 그나마 마음을 다독였다.

출근해서 퇴근할 때까지 정애는 함께 일하는 동료들과 쉽게 섞이지 못했다. 점심 식사도 구내식당을 피해 회사에서 멀리 떨어진 곳으로 가거나 김밥을 사서 옥상으로 올라가 혼자 해결했다. 삼천 원짜리 김밥 한 줄을 먹고, 그보다 두 배 비싼 육천 원짜리 캐러멜마키아토를 마시며 자신을 달래는 생활에 익숙해졌다.

사무실에 부는 수상한 바람은 신입 여사원들이 들어온 뒤부터 시작되었다. 신입 사원 채용이 구조조정의 서막이 될 줄은 꿈에도 알지 못했다.

"옵빠!"

고등학교를 갓 졸업하고 입사한 신입의 입에서 나온 '옵빠' 호칭은 바람에 흩날리는 벚꽃처럼 하늘거리며 사무실에 흩날렸다. 은빛 비늘 반짝이며 파도 위를 튀어 오른 물고기처럼 천장으로 솟은 목소리가 사무실을 휘돌아 오빠로 불린 김 대리에게 당도하는 그 짧은 순간, 정애는 속이 느글거렸다. 잠시 어리둥절한 표정을 짓다가 헤벌쭉 벌린 입을 다물지 못한 김 대리를 향해 쏘아붙이고 싶은 한 마디를 꾹 눌러 참았다.

"그래그래! 말해봐."

얼마나 좋으면 그래그래를 연발하며 꼬리 살랑대는 강아지를 품에 안듯이 두 팔 벌려 환영할까. 젊으나 늙으나 오빠 소리 한마디면 뒷목 잡고 쓰러지게 좋아한다더니, 정애는 목전에서 그 실체를 적나라하게 확인했다.

에이포 용지 한 장 달랑 들고 김 대리 앞으로 쪼르르 달려간 신입은 김 대리 얼굴 가까이에서 상큼한 목소리로 한 번 더 '옵빠'를 불렀다.

"옵빠, 잘했나 봐주세요."

한없이 여린 연약한 누이에게 온정을 베푸는 다정한 얼굴로 김 대리는 용지를 살펴보았다. 정애뿐만 아니라 부장, 과장, 사원들의 시선도 두 사람을 향해 있었다.

"잘했네! 근데, 하린아."

머뭇거림 없이 김 대리가 거침없이 부른 하린아! 이건 김 이사, 박 부장이 정애 나이 서른이 넘을 때까지 불러대던 '정애야'의 복사판이었다. '정애야'에서 '이정애 씨'로 불리기까지 머리에 붉은 띠만 두르지 않았을 뿐 십여 년 넘게 투쟁해온 결과를 한 번에 뒤집어버린 쿠데타였다. 놀고 있네! 맘속으로 한없이 비웃으며 정애는 옥상으로 올라갔다.

승진은 못했어도 호봉은 꼬박꼬박 올라 웬만한 중소기업 또래 남자사원보다 정애의 연봉이 높았다. 대학을 나오지 못한 열등의식 해소방안이든 여가활용이든 어쨌거나 인문학 강좌를 수강하면서 철학이며 서양 클래식 음악 등 교양을 쌓는 한편 얼마 전부터는 와인 열풍에 와인 학교에도 등록했다. 나름대로 골드미스 대열에 낄 수 있었던 건 대기업 연봉과 기업이 주는 이미지가 큰 역할을 한 게 사실이다. 회사 덕분에 집안의 기둥이라는 맏딸의 막중한 책무도 다했다.

정애 앞에 예기치 않은 사건이 발생한 건 대통령께서 고졸 사원도 대우받고 살 수 있는 사회가 되도록 하겠다는 말씀이 있고 난 후부터였다. 언론에서 선수를 치며 금융권에 다시 고졸 사원 채용 바람이 분다는 사실을 심층 보도하기 시작했다. 고졸인 정애가 쌍수를 들어 환영할 일인데도 그런 공약들이 어쩐지 음모 같았다.

회사가 두고두고 내세우는 슬로건 하나가 있었다. 고졸이 4년 지나면 대졸과 균등대우를 한다는 것이었다. 하지만 앞에서는 신입사원을 채용하고 뒤로는 명예퇴직 수순을 밟고 있다는 소문이 무성했다. 공문만 돌지 않았을 뿐 언제 또다시 목을 치는 칼날의 회오리가 몰아칠지 알 수 없었다. 아직 정식으로 공문이 내려온 것도 아니라고 가슴을 쓰다듬으며 마음을 정리해도 정애는 압박을 느꼈다. 두 사람이 모여 쑤군거리며 힐끔거려도 혹시 자신의 얘기를 하는 것이 아닌지 허둥거리며 '자기 검열'에 들어갔다. 개 같은 세상! 서른아홉 정애 입에서 순간적으로 욕이 튀어나왔다.

기업의 사회적 역할이 중요하다는 것을 강조하며 정애가 다니는 그룹에서도 고졸 사원 채용 열풍이 불었다. 고졸들을 왕창 뽑아 가로수 심듯 각 부서에 하나씩 내려보냈다.

넓은 사무실에 파티션으로 구분된 부서에 한 명씩 배치된 신입 여사원들은 메아리가 서로 화답하듯 경쟁적으로 이 구석 저 구석에서 오빠를 연발했다. 마치 기계 솥 안에서 팝콘이 터지는 듯했다. 어느 때는 여기저기에서 동시에 불러대는 합창으로 무슨 오빠교향곡이라도 연주하는 공연장이 아닐까, 하는 생각이 들 때도 있었다. 남자사원들은 하늘에서 막 강림한 선녀를 대하듯 벌린 입을 다물지 못했다.

"부럽지? 이정애 씨도 나한테 오빠라고 한번 불러보시든가…."

잔뜩 눈을 치뜬 정애를 향해 박 부장이 이죽거린다. 오빠 좋아하시네! 정애는 박 부장에게 눈길도 주지 않고 부서 여사원을 불러 휴게실로 데려갔다.

"하린아. 사무실에서 오빠라는 호칭은 사용하지 말도록 해."

열불이 나서 들끓는 속을 억지로 가라앉히며 훈계를 하다 보니 자신이 듣기에도 맹탕 같은 말이 되고 말았다.

"그럼 뭐라고 불러요?"

"내가 부르는 거 못 들었어?"

신입은 고개를 갸웃했다.

"부장님이랑 과장님한테는 그렇게 부르던데 김 대리님 부르는 소리는 못 들었는데요?"

"못 들었으면 앞으로 대리님이라고 부르면 돼, 직책이 없으면 누구누구 씨라고 부르고."

"근데요, 언니."

"또 뭐?"

"언니들한테는 언니라고 하는데 왜 오빠들한테는 오빠라고 하면 안 돼요?"

갑자기 할 말을 잃었다. 정애도 딱히 왜 그래야 하는지를 설명할 수 없었다. 오빠라는 호칭에 내포된 의미를 논리적으로 설명하기가 쉽지 않았다.

"그게 말이지. 아무튼 사무실에서 오빠라고 부르는 일은 앞으로 없어야 한다. 알았지?"

명색이 하늘 같은 선배의 불호령인지라 사무실에서 오빠 소리는 줄어들었다. 하지만 회사 밖에서는 어김없이 오빠 호칭을 그대로 사용했다. 남자사원들이 드러내놓고 원하는 만큼 사라지지 않았다.

정애는 고졸 여사원으로 입사하여 아직도 여사원이다. 함께 입사한 여자 동기들은 다들 퇴사하고 정애만 남았다. 결혼해서까지 남자사원들 시중드는 게 지겹다며 결혼과 동시에 회사를 그만두고, 설령 남는다 해도 대부분 임신과 동시에 사직하는 경우가 많았다. 좀 더 길게 버티던 여사원들도 육아휴직을 누리는 일은 좀체 없었다. 미리 선수를 써서 그 자리에 대타를 채용해 버리거나 돌아온다 해도 엉뚱한 곳으로 발령이 나 있기 때문이었다. 법보다 무서운 건 관행이었다. 그러다 보니 정애와 함께 근무하는 여사원들의 연령대가 정애와는 오륙 년 차이가 나고 신입들과는 십여 년 이상 차이가 났다.

"저기요. 언니라고 하기엔 연세가 많으신데, 이모라고 불러야 할지….."

"내가 네 이모야?"

"네?"

"내가 네 이모냐고?"

"아닌데요."

"근데 왜 이모라고 불러?"

신입 앞에서 찬바람을 일으키며 자리로 돌아왔지만 업무를 할 수 없을 정도로 가슴이 두근거렸다. 화장실도, 휴게실도, 그렇다고 밖으로도 나갈 수 없을 때 무작정 찾는 곳이 바로 회사 옥상이었다. 입사한 뒤 상사에게 처음 야단을 맞고 올라와 실컷 울던 자리였다.

물탱크가 있는 곳으로 다가가 구석진 곳을 찾아 쪼그리고 앉았다. 정애에게도 한때 상큼 발랄, 남자사원들의 로망이었던 시절이 있었다. 자신도 모르게 주르륵 눈물이 떨어졌다.

한 통의 낯선 전화가 걸려온 건 그때였다. 시도 때도 없이 걸려오는 대출 가능하다는 스팸전화일 가능성이 높았지만 계속 울리는 전화를 받지 않을 수 없어 통화버튼을 눌렀다.

"안녕하세요, 이정애 씨 맞으신가요? '일과 성공' 프로그램 작가입니다."

어깨를 토닥이며 위로해 주는 듯한 남자의 목소리에 정애는 울컥 목이 멨다.

"그, 그런데요."

"일과 성공 프로그램은 아시죠?"

"알기는 압니다만. 제게 무슨 일로⋯."

"아, 예. 이번 콘셉트는 직장에서 성공한 고졸 여사원이 대상입니다. 사회적으로 고졸 사원에 대한 기대치가 높아지면서 우리 사회 학력의 허구성도 함께 짚어본다는 의미가 크죠. 몇 가지 확인을 좀 하려고 하는데 통화 가능하신가요?"

"네, 가능합니다."

"간단한 일상을 확인한 다음 방송 여부를 결정할 예정입니다."

각 그룹사 인사부에 요청하여 신상을 파악했다는 말과 함께 본인이 출연을 원치 않으면 면담 사항은 비밀에 부친다는 말도 덧붙였다.

"그럼 먼저 일상 생활에 대해 얘기를 좀 해주시겠습니까?"

정애는 여덟 시에 출근하여 여섯 시에 퇴근하고, 근속연수는 이십여 년이 되어 간다는 얘기를 했다. 상대는 정애의 직책이 무엇인지, 연봉은 얼마나 되는지를 묻고 난 다음 취미생활과 회사 밖에서 하는 활동에 대해서도 질문했다.

일주일에 한 번 인문학 강좌를 듣고, 휴일엔 북한산 둘레길을 두세 시간 정도 걷고, 이번에 새로 시작한 와인 학교에 등록해서 와인 공부까지 한다는 대답도 해주었다. 그러자 남자는 촬영을 해야 할지도 모른다며 둘레길 가는 일행은 누구인지, 코스는 주로 어디인지를 물었다. 불광동에서 진관사를 거쳐 효자비 쪽으로 혼자 산책하는 정도라고 대답하자 혼자서 다니면 위험하지 않느냐는 자상한 배려의 말도 잊지 않았다.

정애는 휴일이면 집 근처 영화관에서 예술성이나 작품성 있는 영화를 빼놓지 않고 감상한다는 얘기까지 들려주었다. 이제 막 배우기 시작한 와인에 관한 얘기를 하려고 하자 그 정도로 충분하다는 답이 돌아왔다. 곧 다시 연락을 하겠노라는 말을 남기고 전화를 끊었다.

"무슨 좋은 일 있으세요?"

사무실에 들어오니 김 대리가 의미심장한 웃음을 띠며 물었다.

"좋은 일은 아니고, 일과 성공 프로에서 전화 받았어. 출연할 수 있는지 가능성 타진한다는."

"설마요? 그 프로는 뭔가 성공한 여성들이…."

김 대리가 말을 하다 말고 멈추었다. 정애는 어쨌거나 우쭐한 기분이 들었다.

일주일, 열흘 보름이 지나도 방송사에서는 연락이 오지 않았다. 출연에 부적합하다는 결론이 났는지도 모를 일이었다. 그래도 미련을 버리지 못하고 일요일 오전 아홉 시가 되면 티브이를 켰다. 그 프로를 자주 시청했던 건 아닌데 채널을 고정한 이유는 왁자지껄 시끄럽게 떠들지 않기 때문이었다. 연예인들을 모아 끌어가는 프로들은 온갖 시시콜콜한 얘기를 늘어놓는 건 그렇다 치고 별로 웃기지도 않는 상황에서 억지웃음을 유발하는 게 시청자를 바보 취급하는 것 같아서 영 싫었다. 티브이 속 세상에는 온통 사랑뿐인데 노동이 있다는 것도 맘에 들었다.

이번에는 정애와 동갑인 서른아홉 살 공무원의 하루를 다루고 있었다. 육아 문제로 그만둘 위기를 몇 번이나 넘겼다는 것을 강조했다. 대단하다는 생각이 드는 것도 사실이지만 공무원은 국가에서 그만두라고 종용하지는 않을 거란 생각에 정애는 왜 일찌감치 공무원이 되지 못했는지 때늦은 후회가 일었다. 성공한 여자의 삶을 보던 성애는 초라하고 또 초라한 자신의 모습을 어딘가로 던지지 않으면 안 될 것 같았다. 회사에서 성공이라는 날개를 꿈꿀 때는 성공한 사람들의 얘기가 자신의 일처럼 다가와 좋았는데 때아닌 고졸 바람이 불면서 명예 아닌 명예퇴직을 강요받는 상황이 되다 보니 초라해지는 처지에 더욱 우울해지고 말았다.

방송에 출연이라도 해서 초라한 신세를 잠시라도 벗어났으면 하는 바람이 없지 않았다. 하지만 이름을 대면 알 만한 대기업 고졸 여사원들이 출연한 프로그램을 보면서 생각을 접었다.

등산화를 꺼내 신었다. 방 안에 가만히 누워 휴식을 취할 수 없을 만큼 답답했다. 배낭에 오이 하나, 생수 한 병을 넣어 6호선 독바위역에서 내렸다. 삼삼오오 배낭을 짊어진 사람들이 눈에 띄었다. 정애는 그들의 뒤를 따라 걷다가 진관사 둘레길인 왼쪽으로 들어섰다. 오르락내리락 굴곡이 있어 산책이라고 하기엔 좀 힘이 들고, 등산이라고 하기엔 밋밋했다. 진관사까지 가지 않더라도 두 시간은 족히 걸리는 코스라서 다녀오면 적당히 익은 파김치처럼 노곤해진다. 운동을 마쳤다는 만족감이 무엇보다 좋았다. 한 주 간격으로 녹음이 짙어지는 풍경도 위로가 되었다. 하지만 그날은 산을 내려온 뒤에도 답답한 마음이 영 가시지 않았다.

주점으로 들어가 부추전과 막걸리 한 병을 주문했다. 정애가 앉아 있는 앞쪽으로 등산객들이 잔을 비우고 있었다. 부추전을 막 입으로 가져가려다 말고 주점으로 들어서는 남자를 향해 정애는 고개를 숙여 인사했다. 그러고도 스스로 고개를 갸우뚱했다. 인사를 하긴 했는데 어디서 어떻게 알게 된 남자인지 머리에 쥐가 날 만큼 쥐어짜 봐도 생각이 나지 않았다. 그러다 아, 인문학 강좌! 일주일에 한 번씩 듣는 철학 강좌에서 본 남자가 떠올랐다. 그렇다고 뒤늦게 인사를 따로 할 생각은 없었다. 남자도 혼자 왔는지 막걸리와 파전을 시켰다.

정애는 막걸리를 가득 부어 벌컥벌컥 들이켰다. 말을 걸어올 듯도 했지만 남자는 혼자 앉아 술잔을 비우고 있었다. 왁자한 남녀가 자리를 뜨고 정애와 그 남자 둘이 남았다. 정애는 흘금 흘금 탐색을 시도했다. 머리가 벗겨지지도 않았고, 바른 자세로 앉아 잔을 드는 모습이 함께 잔을 부딪치고 싶을 만큼 괜찮아 보였다. 술잔도 저렇게 들 수 있구나, 하는 생각이 들었다. 남자가 잔을 내려놓으며 혀로 입술을 훔쳤다. 순간, 정애는 그의 혀가 자신의 입술에 닿은 듯 야릇한 흥분이 밀려왔다. 더 이상 앉아 있다가는 먼저 다가갈 것 같아 자리에서 일어섰다.

신입 여사원들의 '오빠' 호칭으로 바람끝 차가운 3월의 봄바람 같은 싱숭생숭한 분위기에 휩싸이기도 했지만 시간이 지나면서 차츰 시들해졌다. 시들해질 수밖에 없는 사건이 계속 터졌다. 신입들의 인원만큼 명예로운 퇴직을 위한 작업이 본격화된 때문이었다. 정애는 이럴 때 보란 듯이 사직서 던지고 나갈 일이 생긴다면, 다른 기업체에서 스카우트 제의라도 올 만한 능력이나 배경이 있다면, 모아둔 돈이라도 있다면… 수없이 많은 가정을 들어가면서 가당치도 않은 희망 사항들을 머릿속으로 나열해 보았다. 부양가족에 대한 생활비 지급에서 잠시 놓여난 것일 뿐 자신의 생계는 어찌할 것인가. 어머니를 모시고 사는 남동생이 정애 생활비까지 대줄 수는 없을 터였다.

정애는 식용 원숭이가 된 기분이었다. 사실인지 아닌지는 중요하지 않았다. 중국 여행에서 가이드가 엽기 요리를 소개할 때 들려준 얘기가 떠올랐다. 산 채로 원숭이 골을 먹는 사람들의 얘기였다. 뻥 뚫린 둥근 탁자 밑에 원숭이를 앉혀놓고 뇌를 파먹는다고 했다. 골이 먹히는 동안 공포에 떠는 원숭이에게 탬버린을 안겨주는데 탬버린 소리가 멈추면 사람들이 먹는 것을 멈춘다고 한다. 탬버린 소리가 멈추었다는 것은 숨이 멎었다는 의미라고 했다. 정애는 그다음 얘기가 산채로 골을 먹는다는 얘기를 들었을 때와는 다르게 오래도록 뇌리에 남았다. 사람들이 원숭이를 고르려고 원숭이 우리로 다가가면 그들 스스로 힘이 약한 녀석 하나를 골라 앞으로 밀어내며 나머지는 뒤로 물러난다는 것이었다.

정애를 점찍은 사원들은 벼랑 끝으로 정애를 밀어내고 있었다. 박 부장의 면담은 노골적이었다. 정애가 하던 일을 김 대리에게 넘기라고 했다. 입사하여 지금까지 대차대조표, 손익계산서 등 회계부에서 진행된 일련의 주요 업무는 정애 담당이었다.

참담한 심사가 들 때면 늘 오르던 건물 옥상이 이렇게 높은 줄 미처 몰랐다. 위에서 내려다보니 저 아래 사람들이 엄지손톱으로 꾹 누르면 눌릴 것처럼 작아 보였다. 정애는 건물 밑을 오가는 넥타이 맨 남자들을 손톱으로 꾹꾹 눌러 죽였다. 김 이사, 박 부장, 아니 후배인 김 대리라도 되는 듯 짓이겼다. 김 대리에게 업무를 넘기라는 박 부장의 말을 듣고 옥상에 올라와 손톱으로 박 부장과 김 대리를 차례로 눌러 죽여도 시원해지지 않았다. 어쩐 일인지 난간에 올라서서 두 팔을 활짝 펴고 날아보고 싶은 생각이 자꾸 들었다. 하지만 끝내 날지 못하고 사무실로 돌아왔다. 아직은 대기발령이나 해고통지서는 날아오지 않았다. 그래, 닥칠 때 닥치더라도 우선은 사는 거야.

일주일에 한 번 듣는 인문학 강의실을 향하면서 정애는 산에서 만났던 남자 생각이 문득 났다. 퇴근 후에 술이나 마시고, 회식 끝나면 비틀거리며 노래방을 찾고, 양복 입고 폼을 잡아도 상사 앞에서 손이나 비비는 지질한 모습의 동료들도 함께 떠올랐다. 헐렁한 남방에 배낭을 메고 산을 오르는 남자, 자기 계발을 위해 인문학 강의를 듣는 남자… 정애는 남자와 눈이 마주치자 미소와 함께 고개를 숙여 인사했다.

강의가 끝나면 뒤도 돌아보지 않고 책을 챙겨 강의실을 빠져나오던 정애였다. 강좌는 보통 8주 과정이었다. 정애는 어떤 강좌를 듣든지 회원들과 따로 시간을 만들지 않았다. 그런데 그날은 강의가 끝나고 로비에서 커피 한 잔을 뽑아 소파에 앉았다. 슬금슬금 강의실 주변을 살폈다. 원래 인원도 열 명 정도인 데다 한둘은 늘 결석자가 있어 수업을 듣는 사람은 칠팔 명이 보통이었다. 지난주엔 정애를 뺀 나머지 수강생들이 강사와 함께 뒤풀이 시간을 가졌다고 했다. 뒤풀이를 한 탓인지 회원들은 서로 친해 보였다.

한쪽에 앉아 커피를 마시며 정애는 갈비뼈 사이로 바람이 스며드는 것 같은 뻐근한 한기를 느꼈다. 어디서 많이 본 듯한 풍경, 그건 정애가 근무하는 사무실 모습이었다. 그들끼리 모여 왁자하게 떠들며 웃고 있는 게 사무실을 옮겨 놓은 것 같아 불편했다. 그 자리에 자신이 끼는 것이 어울리지 않는 조합 같아 한두 번 비켜나 있다 보니 늘 그래왔던 사람처럼 어색하기 짝이 없었다. 사무실에선 누구 하나 정애에게 먼저 말을 걸거나 손을 내밀지 않았다. 그런데 그때 남자가 정애에게 먼저 다가왔다.

"저, 뒤풀이 한다는데 가실 건가요, 함께 가시죠?"

정애는 간절히 기다리던 말이었지만 다른 대답이 튀어나왔다.

"아뇨. 제가 좀 바빠서요."

그 말과 동시에 자리에서 일어났다. 마지막 남은 커피 한 모금과 삼킨 건 갈비뼈 사이를 훑고 지나는 바람 한 줄기였다. 전철역을 향해 걸었다. 뒤도 돌아보지 않고 걷는 정애 뒤로 자동차 경적이 짧게 울렸다. 창문을 내린 남자가 입을 열었다.

"전철역 가시죠? 타세요."

정애는 흔들리는 마음을 다잡고 또 거절했다.

"거의 다 온 걸요."

"아, 네. 그럼 다음 주에 봅시다."

아쉬웠다. 그 남자도 뒤풀이에 참석하지 않은 모양이었다. 그냥 타고 갈걸! 드라마 한 장면이 머리를 스쳤다. 회사에서 쫓

겨날 처지의 여사원을 '실장님'이 등장하여 구제해 주는 드라마였다. 할 수만 있다면 이미 사라진 남자의 승용차를 부르고 싶었다.

주말인데 자신을 기다리고 있을 엄마를 찾아갈까 하다가 마음을 돌렸다. 가진 재산이라고 해봐야 재개발이 확실하지도 않은 단독주택 한 채가 전부였다. 그 재산을 미끼로 정애는 남동생에게 어머니를 떠맡겼다. 아니 지금껏 가족의 생계를 짊어졌던 자신의 어깨에서 무거운 짐을 잠시 내려놓았을 뿐이었다.

엄마에게 가는 대신 영화관을 찾았다. 베토벤 현악 4중주를 주제로 한 영화였다. 흥행에는 실패했지만 마니아들 사이에서는 호평을 받고 있었다. 정애는 영화가 끝나고도 한참을 앉아 있다 밖으로 나왔다.

"저기요."

엘리베이터 앞에 서 있는 정애에게 말을 걸어온 사람은 그 남자였다.

"어머? 혼자 오셨나 봐요."

질문을 해놓고 정애는 쑥스러워 입을 다물었다. 커피나 한잔하자는 남자의 말에 기다렸다는 듯 따라나섰다.

"그러고 보니 우리 인연이 깊은데 통성명도 안 했군요. 제 이름은 박상도입니다."

"전 이정애예요."

영화, 인문학, 와인 등 해박한 지식에 정애는 빨려 들어가는 기분이었다. 커피 한잔을 놓고 이렇게 많은 얘기를 할 수 있다는 게 신기했다. 시간 가는 줄도 모르고 그와 얘기를 하다 헤어졌다. 다음 강좌에서 보자는 말을 남기고.

일요일 아침, 습관처럼 일과 성공 프로를 보다가 등산화를 신고 둘레길 입구로 들어섰다. 저만치 앞에 가는 남자가 그였으면 좋겠다고 생각한 순간 정애는 눈을 의심했다. 구불구불 오르막길을 올라 평평한 바위에 앉아 오이 하나를 막 입에 물을 때였다. 혼자 앞서 가던 남자가 돌아보았다. 그 남자였다.

"아!"

남자의 감탄사에 반가움이 묻어났다. 정애를 향해 몸을 돌렸다. 그러면서 정애가 앉아 있는 쪽으로 되돌아서 왔다. 손수건을 꺼내 땀을 닦으며 정애는 막 입에 물려고 했던 오이를 두 동강 내 남자에게 내밀었다. 남자는 하얀 이를 드러내며 오이를 한 입 베어 물었다.

"또 만났군요. 이거 보통 인연이 아닌 것 같습니다."

정애가 하고 싶은 말이었다.

"오늘은 내가 가는 코스로 가볼까요?"

남자의 제안에 정애는 묻지도 않고 흔쾌히 고개를 끄덕였다. 둘레길과 달리 생각보다 산은 험준했다. 가파른 곳에서 남자가 내미는 손을 스스럼없이 잡았다. 손만 잡았을 뿐인데도 그가 살갑게 느껴졌다.

두 시간여를 돌아 북한산 입구에 내려왔을 때는 해가 막 떨어져 주변이 어둑어둑할 무렵이었다. 파전을 시켜 먹던 조그만 주점으로 내려와 막걸리잔을 앞에 두고 마주 앉았다. 정애는 그동안 말 못하다 죽은 귀신이라도 붙은 것처럼 남자가 묻는 말에 꼬박꼬박 대답을 하고, 거기에 덧붙여 자신의 생각을 털어놓기 시작했다.

"아, 내가 왜 결혼도 못했다는 말까지 하는 거죠? 바보 같아요."

"저도 결혼 못했어요. 바보 아니에요."

남자가 쑥스럽게 웃었다. 정애는 그에게 궁금한 게 많아졌다. 조심스럽게 물었다.

"저기, 직장은 어디세요?"

"여의도입니다. 무역회사예요."

"어머? 저도 여의도인데…."

정애는 자연스럽게 그 남자와 다음 일요일 약속을 하고 헤어졌다. 혼자서 산을 내려오지 않아도 좋고, 마주 앉아 막걸리를 마시는 것도 좋았다. 속력에 가속도가 붙은 것처럼 정애는 급격하게 남자에게 기울었지만 제어가 되지 않았다. 사무실에서 일어나는 일을 얘기할 수 있는 사람, 그렇게 얘기를 잘 들어주는 사람을 정애는 만나지 못했다.

산을 내려와 남자와 함께 술을 마시는 시간을 정애는 기다렸다. 남자가 주는 대로 술을 마시다 보니 자신도 모르게 취해버린 날이었다.

"이거 아세요? 요즘 우리 사무실이 얼마나 웃기는지? 진짜 웃기는 것들."

"뭐가 그리 웃겨요?"

"아니 사무실에서 남자직원들한테 오빠라고 불러요. 옵빠, 옵빠, 옵빠… 오빠라고 하는 것들이나 그 소리 듣고 좋아 죽겠다고 하는 것들이나 다들 미쳤어요. 미쳤어!"

"나도 오빠라고 불러주면 좋을 것 같은데요?"

정애는 순간 그 오빠라는 말에 마술이라도 걸린 듯 그가 정말 어깨를 기대어도 좋을 오빠로 느껴졌다.

"사무실이 아니니까 오빠라고 불러도 되겠네요. 오빠, 오빠."

정애는 술에 취해 점점 눈이 풀어지며 오빠를 불러댔다.

"정애 씨! 집이 어디예요?"

"우리 집, 여기서 가까워요."

"일어나요. 바래다줄게요."

남자의 한쪽 어깨에 기대어 정애는 집으로 돌아왔다. 갈증이 들어 눈을 떴다.

흐트러진 모습이 맨 먼저 눈에 들어왔다. 그는 가고 없었다. 기억나지 않았던 것들이 떠오르기 시작했다. 그의 입술, 가슴을 쓸어내리던 손길… 이런 모습으로 그와 밤을 보내고 싶지는 않았는데 수치스러웠다. 아무도 없는 방 안에서 이불을 뒤집어썼다.

잠이 들지 않아 뜬눈으로 출근 시간을 맞았다. 문자 수신음에 허겁지겁 휴대전화를 확인했다.

— 정애 씨, 잘 잤나요? 세상에서 가장 아름다운 아침을 맞았어요. 오빠가.

상도의 '오빠가'라는 표현에 웃음이 저절로 나왔다.

데이트 장소는 자연스럽게 혼자 사는 정애의 원룸이 되었다. 퇴근 후 마트에 들러 장보기를 했다. 상도가 사 온 꽃을 꽃병에 꽂는 것도, 상도가 들고 오는 과일을 깎아 예쁜 접시에 담아 함께 먹는 것도, 그에게 가끔 오빠라고 부르는 호칭에도 정애는 모든 게 새로웠다. 후식으로 먹는 달콤한 아이스크림 같은 프러포즈를 고대하고 있었다. 드라마에 나오는, 하늘이 무너져도 솟아날 구멍인 '실장님'까지는 아니어도 목을 조여 오는 이 슬픈 현실에서 등 넓은 오빠가 되어주기를 간절히 바랐다.

김 대리에게 일을 넘기고 난 이후 정애는 특별히 할 일이 없었다. 다만 스스로 명예로운 퇴직을 할 생각이 없다는 것만은 분명하게 밝혔다. 할 일 없이 책상을 지키고 앉아 있을 수만은 없어 옥상에 올라 하늘을 보거나, 건물 아래 다니는 남자들을 바라보았다. 상도를 만난 이후 옥상에 올라가 아래를 내려다보며 억압하는 이사, 부장 등을 손톱 밑에 눌러 죽이는 놀이도 하지 않게 되었다.

일요일, 늦은 아침을 먹으러 온 상도와 마주 앉았다. 그날따라 상도는 침울해 보였다.

"무슨 일 있어요?"

"그렇게 보여? 아냐."

상도가 욕실에 들어가 어딘가로 전화를 걸었다. 보름 후에 갚을 수 있다면서 돈을 융통해 달라는 내용이었다. 작은 목소리였지만 정애에게 들리고도 남았다. 정애가 먼저 물었다.

"얼마나 필요한데요?"

"아, 진짜 이런 말 하기는 미안한데, 우선 삼천만 원 정도만 있으면 좋을 것 같아."

정애는 머뭇거리다 대답을 했다.

"그 정도는 될 것 같아요."

"보름 정도면 가능할 거야. 중국 다녀와서 연락할게. 덕분에 큰 건 하나 해결하겠다."

만기가 몇 달 남지 않은 적금을 해약하여 그의 통장으로 입금했다. 그에게 큰 건이라면 자신에게도 좋은 일이 아닌가.

"걱정 말고 다녀오세요."

"이 일만 해결되고 나면 좋아질 거야. 다녀와서 얘기하자."

그가 돌아오겠다는 보름이 며칠 남지 않았다. 그가 없는 서울이 텅 빈 듯했다. 간간이 연락을 주고받는 친구에게 오랜만에 문자가 왔다.

"정애야, 뉴스 보다가 갑자기 네 생각이 났어. 어떤 나쁜 놈이 연봉 많은 대기업 노처녀들한테 접근하여 사기를 쳤다는구나! 너도 조심해라."

고맙다는 답장을 보낸 정애는 뉴스 검색 창을 띄웠다. 친구 얘기는 사실이었다.

"대기업 여사원들에게 접근한 뒤, 결혼을 미끼로 사기를 친 이 남성의 수법은 다양하였습니다. 나이 많은 여사원들에게 대부분 방송 출연을 미끼로 접근하였습니다."

얼마 전 정애가 본 뉴스에서도 연봉 높고, 경력이 많은 여사원을 노린다고 했다. 피해 여성이 많을 것이라고도 했다. 종류도 다양하구나, 그러면서 정애는 사기를 당할 정도의 레벨이라도 되었으면 좋겠다는 생각을 했다. 그 축에도 끼지 못하는 자신이 더 한심스럽게 느껴졌다. 그런데 방송 출연 미끼라는 말이 목에 걸렸다.

중국의 일이 마무리되지 않아 잠시 다니러 왔다는 상도를 만나 정애는 생각난 듯이 물었다.

"오빠, 혹시 그 얘기 들었어요?"

"무슨 얘기?"

"대기업 여사원들을 상대로 사기 친다는 남자 얘기요."

"글쎄, 금시초문인데."

"나야 뭐 사기당할 축에도 끼지 못하지만…."

"한 이천만 원만 더 융통할 수 있는지 물어보려고 했는데 얘기 꺼내지 말아야겠네."

정애는 그 질문에 대답하지 않았다.

"아! 맞다 그러고 보니 나도 두 달 전 방송 출연 전화를 받았는데, 연락 없는 거 보니까 무산되었나 봐요. 그때 그 남자도 오빠처럼 목소리가 참 좋았는데."

"비교할 데가 없어서 거기에 나를 비교하는 거야?"

상도가 벌컥 화를 내면서 나가버렸다. 담배 한 개비 피우고 들어올 것이라고 생각했지만 그는 다시 돌아오지 않았다.

정애는 상도와의 우연한 만남이 자꾸만 떠올랐다.

극장에 혼자 영화를 보러 갔을 때도 상도를 만났다. 좋아하는 영화를 보고 함께 얘기를 나눈다는 것이 얼마나 좋았는지 모른다. 어째서 이제야 이런 남자를 만났는지 아쉽기도 했다. 그뿐이 아니었다. 하고 많은 북한산을 오르는 코스에서도, 하필 그 시간에 상도는 정애 눈앞에 나타났다. 인문학 강좌까지는 우연이 아닐 것이라고 위안을 삼았다.

뜬눈으로 꼬박 눈을 뜬 정애는 옷매무새를 가다듬고 출근했다. 김 대리가 정애 앞으로 쪼르르 달려왔다.

"어제 뉴스 보셨어요?"

"무슨 뉴스?"

"세상에, 대기업에 근무하는 여사원들만 골라 사기를 쳤다잖아요."

"그래서?"

"정애 씨도 그 전화 받았다고 하지 않았어요?"

"언제?"

"지난번 그랬잖아요?"

"그 전화가 그 남자라는 증거 있어?"

"아니면 된 거지 왜 화를 내고 그래요? 캐릭터 독특하시네."

이제 소문은 걷잡을 수 없이 퍼져나갈 것이다. 계단을 천천히 딛고 옥상으로 올라갔다. 이른 봄이라고는 하지만 꽃샘바람이 매서웠다. 난간에 올라서서 건물 아래를 바라보았다. 그 남자가 먼저 돈을 달라고 하지 않았다. 스스로 주었다. 그와 함께 있는 동안 행복했다. 상도를 의심해서 한 말은 아니었다. 정애는 자신의 말이 무례할 수 있겠다는 생각이 들었다.

그에게선 한 달이 지나도록 연락이 없다. 휴대전화는 전원이 꺼져있고, 그가 알려준 사무실 전화도 신호음만 길게 이어질 뿐 받는 사람이 없다.

오빠가 사라졌다.

절 받으시옵고

시어머니가 가출을 했다. 여행 가방을 챙겨 집을 나간 게 한두 번이 아니어서 특별할 것은 없었다. 행선지를 슬쩍슬쩍 알려 가족들의 걱정을 덜어주는 시어머니 센스를 이번에도 믿었다. 장미꽃 바구니를 손에 들고 시아버지와 함께 배시시 웃으며 현관을 들어서리라는 것도 의심치 않았다.

문제는 여행용 가방만 사라진 게 아니라는 데 있었다. 장롱, 세탁기, 냉장고, 심지어 식탁까지 깡그리 가져가 버렸다. 일하는 아주머니도 보이지 않았다.

거실 정면에 걸린 가족사진은 떼 가면서 마흔 살쯤에 찍은 수영복 차림의 시어머니 사진은 그대로 두고 갔다. 가족사진이 함께 걸려 있을 때는 모르고 지나쳤는데 사진 하나만 달랑 걸려 있으니 시아버지의 축 처진 어깨처럼 시어머니 사진도 쓸 쓸해 보였다. 일하는 아주머니에게 전화를 해 보았으나 별 소 득 없이 하소연만 듣는 꼴이 되고 말았다.

"사모님께서 웃돈까지 얹혀주며 나가라고 하셨어요. 다른 사 람을 두려고 그러시는지… 제가 뭘 잘못한 것도 없는데…."

하염없이 쏟아내는 넋두리를 뒤로하고 서둘러 전화를 끊었 다. 시어머니 가출은 계획적이고 치밀했다. 일하는 아주머니까 지 내보낸 것을 보면 시아버지가 싹싹 비는 것으로는 해결될 것 같지 않았다. 밤늦도록 시누이에게 줄 반찬을 만들어 나 혼 자 보낼 때부터 수상쩍었다.

"어머닌 안 가시게요?"

"시집간 딸자식한테 에미가 반찬 만들어 쫓아다니는 것도 그 렇고… 너에게도 면목 없는 짓이지. 얘, 너도 내일은 애비 만나 저녁도 먹고 데이트도 하고 들어오렴. 범수랑 약속도 해놓았 다. 거기 알지? 홍대입구!"

"정말이세요? 어머니!"

"그렇다니까."

가끔씩 이벤트를 만들어 멋지다는 말을 듣고 싶어 하는 시 어머니 기분을 맞추려고 나는 온몸으로 좋다는 반응을 보였다. 남편과의 데이트에만 신경 쓰느라 평소와 다른 시어머니의 이 상 행동을 눈치채지 못했다.

저녁을 먹고 "당신 어머니 정말 근사한 여자"라며 시어머니를 치켜세우고 한껏 우쭐해진 남편에게 와인 바를 가자고 하려던 참이었다. "집 안이 난장판인데 어디서 뭣들 하고 있냐"는 시아버지 호통에 부랴부랴 집으로 돌아왔다. 이사 간 집처럼 집은 텅 비어있었다. 시아버지는 저녁도 굶은 채였다. 양복 입고 출근할 때와 달라진 게 없는데 십여 년간 홀아비로 살아온 것처럼 후줄근해 보였다.

밖에서는 '사장님' 대접을 받으며 근엄하기 짝이 없고, 자식들에게는 독재자 같은 시아버지지만 단 한 사람, 시어머니한테만큼은 꼼짝하지 못했다. 그런 시어머니가 없으니 엄마 잃은 아이처럼 안절부절못하고 앉았다 일어섰다를 반복했다. 거실에서 안방으로 안방에서 다시 거실로 서성이며 불안증세를 보이기까지 했다.

며칠 지나고 시아버지가 찾아가면 상황이 종료될 것이란 내 예상은 빗나가고 말았다. 시어머니는 휴대전화도 받지 않았고, 행선지를 흘리지도 않았다. 다음 날 용역회사에 부탁해 일하는 아주머니를 다시 불렀다. 시아버지 식사 정도는 할 수 있다고 쳐도 백 평이 넘는 집 안 청소를 나 혼자 하는 건 무리였다.

점심 무렵, 시어머니가 웃으면서 현관으로 들어섰다.

"어머니!"

돌아가신 친정어머니가 살아온 것만큼이나 나는 화들짝 놀라 시어머니를 얼싸안았다. 예민해진 시아버지 눈치 보랴, 새로 온 아주머니 일 가르치랴 지칠 대로 지쳐 있던 상태였다.

"일하는 아주머니 내보냈다고 서운하게 생각지 마라. 저 여자도 내보내거라. 널 엿 먹이려고 그러는 것은 아니니까. 하긴 네가 힘이 좀 들긴 하겠다."

나긋나긋 상냥한 말씨에 머리를 틀어 올리고 잘록한 허리를 강조한 옷을 입고 있는 시어머니에게 오드리 헵번이 살아왔다며 시아버지는 찬사를 아끼지 않았다. 고상하고 우아하다는 말을 듣기 좋아하는 시어머니는 일상생활에서도 그렇게 살려고 노력하는 사람이었다. 오드리 헵번이 자선활동을 했다는 것을 알고 난 뒤부터는 어려운 이웃을 위한 김장하기 봉사활동도 열심히 다니고, 연말이면 독거노인을 위한 기부금도 아끼지 않았다. 시어머니는 집에서도 늘 외출복 차림이었다. 동네 슈퍼마켓만 가더라도 화장을 해야 집을 나섰고, 시아버지가 퇴근할 시간이 되면 옷을 갈아입었다. 그런 시어머니가 아들 녀석이나 쓰는 '엿 먹인다'를 며느리에게 서슴없이 한다는 것은 시아버지와의 화해가 물 건너갔다는 선언이었다.

시아버지와 싸움을 할 때면 오드리 헵번 흉내 같은 건 집어던진다는 것도 모르지 않았다.

"어머니, 이제 그만 들어오시면 안 될까요?"

"넌 내가 들어올 사람처럼 보이니? 너희도 힘들면 이 기회에

분가해라."

그러고는 소파에 다리를 꼬고 앉아 전화기를 들었다.

"나도 없는데 사람은 왜 두니?"

누구냐고 묻지 않아도 시아버지라는 걸 알 수 있었다. 존칭어가 사라진 시어머니 말투는 나뭇가지에 간신히 매달린 나뭇잎을 날려 버릴 찬바람만큼이나 매서웠다.

"명주 그년 데려다 살림을 차려도 안 말릴 테니까 하고 싶은 싶은 대로 하고 사셔. 일하는 사람은 두어도 소용 없어, 내가 다 내보낼 테니까. 지금 내가 죽을병 걸려 죽어버렸으면 좋겠지? 이 나쁜 놈아."

시어머니가 들고 있는 수화기 저편에서는 아무런 소리도 들려오지 않았다. '여보'를 부를 때 시어머니 목소리는 환갑이 지난 나이에도 애교 만점이었다. '여'에 악센트를 살짝 주며 끝부분의 '보'를 '솔'음까지 올려서 부르면 시아버지는 속세 말로 까무러칠 정도로 좋아했다. 죽일 듯이 싸움을 하다가도 시어머니의 '여보' 소리와 눈웃음 한 번이면 언제 그랬냐는 듯 냉전은 끝이 났다.

시아버지가 여자 문제로 속을 썩인 게 한두 번이 아니었다. 그럴 때마다 시어머니가 나서서 문제를 해결했다. 결혼생활의 지루함을 달래기 위해 나는 두 사람이 게임을 즐기는 것이라고 생각했다. 이번 게임은 복잡하고 난해하여 쉽게 풀리지 않을 것 같은 예감이 들었다. 시어머니는 당신이 할 말만 하고서 전화를 끊어버렸다.

누구 눈치도 보지 않고 거리낌 없는 직설법은 시누이가 결혼할 때도 발휘되었다. 시누이가 결혼하겠다며 데려온 남자를 시부모는 못마땅해했다. 시어머니 말로는 어느 것 하나 시누이와 대놓고 맞는 것이 없다는 것이었다. 상견례 자리에서 신랑 어머니가 지나가는 말처럼 한 말을 시어머니가 들었다.

"며늘애가 예뻐서 좋긴 한데 몸이 저리 약해서."

시어머니 눈초리가 새치름하게 내리깔리더니 입가에 미소가 지어졌다.

"사부인, 농사지으세요? 우리 애 데려가다 농사 지을 요량이세요? 따지고 들면 우리 전주 이씨 효령대군 17대손 양반 집에 막말로 족보도 없는 집 자식을 받아주는 것만으로도 감지덕지할 일이지요. 설마 그것을 모르시진 않겠지요?"

"아니. 어떻게 그런 말씀을."

"안이고 밖이고."

시아버지는 시어머니가 못마땅한 내색을 마음껏 하도록 딴청을 피우고 있었다. 험악해진 분위기는 좀처럼 회복되지 않았다. 열심히 밥만 먹고 헤어져 결혼식을 올리는 날까지 삐걱거린 기억이 새삼 떠올랐다.

시어머니가 동네에서 사귄 동생이 하나 있었다. 내가 보기엔 사귀었다기보다는 일방적으로 시어머니를 따르는 여자였다. 시어머니에게는 언니, 시아버지에게는 형부라고 불렀다. 나에게는 '명주 이모'라 불러 달라고 했다. 자신의 혀를 남의 입속에 넣고 사는 여자 같았다. 하는 말마다 상대의 비위를 맞추는 말이었다. 시어머니가 옷을 하나 사 입으면 "왕년의 은막 스타 홍세미에게 견줄 만한 맵시와 우아함을 갖추었다"는 것을 시작으로 "어쩌면 그 나이에 그런 몸매가 가능하냐"는 등 뻔한 말을 뻔하지 않게 하는 능력도 타고 났다. 그 말솜씨에 시어머니는 녹아들었다. 시아버지 넥타이만 바뀌어도 금세 알아보았다.

"어머 형부! 어쩜 그 연세에 그런 센스가 있으세요? 여자들이 줄줄 따라 다니겠어요. 언니 긴장해야 되겠다! 우리 형부는 어쩜 그렇게 멋있으실까."

"얘는 그 넥타이를 누가 골라줬겠니? 바로 이 언니지."

여자들이 무슨 넥타이를 보고 줄줄 따라오겠느냐며 한마디를 거들고 싶었지만 시어머니가 치는 장단에 딴죽을 걸 수 없어 그만 입을 다물었다. 시아버지는 흰머리가 올라오는 즉시 염색을 했다. 적당히 나온 뱃살에 운동으로 다져진 근육은 칠십이 넘었다고 믿기지 않을 만큼 단단했다. 젊어서 여자깨나 울리고 다녔겠다는 말을 종종 들었다. 젊어서가 아니라 여전히 시어머니 눈에서 눈물을 빼고 있다.

여자는 얇은 속옷이 물에 젖을 때처럼 몸에 착 감기는 듯한 목소리로 말끝마다 '언니, 형부'를 불러댔다. 시아버지 역시 없는 처제가 생겨서 좋다며 시어머니와 어울려 함께 관광을 다녔다. 명주 이모 소리가 잘 나오지 않는 나는 "저기요"라고 하든지 호칭 없이 말을 하곤 했다. 넉살이 참으로 좋다는 생각이 수시로 들었다.

여자의 넉살은 보험회사에서 날아온 우편물로 끝장이 났다. 집으로 우편물이 날아오게 한 건 순전히 시아버지 실수였다. 시어머니는 시아버지 통장에서 백여만 원이 넘는 돈이 인출되는 것을 알아냈다. 두 사람이 호젓한 곳에서 자주 만나 점심을 먹는다는 정보를 얻어내는 데 성공했다. 채 한 달도 걸리지 않았다. 여자는 그동안에도 "언니, 형부"를 불러대며 부리나케 집 안을 들락거렸다.

두 사람이 있는 자리에 갑자기 나타난 시어머니를 보고 여자보다 놀란 건 시아버지였다.

"여, 여보, 그냥 밥이나 먹고 들어가려고… 바람 좀 쐬고 바로 들어가려고 했어. 그냥 좀 왔다니까."

더듬거리며 변명을 하는 시아버지에게 시어머니는 아무렇지 않은 말투로 받아쳤다.

"여보, 나도 바람 좀 쐬러 왔다니까. 기왕 왔으니 더 놀다 갑시다."

시아버지는 "우리 여보는 역시 통이 큰 여자야"라며 백화점에 들러 시어머니 옷과 구두, 명품백을 사주며 선물 공세로 상황을 끝내려고 했다. 아니 끝났다고 생각을 했다. 시어머니는 시아버지 스타일로 보아 가격이 높을수록 지은 죄가 크다고 판단했을 것이다. 시어머니는 다음 날 여자를 집으로 불렀다.

"언니, 미안해요."

시어머니는 말을 하지 않고 여자를 바라보기만 했다.

"형부가 보험을 들어줘서… 고마워서 밥 한 끼 샀어요. 언니한테 말하지 못한 것은 죄송해요."

여전히 이렇다 저렇다 대꾸를 하지 않는 시어머니 침묵에 견디지 못한 여자가 횡설수설 말을 이어갔다.

"금액이 좀 커서… 이번에 상도 받고."

"…."

"뭘 해드릴 것도 마땅찮아서 그냥 밥이나 한 번 산 것뿐이에요, 언니, 뭐라고 말 좀 해 보세요."

"밑구멍 팔아서 배신 때린 년한테 뭐라고 말을 해줄까?"

"아니 언니, 무슨 말도 안 되는 소리를?"

"그럼 아냐? 지금까지 들어준 보험만으로도 넘친다, 이년아. 몇 번이나 가랑이를 벌려 주었니?"

시어머니 말에 여자의 태도가 갑자기 돌변했다. 변명을 해봐야 소용없는 일이라는 것을 알기나 하는 것처럼 시어머니 속을 뒤집는 말을 하고 말았다.

"그래요. 형부가 그럽디다, 언니하고는 부부관계 못한지도 오래되었다고…."

"왜 못한다고 하더냐?"

"그걸 내가 어떻게 알아요?"

"당뇨 때문에 그 짓을 못한다는 말은 안 하더냐? 나쁜 년, 어디 붙어먹을 사람이 없어서 감히 내 남편을… 너 같은 년 때문에 내가 병이 들었다. 이년아."

"남편 간수 잘못한 언니한테 문제가 있지. 왜 본인 병 난 것을 나한테 덮어씌워요? 손바닥도 마주쳐야 소리가 나는 것이지…."

"어디서, 주둥이 달렸다고 언니, 형부야?"

순식간에 여자의 따귀에 손이 올라갔다.

"내게 왜이래요? 내가 보험 들어달라고 했나? 형부가 자진해서…."

다시 여자의 뺨에 손이 올라갔다.

"형부라고 하지 말랬지? 주둥이 닥쳐."

난 평소처럼 보험 해약하고 시아버지가 비는 정도로 일이 마무리될 것으로 알았다. 하지만 재산을 딱 반으로 갈라 이혼을 하자는 것이 시어머니 요구였다. 시아버지는 당신 없인 난 이세상을 살아갈 의미가 없다며 이혼은 절대 못해준다고 맞섰다. 자식들에게만은 비밀로 해달라고 했지만 그 비밀이 어디 지켜질 비밀인가. 지금까지와 다른 게 있다면 시아버지 스스로 보험을 해약하고 시어머니에게 보고를 한 것이었다. 그래도 시어머니는 용서할 수 없다고 했다. 액수가 큰 것도 문제지만 같은 동네에서 '언니'라고 부르며 따르던 여자이기도 하고, 시어머니에 대한 이러저러한 험담을 시아버지와 함께 나눴다는 것도 그렇고, 무엇보다 배신감을 용서할 수 없다고 했다.

시어머니 가출은 시아버지를 비 맞은 강아지처럼 후줄근한 늙은이로 만들었다. 시어머니 눈을 피해 만나던 여자들한테도 흥미가 없어진 것은 물론이고, 시아버지 퇴근 시간에 맞추어 기다리는 시어머니도 없는데 일찍 들어와 내 신경만 더 쓰이게 했다.

일흔이 지난 시부모의 사는 방법, 아니 사랑하는 방법은 내가 주위에서 본 수많은 부부와는 좀 달랐다. 주변 인물까지 갈 필요도 없겠다. 나 역시 이십여 년 결혼생활을 하다 보니 남편보다는 자식에게 더 신경이 쓰이고 남편 역시 나보다는 직장의 승진이나 주식, 자동차 등에 더 많은 관심을 보였다. 아침저녁으로 얼굴 보며 부부가 살다 보면 데면데면할 때도 되었지만 시부모는 십 대들 연애하듯이 살고 있었다.

밸런타인데이나 화이트데이는 아들 녀석이 여자 친구에게 줄 거라며 바구니를 사 들고 오거나 여자 친구에게서 받았다며 포장만 거창한 과자 바구니를 들고 오는 것이라고 생각하면 천만의 말씀이다.

아들 녀석이 초등학교에 다닐 무렵이었다. 밸런타인데이에 여자친구에게서 선물 받은 초콜릿 바구니를 본 시어머니는 당장 문구점으로 달려가 아들 녀석이 받은 초콜릿 바구니와 똑같은 것을 사왔다. 고등학생이 되면서 아들 녀석도 하지 않는 초콜릿데이 기념을 시부모는 지치지도 않고 여전히 진행 중이다. 부부싸움 뒤에 화해의 제스처로는 안성맞춤일 때도 있었다.

거실에 촛불을 켜고 앉아 초콜릿을 먹여주며 희희낙락 웃어젖히는 모습은 사춘기 아들 녀석과 조금도 다르지 않았다. 이걸 본 남편은 당신도 어머니처럼 한번 해보라며 은근슬쩍 부러워하기도 했다. 어린애도 아니고 별것을 다 부러워하느냐고 눈을 흘기고 말았지만 시어머니의 그런 모습이 꼭 싫다는 뜻은 아니었다. 그렇게 살 수만 있다면 그것도 괜찮다는 생각이 들기도 했다. 그러다가도 싸움을 할 때면 시어머니는 변신 모드를 설정해 놓은 것처럼 다른 사람으로 순식간에 변해버린다.

"여보, 이게 뭐야?"

시어머니 입에서 존칭어가 사라지면 그건 대단히 심상찮은 징조였다. 더군다나 시어머니 손에 들려 있는 것은 백화점에서 구입한 핸드백 영수증이었다.

"뭐긴 뭐야, 영수증이지."

"그러니까 어떤 년한테 사준 핸드백이냐고 묻는 거잖아? 한두 푼 하는 것도 아니고."

시어머니 말에 의하면 시아버지 주위에는 여자가 많다. 빌딩에 세를 사는 여자로부터 식당 주인, 하다못해 식당에서 일하는 아주머니들까지 시어머니 눈에는 모조리 시아버지 여자로 보이는 것이었다.

"이번에는 또 어떤 년이야?"

"고마워서 하나 사준 거야."

"그니까 뭘 어떻게 해주어서 고마운 건데, 이 새끼야?"

"아이 참, 왜 이래? 며늘애도 있는데 그만합시다."

"부끄러운 줄 알면 이젠 이런 짓거리는 멈춰야 하는 거 아니야? 그러니까 누구한테 이 선물을 했는지 말하라고 내가 가서 찾아올 테니까."

"누구 망신을 시켜도 유분수지 매일 밥 먹는 식당…."

"매일 밥 먹는 식당 누구, 누구냐고?"

"아이고 참."

"알았어. 내일 가서 일일이 붙잡고 물어보면 알게 되겠지."

"다미식당, 한 사장이야. 한 사장! 에잇, 일하는 아줌마 두고 할 일 없으니 딴생각이나 하는 것 아냐? 아줌마 당장 내보내."

얼떨결에 실토한 시아버지는 엉뚱한 말을 해서 시어머니에게 다시 욕설을 듣고 말았다.

"이 새끼야, 네가 누구 덕에 기사 두고 자가용 타고 다니는데 나더러 아줌마를 내보내래? 기사부터 내보내! 그럼 나도 아줌마 내보낼 테니까."

시어머니가 이 새끼야, 저 새끼야 아무리 욕설을 퍼부어도 시아버지는 단 한 번의 욕설을 뱉지 않았다. 싸움 끝에는 시어머니가 말을 걸 때까지 시아버지가 절대로 먼저 말을 하는 법은 없지만 시어머니에게 그렇게 욕을 듣고도 시어머니가 먼저 "여보, 어쩌고 하면" 하면 그것으로 상황 종료였다.

시어머니 당당한 주장에 의하면 시아버지가 손바닥만 한 회사에 다닐 때 시어머니는 쉰밥을 물로 헹구어 먹고, 계주 노릇을 하며 악착같이 돈만 모았다고 했다. 그 돈을 굴려서 땅을 사고팔아 빌딩까지 갖게 되었지만 그것도 시어머니 선견지명으로 개발지역에 땅을 산 덕분이라고 했다. 그러면서 그때는 먹고 사는데 바빠 아들 하나로 족했는데 먹고 살만해지니 하나로는 부족한 것 같아 늦둥이를 낳은 게 시누이라고 했다. 대학을 나온 시아버지에 비해 중학교를 중퇴한 시어머니가 학력에서 기가 죽을 만도 한데 절대 그런 법은 없었다. 머리 회전의 빠르기로 친다면 시아버지는 시어머니를 따라가지 못했다.

시어머니는 다음 날 서둘러 외출을 했다. 외출에서 돌아온 시어머니 손에는 핸드백 대신 현금이 들려 있었다. 비결이 무엇이냐고 묻는 내게 시어머니는 아무렇지도 않게 알려주었다.

"그냥 네 시아버지 이름 대고 안사람이라고 하면, 알아서 해준다."

이런 일이 한두 번이 아닌데도 시아버지는 번번이 영수증을 아무렇게나 관리를 하는지 모르겠다. 시아버지가 관리를 잘못하는 게 아니라 시어머니 감각이 뛰어난 것인지도 모른다. 퇴근하고 돌아온 시아버지 옷을 받아 옷장에 걸 때 모든 상황은 끝이 난다고 했다. 시아버지가 눈을 마주치지 않고 슬쩍 비켜가거나 서둘러 방을 나가면 수상쩍다는 것이었다. 그때부터 영수증 찾기가 시작되고 영수증을 찾지 못하면 날아오는 카드내역을 체크해서 의혹의 실체를 밝혀낸다. 시아버지 기세에 절대로 눌리지 않고 끝까지 싸워서 원하는 것을 해내고 마는 것이었다. 하지만 지금도 풀리지 않는 의문이 하나 있다.

시아버지는 한 달에 한 번 시어머니로부터 큰절을 받고 생활비를 내준다. 시어머니는 한복까지 차려입고 우아하게 절을 한다. 생활비 외에 큰돈이 드는 고가의 물건이 필요할 때는 더 말할 나위도 없다.

"여보, 오늘 당신한테 나 절할래."

그때도 비음이 섞인 목소리다. 싸움하면서 이 새끼야, 너 어쩌고 하는 말투는 상상이 되지 않는다. 이 새끼야 하던 입에서 어떻게 저런 소리가 나오는지 나는 죽었다 깨어나도 할 수 없는 일이다.

"절하구려. 뭐가 필요한대?"

"여보, 나 자동차 좀 바꿔 줘."

절을 하고 소형차에서 중형차로, 중형차에서 수입차로 갈아 탔다. 시어머니는 수시로 절을 하면서 밍크코트는 물론 해외여 행까지 덤으로 받아낸다. 그러다 수틀리면 언제 그랬냐는 듯이 험악한 말을 내뱉으며 시아버지를 코너로 몰아붙인다.

시아버지는 아내가 남편에게 절을 하고 생활비를 받으면 남 자에게 절대 기어오르지 않는다는 이상하고도 엉뚱한 신념을 가지고 있다.

내가 결혼하고 처음 들었던 황당한 얘기도 이제부터는 남편 에게 절을 하고 생활비를 받으라는 것이었다. 나는 한때 유행하 던 "나 이대 출신이야"의 이대 출신이다. 직장생활을 통해 경제 석 자립으로 남자에게 의지하는 삶을 살지 않겠다는 나름의 각 오도 있었다. 그런 내게 남편은 집안일도 직장생활이나 다름없 다며 회사를 그만 다니도록 종용했다. 직장생활에 지치기도 하 고, 결혼과 동시에 임신을 하게 된 나는 직장에 사직서를 제출 했다. 신혼여행을 다녀와 시부모에게 절을 하고 들은 덕담이라 는 것이 나를 기절초풍하게 만든 말이 아닐 수 없었다.

"얘야."

"네, 아버님."

그러고는 다시 한참을 가만히 있었다.

"늬 어머니는 말이다."

"네, 아버님. 말씀하세요."

"나한테 생활비를 받을 때는 말이다. 절을 하고 받는다."

"무슨…."

"그러니까 그게 말이다. 남자가 밖에서 열심히 일을 해서 벌어온 돈을 받을 때는 절을 하고 받는 것이 마땅하다는 것이 내 생각이다."

내 의견을 묻는 것이 아니었다. 남편은 아무런 말도 하지 않았다. 나는 갑자기 지금까지 내가 본 남편이 진짜 남편일까 하는 의심이 들었다. 적어도 이런 상황들을 내게 사전에 말을 해줬어야 하지 않은가. 이 남자가 과연 연애 시절 나에게 그토록 자상하게 굴던 남자란 말인가. 야외에 나가면 설거지는 기본이고 손수 밥을 하고 반찬을 장만했다. 벽에 못 하나 박을 때도 사람을 사야 한다며 손가락 하나 까딱하지 않는 친정아버지 때문에 늘 푸념을 입에 달고 사는 친정어머니 소원대로 친정아버지와 다른 모습에 나는 후한 점수를 주었다.

무뚝뚝한 남자의 대표주자인 친정아버지와 다른 점이 남편감으로 후회 없이 선택하게 만든 점이라는 것은 두말할 필요도 없었다. 그런 남자의 실체가 결국 이런 것이었단 말인가. 겉으로만 여자를 위하는 척하면서 실제로는 여자의 삶을 속박하는 남자라는 생각이 들었다. 분가하지 않고 시부모랑 함께 살겠다고 한 결정에 후회가 되었을 뿐만 아니라 투쟁적 삶을 살아야 하는 페미니스트라도 되어야 할 것 같은 기분이었다.

감정을 잘 드러내지 않는 성격인데도 떨떠름한 표정이 감추어지지 않았다. 다른 사람의 기분은 신경 쓰지 않는다는 것인지 시아버지는 마지막 한마디를 덧붙였다.

"이 씨 집으로 시집온 이상 우리 집 가풍을 따르도록 해라."

이것이 무슨 가풍까지 들먹일 일이란 말인가. 몸도 마음도 피곤했다. 만사가 귀찮았다. 씻지도 않고 그대로 침대에 드러누웠다. 남편이 다가와 일으켜 앉히더니 어깨에 손을 얹었다.

"미리 말하려고 했어. 미안해. 여자로서 자존심 상한다는 거 알아. 근데 우리 슬기롭게 해결할 수 있을 것 같았어. 아버지는 어머니 말은 잘 들어주지만 자식이 토를 달면 반기를 드는 것이라고 생각하셔서, 집안 시끄럽지 않게 하려고."

말도 안 되는 얘기였다. 월급이 통장으로 들어오는 21세기에 돈 봉투를 주면서 절을 하라니… 생각하면 생각할수록 화가 나서 견딜 수 없었다. 그런데 마음고생을 한 것에 비하면 그 일은 너무 간단하게 해결되었다. 나는 시어머니를 보면서 여우란 이런 때 쓰는 말이구나 하는 생각을 했다.

"애, 넌 대학물을 먹었고, 난 중학교도 제대로 나오지 못했다. 너는 너대로 살고 나는 내 방식대로 살겠지만, 너 어제 시아버지가 절하고 돈 받으라고 했대서 입이 한 뼘이나 튀어나왔니?"

"어머니, 그건 좀 그렇잖아요."

"그러니까 너는 죽어도 절은 못하겠다는 거 아니냐? 끝까지

절하고 받으라고 하면 내 아들하고 끝장을 보겠다는 것이고."

"…."

"대답하지 않는 거 보니까 그럴 수도 있겠다는 것이구나. 네 시아버지도 너처럼 대학물은 먹었다만 엄청 단순한 양반이다. 내 아들 이혼시킬 수는 없고 내가 해결해 보마."

퇴근하고 돌아온 시아버지 앞으로 시어머니는 모과차를 들고 옆에 앉았다.

"여보, 피곤한데 이거 먼저 한잔하세요."

나는 '여보'라는 말을 시어머니와 시아버지처럼 다정하게 부르는 소리를 지금껏 들어보지 못했다. 슬그머니 자리를 피해 이 층으로 올라왔다. 시어머니가 유난히 '대학물 먹은 사람'이라는 말을 남발하는 건 대학 나온 남편하고 살면서 알게 모르게 받은 콤플렉스와 스트레스의 산물일 것이라는 짐작을 했다.

다음 날 저녁 식탁에서 시아버지는 남편을 보며 아랫사람에게 지시하듯 명령을 내렸다.

"너 말이다. 며늘애한테 월급 주면서 맞절을 해라. 요즘 신식은 여자만 절을 하는 게 아니라며?"

남편에게서 첫 번째 생활비를 받으면서 맞절을 하고 그다음부터는 시아버지도 묻지 않았다. 시어머니가 "서로 맞절을 하는데 하는 것이나 안 하는 것이나 똑같지 뭘 그러우. 우리 끼리나 재미나게 삽시다"라며 수습을 했다는 것을 나중에 알았다.

늦둥이로 태어나 사네 못 사네 하던 시누이 부부의 일을 시아버지가 일거에 처리해 버린 것도 시어머니를 귀찮게 한다는 그 이유 하나였다. 부부가 오래 살다 보면 닮는다더니 시부모는 일 처리하는 방식이나 성격이 서로 닮아갔다.

더 이상 결혼생활을 유지할 수 없다고 시누이는 종종 시어머니를 찾아와 하소연했다. 시누이 얘기는 끝도 없이 이어졌다. 한마디로 남편이 그럴 줄은 꿈에도 몰랐다는 것이었다.

"엄마, 생각을 해봐. 지방에 가 있는 사람에게 애 데리고 병원엘 가라는 게 말이 되냐고?"

"그래서 나 보고 어쩌라고? 그러게 누가 그런 놈하고 결혼하라고 했냐고? 비단 싫다 하고 삼베 골라 가면서 그런 각오도 안 했냐? 이 머저리 같은 것아. 꼴도 보기 싫으니 그만 가봐."

"엄마는 엄마 생각만 하지? 딸이 어떻게 되든 말든 상관없다는 거잖아?"

"에미가 살지 죽을지도 모르는 판국에 싸가지없는 것 같으니라고."

시어머니 언성이 높아졌다. 곧이어 아이고 얘야… 신음이 터져 나왔다. 십여 년 넘게 당뇨를 앓아온 시어머니가 스트레스를 받으면 당이 떨어지고 이마에서부터 굵은 땀방울이 그야말로 방울방울 떨어진다. 시누이는 아랑곳하지 않고 하고 싶은 말을 다 하고 있었다. 미용실에 갈 때마다 미스코리아에 출마

해 보라는 권유를 받을 만큼 시누이의 빼어난 미모는 사람들로부터 예쁘다는 칭송만 받고 살게 했다. 하늘이 무너져도 솟아날 구멍이 생기는 미모라는 것을 시누이는 적절히 이용하며 살고 있었다. 본인의 마음대로 되지 않으면 주변 사람들을 괴롭혔다. 시부모가 그렇게 반대한 결혼을 감행한 시누이는 자신에게 무릎을 가장 많이 꿇었던 남자를 결혼 상대로 점찍었다고 했다. 얘기를 듣다 보면 어쩐지 나도 시누이 시중을 들어야 할 것 같을 때가 많았다. 울고불고, 난리 치는 시누이 상황이 안타까우면서도 고소한 것은 사실이었다. 좋은 학벌에, 칭송받는 미모에, 돈 많은 부모에, 나하고는 애초에 비교 대상이 되지 않았다.

늦둥이로 태어난 시누이가 결혼하기 전까지 함께 살면서 나는 시누이 아침 밥상을 차려주고, 시누이가 외출에서 돌아오면 저녁상은 내가 꼭 봐주었다. 일하는 아주머니가 있는데도 시누이는 새언니에게 이런 대접을 받아보고 싶었다며 나를 부려먹었다.

시누이가 다녀가고 난 다음 날 그녀의 남편이 시어머니를 만나러 왔다. 이대로는 도저히 살 수 없다는 게 시누이와 같은 이유였다. 딸 가진 죄인이라고 시어머니는 "어쩌겠나! 자네가 이해를 해야지" 정도로 타일러서 돌려보냈다. 극심한 스트레스를 받은 시어머니 몸 상태가 악화되었다. 밤이면 잠을 이루지 못하는 것 같았다. 시아버지한테 조용히 불려간 나는 사건의 전말을 얘기했다.

"내일 당장 그것들 오라고 해!"

"여보, 내가 알아서 할게요."

"알아서 하는 게 고작 당 치수 떨어뜨리는 일이야? 당장 오라고 해."

의기양양 도착한 두 사람은 서로에게 책임을 전가하느라 정신이 없었다. 시아버지는 시누이에게 이유를 따져 물었다.

"날마다 찾아와서 네 엄마를 못살게 하는 이유가 뭐냐?"

시누이는 갑자기 이렇다 저렇다 입을 닫아버렸다. 고개는 숙이고 있지만 눈초리만큼은 꼿꼿하게 치켜져 있었다.

"그러니까 이 사람하고는 못 살겠다는 거지?"

"…"

"그리고 자네! 장모가 어떻게 해주기를 바라는 것이야?"

"그, 그것이 어떻게 해달라는 것이 아, 아니라…."

"그러니까 살겠다는 거야, 안 살겠다는 거야?"

"이대로는 도, 도저히…."

"좋아. 이혼해라. 그 대신 애새끼는 자네가 데려가게. 자네 집 자손이니 자네 부모한테 맡기든지, 정 안 되면 고아원에 데려다 주든지 그건 알아서 하고."

내 귀를 의심했다. 시아버지가 유일하게 웃는 얼굴로 대하는 사람은 시어머니와 시누이가 낳은 손녀딸뿐이었다. 손녀가 온다고 하면 한 번 가지고 놀다 쳐다보지도 않는 값비싼 인형을 백화점에서 사 들고 왔다. 시어머니한테 잔소리를 들으면서도 손녀만 보면 허허 소리가 떠나지 않아 시어머니조차 샘이 난다고 할 정도인데 고아원에 갖다 버리라는 말을 눈 하나 깜짝하지 않고 하고 있으니 내 귀를 의심하지 않을 수 없었다.

내가 낳은 장손한테도 살갑게 대해주지 않는 시아버지였다. 사내아이는 강하게 키워야 한다는 게 아버지 신념이라며 남편은 섭섭하게 생각지 말라고 했지만 내 아들에게 하는 것과 외손녀에게 하는 것을 보면 내 심정이 어떤지 남편은 죽었다 깨어나도 아마 모를 것이었다.

"늬들이 지지든 볶든 내 알 바 아니다만 왜 자꾸 와서 늬 어머니를 귀찮게 하느냐 말이다. 그리고 막말로 자네. 내 딸이랑 결혼할 때 뭐라고 했나? 행복하게 해준다고 했지? 똑같이 직장 생활하면서 여자는 출장 가면 안 되고, 남자인 자네만 가야 하는가? 그럼 애새끼를 낳지 말았어야지? 내 딸이 하는 일이 뭔가? 여기저기 돌아다니는 일이잖나? 내가 이런 일이 있을 줄 알고 결혼을 반대한 것이야. 지금도 내 딸이 자네와 사는 게 아까워. 그러니 깨끗하게 갈라서게."

"어떻게 그, 그런 말씀을…."

"어떻게고 저떻게고 이 집에서 썩 나가. 그리고 당신, 앞으로

저것들 다시는 문 열어주지 마."

얼음처럼 싸늘한 말투로 찬바람을 횡하니 일으키며 시아버지는 거실을 나가버렸다. 석 달 열흘이 지나고서야 시누이 부부는 시어머니를 괴롭히지 않겠다는 각서를 쓰고 용서를 받을 수 있었다. 그 뒤로 다시는 사네 못 사네 이혼하네 마네는 입 밖에도 내지 않았다. 시아버지는 딸자식이 걱정되어 이혼을 하라는 극약 처방을 내린 것이 아니었다. 자신의 아내, 즉 시어머니를 괴롭힌다는 것이 그 이유였다.

시어머니는 인슐린 주사를 스스로 배에 찌른다. 시어머니가 배에 주삿바늘을 찌를 때마다 시아버지는 안타까운 시선으로 바라보았다. 시어머니 말에 의하면 덩치는 산만해가지고 덩치 값을 못하는 시아버지였다.

— 당신, 이 오가피나무가 당뇨에 그렇게 좋다는구먼. 특별히 부탁해서 사 온 거야. 내일 당장 건강원에 맡겨.

— 상황버섯이 또 그렇게 좋다는 것을 이제야 알았는지 몰라. 이거 아무도 주지 말고 당신 혼자 먹어야 해.

시어머니를 위해서는 아무리 비싼 것이라도 돈을 아끼지 않았다. 수틀리면 시아버지에게 이 새끼 저 새끼는 기본이고 쌍욕도 서슴지 않는 시어머니지만 시아버지는 그때뿐이었다. 웬만한 남자는 그런 욕을 들으면 그동안 들어간 치료비며 약값이 얼마냐며 생색을 낼 만도 한데 시아버지는 그런 내색조차

하지 않았다. 내가 만약 병이 든다면 내 남편은 시아버지처럼 저렇게 할 수 있을까, 하는 생각이 들 정도로 시아버지는 지극정성이었다. 이런 시아버지를 두고 시어머니는 지은 죄가 커서 죄 갚음을 하는 것이지 결코 자신을 위하는 것이 아니라고 잘라 말했다. 그랬다. 시어머니를 그렇게 끔찍하게 생각하는데 끊임없이 여자 문제로 속을 썩이는 건 무슨 조화 속인지 알 수 없었다. 나 또한 시아버지에 대해 이해할 수 없는 부분이기도 했다.

요즘 시어머니는 가끔 가슴을 쥐어짜며 주저앉곤 했다. 그러면서 집으로 돌아올 생각은 여전히 없다고 했다. 발톱이 살 속으로 파고들어 정기적으로 발톱을 뽑을 때도 상처가 나면 밴드를 붙이는 정도로 생각하고, 치과에 다니며 치료를 받는 것도 대수롭지 않게 생각했다. 독감 예방 접종도 시어머니 성화에 겨우 가서 맞는 내 엄살에 비하면 시어머니는 가히 상상을 초월할 정도로 잘 견디는데 심장에 이상이 있다는 진단이 나올 것 같다며 병원 가는 것을 두려워하고 있었다. 시어머니는 당뇨 합병증이 올까 봐 무섭다고 했다.

"그러니 이제 그만 집으로 들어오세요."

"안 들어간다. 네 아버지한테는 아무 말 말거라."

나는 알았다고 대답을 하면서도 기회를 보고 있었다. 시부모가 싸움을 벌이면 가장 힘든 건 바로 나였다. 말릴 수도 피할 수도 없어 엉거주춤 구석에 서 있거나 방으로 들어가 숨죽이고 있어야 할 때가 많았다. 싸움이 끝나고 나면 어떻게 얼굴을 볼까… 하지만 나만 그런 생각을 할 뿐이지, 당사자들은 내 얼굴을 아무렇지 않게 대했다. 죽일 듯이 싸움을 할 때가 언제냐는 듯이, 서로 바라보며 "여보, 당신" 할 때는 고개를 돌려야 할 만큼 닭살이 돋았다. 남편은 면역이 되었는지 아무렇지도 않은 정도가 아니라 가끔은 시아버지와 비슷한 행동을 해서 나를 당황스럽게 할 때도 있었다. 연애 시절 오빠라는 호칭에 익숙한 내게 신혼여행을 다녀온 직후 식탁에 앉아 '여보'라고 부르는 것을 나는 알아듣지 못했다. 나를 부르는 소리인 줄 몰랐던 것이다. 재차 부르는 '여보' 소리에 민망하고 쑥스러워 엉거주춤 서서 대답도 하지 못했다. 남편이 시아버지를 닮았다는 것을 살면서 조금씩 깨달았다.

시아버지는 외출할 때면 거실에 걸린 사진을 향해 "여보, 다녀오리다" 하며 인사를 한다. 가족사진은 떼어가면서도 시어머니가 자기 독사진은 걸어두고 나간 이유를 어렴풋이 알 것 같았다. 그런 시아버지에게 시어머니와의 약속을 더는 지킬 수 없었다.

시어머니 말대로 일하는 사람을 두지 않고, 집안일도 내가 하고 가끔씩 시어머니를 방문했다. 두 사람의 게임은 한동안 계속되었다. 말끝마다 운명적 사랑이라는 말을 입에 달고 사는 시아버지에게 운명은 또 그렇게 다가왔다.

하필 시어머니가 머무르던 곳을 알고 찾아간 날, 사람은 있는 듯한데 초인종을 눌러도 대답이 없고, 문을 발로 차고 난리를 쳐도 안에서는 아무런 기척이 없었다. 열쇠 수리공을 불러 문을 따고 들어갔을 때 시어머니는 심장을 움켜쥐고 쓰러져 있었다. 시어머니 가출은 그렇게 끝이 났다.

심장 수술을 받으러 수술실로 들어가는 시어머니를 붙잡고 남자가 그렇게 우는 모습을 처음 보았다. 시어머니 눈에서도 눈물이 흘러내렸다. 여덟 시간이 넘는 수술 시간을 시아버지는 꼼짝하지 않고 병실 밖을 지켰다. "여보, 내가 잘못했어. 용서해 줘. 살아만 준다면 이제는 당신만 생각하고 살 거야" 혼자서 중얼거리는 말이었지만 나한테까지 선명하게 들렸다.

시어머니가 들으면 펄쩍 뛰겠지만 예전이나 지금이나 시아버지는 시어머니만 바라보고 산 사람이라는 것을 나는 확신할 수 있었다.

당뇨가 있어서 수술도 쉽지 않다고 했지만 수술은 무사히 마쳤다. 그때부터 시아버지는 간병인 아주머니를 두고도 병원에서 살다시피 했다. 천여만 원이 드는 수술비용에서부터 다달이 검사를 받는 비용, 약값까지 시아버지는 단 한 번도 돈에 관한 얘기를 한 적이 없었다. 심장 수술 이 년 만에 다시 간암 판정을 받고 시어머니가 세상을 떠날 때까지 시아버지도 함께 병을 앓았다. 시누이와 시누 남편은 시어머니 병간호에 소홀하다는 이유로 병원 출입 금지령을 받기도 했다.

시어머니는 혼수상태에 빠져 자식도 알아보지 못하고 그렇게 애면글면하던 시아버지도 알아보지 못했다. 병원에서는 마음의 준비를 하라고 했다. 시아버지 명령에 꼼짝없이 병상을 지키며 지쳐갔다. 시누이는 시누 남편과 함께 딸을 본다며 로비로 내려가고, 남편은 화장실에 가고, 나는 커피 한 잔을 마신다며 잠깐 병실을 비웠다. 시아버지 혼자 시어머니 병상을 지키고 있었다.

"아아, 여보."

시어머니가 마지막 여보를 부르며 세상을 떴다. 하필 그 시간에 자리를 떠서 임종을 지키지 못한 자식들은 시아버지로부터 너희들은 자식도 아니다란 질책을 장례 치르는 동안 내내 들어야 했지만 나는 시어머니 마음을 알 것도 같았다. 마지막 세상을 떠나는 순간까지 시아버지에게만 배웅을 받고 싶었던 것은 아닐까 하는 생각 말이다.

입관을 하고 화장터로 떠나는 마지막 제사를 지내며 시아버지가 시어머니에게 절을 했다. 나는 남자가 절하는 뒷모습이 그렇게 아름다울 수 있다는 사실을 처음 알았다. 그 두 번의 큰절은 시아버지가 평생을 살아오면서 시어머니에게 받았던 그 수많은 절에 대한 뒤늦은 맞절처럼 보였다. 아니, 그걸 다 갚고도 남을 만큼의 지극한 답례였다.

앵무조개 어금니

치실에 감겨 뽑혀 나온 어금니를 본 순간 순애는 격한 감정에 휩싸였다. 있어야 할 자리에 있지 못한 윤주를 보는 것만 같아 울컥한 마음이 좀체 가라앉지 않았다. 뽑힌 어금니가 윤주라도 되는 듯 손안에 감싸 쥐었다. 버스가 흔들릴 때마다 놓칠세라 주먹을 더 세게 쥐었다. 순애는 딸의 흔적을 찾아 낯선 땅을 헤매고 있다. 왼쪽 끝 두 번째 어금니가 흔들리기 시작한 것은 아마 그때부터였을 것이다. 이를 악물던 날들이 적지 않았기 때문일지도 모른다.

"엄마, 잠시만 쉬다 올게요."
윤주는 어디로 간다는 말도, 언제 온다는 기약도 없이 메시지만 남기고 사라졌다. 윤주가 갈 만한 곳을 메모지에 적어보았다. 서너 명의 친구 이름이 생각났다. 연락처는 알 수 없었다. 연락처를 안다 해도 윤주에게 일어난 일을 설명하고 싶진 않았다.

딸의 말을 믿고 기다리는 수밖에 없다는 것을 알면서도 해질 녘이 되면 마음의 갈피를 잡을 수 없었다. 아무것도 하지 못한 채 휴대폰만 만지작거리며 윤주 소식을 기다린 지 달포가 지났다.

"순애야. 네 딸 윤주 말이다."

느닷없이 전화한 여고 동창 입에서 윤주 이름이 튀어나왔다. 섬뜩한 예감과 기대가 한꺼번에 교차했다. 불길한 예감은 늘 맞아떨어졌다. 숨이 턱 막히며 입이 떨어지지 않았다.

"내가 며칠 전 대만에 다녀왔거든. 지우펀이라고… 거기서 네 딸 닮은 아가씨를 봤잖니. 하염없이 바다를 바라보고 있는데 글쎄, 어찌나 슬퍼 보이던지 한동안 나도 바다를 바라보았지 뭐냐. 혹시 윤주인가 싶어서 아는 척을 했는데 아니라고 하더라. 하긴 네 딸 본 지가 오래 되었지… 그런데 순애야, 윤주가 아니어서 오히려 다행이라는 생각이 들었다. 그래도 너무 닮아서 신기했다야. 꼭 윤주를 보는 것 같았어."

"…"

"그나저나 윤주는 잘 있지?"

"그럼, 잘 있고말고."

순애는 잘 있다는 말에 힘을 주면서 전화를 끊었다. 윤주가 아니라는 데도 지우편 어디쯤에 윤주가 있을 것만 같았다. 순애가 무작정 대만으로 갈 생각을 한 것은 또 다른 친구가 대만의 야류해상공원 여왕바위 앞에서 윤주를 봤다는 말을 전해왔을 때였다.

"얘기도 했어? 널 알아보디? 어릴 때는 이모라고 부르며 잘 따랐잖아."

"아니, 거리가 좀 멀긴 했지. 그래도 내가 윤주를 몰라보겠니? 가이드가 재촉하는 바람에 아는 체도 못하고 와서 서운했지."

"우리 윤주, 누구랑 함께 있디?"

"글쎄, 주변에 사람들이 많아서 누가 윤주 일행인지는 알 수 없었어. 왜? 윤주한테 무슨 일 있는 거니?"

"아니, 여행 중인데 별일 있을라구."

윤주가 정말 대만에 있을 것 같은 생각이 들었다. 무엇보다 무작정 기다릴 수만은 없었다. 순애는 대만으로 가기로 마음먹었다. 먹고 살기 바빠 비행기 타보는 것도 처음이었다. 윤주는 정규직이 되면 하고 싶은 것이 많다고 했다. 그중 하나가 순애와 함께 떠나는 해외여행이었다. 윤주의 꿈 하나가 사라지는 것 같아 잠깐 망설였다. 그러나 윤주의 꿈을 이루어주기 위해서라도 윤주를 하루빨리 찾아야만 했다.

순애는 하루 일하고 하루 쉬는 격일 근무라 그동안 휴가도 내지 못했다. 휴가를 내겠다는 순애 말에 사장은 곤혹스러운 표정을 지었다. 안 된다고 하면 일을 그만 둘 각오까지 하고 신청한 휴가였다.

"김 주임이 없으면 안 되는 줄 뻔히 알면서 신청한 휴가인데… 무슨 일이요?"

무슨 일, 딸이 사라진 일, 세상에서 이보다 더 큰일이 어디 있겠나.

"결근 한 번 안 한 상으로 주는 휴가요. 딱 일주일만."

순애가 더 쉰다고 할까 봐 일주일이라고 못을 박았다.

경찰에 신고할 수 있는 사항도 아니고, 윤주를 마냥 기다리고 있을 수만도 없었다. 윤주와 닮은 애가 있다는 곳, 윤주를 봤다는 곳으로 가서 직접 확인하고 와야만 마음이 놓일 것 같았다. 세상 어디에 있든 살아만 있어주면 아무것도 욕심부리지 않겠다고 다짐했다. 하지만 시간이 갈수록 어디에 있는지는 알아야만 살 수 있을 것 같았다.

여행사로 전화를 해 지우펀과 야류해상공원으로 가는 가장 빠른 일정을 신청했다. 순애 혼자서 호텔방을 써야 했으므로 경비를 더 많이 지불했지만 개의치 않았다. 두 곳에만 더 머무를 수 있는지는 현지에 도착해서 부딪쳐볼 요량이었다.

밤 열한 시가 넘어 호텔에 도착했다. 키를 받은 일행들이 각자 방으로 들어가고, 순애는 가이드에게 사정 얘기를 했다. 두 곳에만 머무르겠다는 순애 말에 가이드는 난감한 표정을 감추지 않았다. 딸을 찾으러 왔다는 말에 그렇게 하라고 했다.

다음 날 호텔 뷔페식당에서 아침을 먹고 출발한다는 가이드의 안내를 받아 입맛도 밥맛도 없었지만 혹시라도 윤주를 볼 수 있을지 모른다는 기대에 식당으로 내려갔다.

접시를 들고 한 바퀴를 빙 둘러보아도 먹고 싶은 건 없었다. 배를 채우겠다고 식당에 내려온 것도 아니었다. 무얼 먹어도 배는 부르지 않았고, 먹지 않아도 배는 고프지 않았다. 커피를 한 잔 뽑아 입구가 잘 보이는 구석 자리에 앉았다. 찻잔을 입에 가져가면서도 순애의 눈은 윤주를 찾아다녔다. 푸른색 블라우스에 레깅스를 입고 서 있는 긴 생머리 아가씨의 뒷모습을 보았을 때 찻잔 잡은 손이 마구 떨렸다. 그때 아가씨가 순애를 향해 돌아섰다. 윤주를 너무 닮아 심장이 멎는 줄 알았다. 윤주를 본 것 같은 착시 현상이 계속될 때마다 순애의 심장은 요동쳤다.

버스에 올라 지우펀으로 출발할 때부터 어금니 사이에 음식물이 낀 것처럼 잇몸이 조이면서 몹시 불편했다. 먹은 것도 없었다. 위아래 어금니를 부딪쳐보고 혀를 대 꼭꼭 눌러보아도 나아지지 않았다. 잇몸은 얼얼하고 급기야 머릿속까지 지끈거렸다. 참다못해 핸드백에서 치실을 꺼내 사정없이 잇몸 사이를 파헤쳤다. 시원해지기는커녕 뜨뜻하고 비릿한 핏물이 목안으로 넘어갔다. 배 속이 메슥거렸다. 치실을 어금니 사이에 끼어 한 번 더 잡아당겼다. 이가 뽑혀 나온 건 바로 그때였다. 옥상 난간에 기대 서 있던 윤주처럼 별 힘을 주지 않았는데도 맥없이 뽑혀 나왔다. 윤주의 처지인 것만 같아 빠진 어금니를 호주머니에 넣을 수 없었다. 달리는 버스에서 버릴 수는 더더욱 없는 노릇이었다.

지우펀이란 곳은 〈센과 치히로의 행방불명〉이라는 영화의 배경이 된 곳으로 어쩌고저쩌고 하는 가이드의 설명이 이어졌지만 순애 귀에는 들어오지 않았다. 윤주를 닮은 아가씨가 아니라 윤주이기를 간절히 바라며 급히 버스에서 내렸다.

지우펀은 들어가는 입구부터 앞으로 나아 갈 수 없을 만큼 사람들로 붐볐다. 가게에서 일하는 사람들 얼굴까지 하나하나 살피며 골목 안으로 들어갔다. 오고 가는 사람들의 얼굴도 유심히 살폈다. 골목에서 골목으로 거미줄처럼 얽힌 지우펀은 미로 같았다. 윤주가 이곳 어디쯤에서 헤매고 있을 것 같아, 아니 친구가 윤주를 보았다는 전망대에 있을 것만 같아 사람들과 부딪치며 미친 듯이 미로 속을 뚫고 전망대로 갔다.

친구가 오해할 만큼 윤주를 닮은 아가씨가 하염없이 바다를 바라보고 있었다. 태평양과 맞닿아 있다는 설명을 가이드에게 얼핏 들은 것도 같았다. 다가가 손이라도 꼭 잡아주고 싶을 만큼 윤주와 닮아 있었다. 그때까지도 순애는 빠진 어금니를 손에 꼭 쥐고 있었다. 흥건하게 땀에 젖은 손을 펼쳐 어금니를 내려다보았다.

어릴 적엔 빠진 앞니를 지붕으로 던졌다. 그래야 까막까치가 그걸 어디론가 물어간다고 했다. 지붕으로 던진 그때 그 이빨은 어느 곳으로 옮겨가 새로운 이로 돋아났을까, 이빨이 다시 돋아나듯 손안에 쥔 어금니를 멀리 던져놓으면 다시 돋아나는 새 이빨처럼 윤주가 돌아올 것 같았다. 태평양, 바다 가까이 다가가 힘껏 아주 힘껏 어금니를 바다로 던졌다.

끝없이 펼쳐진 태평양을 바라보고 서 있는 순애 앞에 방금 바다로 던진 어금니가 앵무조개처럼 둥둥 떠 한 바퀴를 빙 돌아 바다 가운데로 흘러가는 것을 순애는 분명히 보았다.

푸른 바다가 눈앞에서 사라지고 아무것도 보이지 않는 어둠이 올 때까지 순애는 그곳에 앉아 있었다. 윤주를 닮은 윤주들이 가끔씩 눈에 띄었지만 친구 말대로 윤주는 아니었다.

택시를 타고 운전기사에게 호텔 명함을 건네주면서도 순애는 자꾸만 뒤를 돌아보았다. 자신이 그곳을 떠나온 뒤에 윤주가 나타날 것만 같아서였다.

"엄마, 잠시만 쉬다 올게요."

문자를 보았을 때만 해도 이삼 일이면 돌아올 것이라고 믿었다. 바람이라도 쏘이면 마음을 가라앉히는데 도움이 될 것이라고 위안을 했다. 그러다 닷새가 지나고 열흘이 훌쩍 넘어버렸다. 엄마가 걱정할까 봐 문자를 남기고 사라졌으니 나쁜 마음은 먹지 않을 것이라고 수천 번 스스로를 다독였다. 그러면서도 윤주 번호를 눌렀을 때 전원이 꺼져 있다는 멘트를 들으면서는 그만 바닥에 주저앉고 말았다. 윤주가 기댈 단단한 세상이 어디엔들 있을까 싶었다. 윤주는 무슨 말인가를 할 때마다 늘 엄마엄마를 연속으로 불러놓고 다음 말을 시작했다. 대만에 와서도 가끔씩 엄마엄마를 부르는 윤주 목소리가 들리는 듯했다. 돌아보면 사무치는 소리는 금세 사라지고 소음만이 주변을 어지럽게 떠다녔다. 엄마로서 해줄 것이 아무것도 없다는 절망을 맛볼 때마다 옥상 난간에 올라선 윤주 심정이 되곤 했다.

순애의 직업은 호텔 캐셔다. 오전 열 시부터 다음 날 오전 열 시까지 하루 일하고, 그다음 날 하루 쉬는 격일제 업무다. 그날도 전날 꼬박 밤을 새우고 아침 열 시에 퇴근하여 집으로 돌아와 씻지도 못하고 곯아떨어졌다. 한숨 자고 일어나 저녁을 해놓고 윤주를 기다리다 다시 또 깜박 잠이 들었다. 깨어나 벽에 걸린 시계를 보고 깜짝 놀라 벌떡 일어났다. 새벽 두 시가 지나 있었다. 휴대폰의 메시지를 확인했다. 격일로 일하는 순애를 배려해 윤주는 메시지를 남겨놓곤 했다. 야근은 하더라도 새벽까지 들어오지 않은 날은 없었다.

순애는 골목으로 나왔다. 팔짱을 낀 채 고개를 숙이고 자신의 그림자를 밟으며 골목에서 집 앞으로, 집 앞에서 다시 골목으로 오고 가기를 반복하고 있었다. 택시가 멈춰서면 달려갔다. 술에 취한 남자가 비틀거리며 골목으로 들어서면 담벼락에 붙어 서서 윤주를 걱정했다. 오고 가던 택시도 뜸해지고, 신호만 가던 윤주 휴대폰은 전원이 꺼졌다는 멘트가 흘러나왔다.

더 이상 기다릴 수가 없어 현관 계단에 발을 디디며 무심코 고개를 들었다. 건물 옥상에서부터 길게 벽을 타고 내려온 그림자는 윤주였다.

"윤, 윤주야!"

옥상 난간에 위태롭게 서 있는 윤주를 큰 소리로 부르지도 못하고 입 밖으로 간신히 뱉어냈다. 바람을 쏘인다며 가끔 옥상에 올라갔던 딸이다. 그때처럼 옥상에 잠시 올라갔을 수도 있다. 예전 같으면 그렇게 생각했을 것이다.

육 층 건물의 옥상을 다시 올려다보았다. 순애 눈에는 벽을 타고 내려온 긴 그림자가 윤주의 몸처럼 느껴졌다. 엘리베이터 없는 빌라 옥상을 어떻게 올라왔는지 모른다. 옥상까지 올 때는 단숨에 왔는데 옥상으로 나가는 문을 밀지 못하고 덜덜 떨리는 두 손을 마주 잡아 비볐다. 큰 숨을 한 번 쉬고 문을 밀었다.

윤주는 옥상 난간 위에 서서 발아래를 내려다보고 있었다. 순애는 윤주 곁으로 다가갔다.

윤주야!

부르는 소리는 목에 걸려 입 밖으로 나가지 않았다. 컥컥거리는 소리만 났다. 윤주는 돌아보지 않았다. 고개를 더 아래로 숙였을 뿐이다. 윤주를 부르는 소리는 천 리나 되는 것처럼 윤주에게 가 닿지 못했다.

순애는 윤주를 다시 부르지 못하고 그냥 서서 울었다. 윤주가 고개를 돌려 순애를 바라보았다. 그때야 비로소 윤주를 소리 내어 부를 수 있었다. 윤주를 부르는 것 말고는 순애가 할 일은 없었다. 순애의 울음이 윤주의 마음에 변화를 일으킨 것일까, 옥상 난간에서 미끄러지듯 내려온 윤주가 옆으로 돌아앉아 벽에 기대었다. 긴 머리가 얼굴을 반쯤 가렸다. 시멘트 바닥에 그저 고개를 숙이고 앉아 있는 윤주에게 다가가 어깨를 감싸 안았다. 영하의 날씨에 군데군데 패인 물구덩이가 얼어붙어 가로등 불빛에 반짝거렸다. 윤주는 맨발이었다. 살갗이 에이게 바람이 매서웠다. 순애는 겉옷을 벗어 윤주의 발을 감쌌다.

"엄마가…."

해결해 줄게. 이번에도 엄마가 해결해 줄게. 이 말이 입 밖으로 나오지 않았다. 그동안 엄마라는 사람이 딸에게 무슨 일이 벌어지고 있는지도 몰랐다는 자괴감으로 옥상 난간에 올라서야 할 사람은 윤주가 아닌 순애 자신이라는 생각이 들었다.

윤주에게 일어난 일을 순애는 뉴스에서 보았다. 최초 보도에 윤주 이름은 거론되지 않았다. 윤주는 자살 시도도 하지 않았고, 회사에 물의를 일으키지도 않았기 때문일 것이다.

"○○공사에서 정규직을 미끼로 성폭행 사건이 발생했습니다. 김 모 이사는 계약이 만료되는 이 모 양에게 접근하여 성폭행을 했습니다. 투신자살을 시도한 이 모 양은 현재 병원에서 치료를 받고 있지만 중태입니다. 김 모 이사는 합의에 의한 성관계였다고 주장하고 있습니다. 이밖에 다른 비정규직에게도 성폭행 시도를 한 정황이 있다고 이 모 양 주변에서는 증언하고 있습니다."

오랜만에 윤주와 마주 앉은 저녁 식탁 자리에서 본 뉴스였다. 성폭행, 성추행, 성희롱… '성'에 관련한 어휘가 나오면 누가 먼저랄 것도 없이 리모컨을 잡은 사람이 채널을 돌리곤 했다. 순애 손 가까이 리모컨이 있었는데도 순애는 채널을 돌리지 못했다. 윤주가 텔레비전에서 눈을 떼지 않았기 때문이었다.

"엄마, 쟤는… 살아나더라도 못 살겠지?"

"누구? 이 모 양?"

"응."

"왜 못 살아? 더 악착같이 살아서 억울함을 풀어야지."

순애는 이 모 양이 윤주라도 되듯이 죽기는 왜 죽느냐며 생각나는 대로 마구 내뱉었다.

윤주가 비정규직으로 있는 곳도 정부산하 기관인 공사에 속한 곳이다. 새해엔 정규직으로 발령이 날 것이라며 야근을 하면서도 즐거워하던 윤주였다. 윤주는 계획이 많았다. 비정규직이어서 아직은 임금이랄 것도 없지만 열정 페이가 아닌 것만으로도 얼마나 다행이냐며 감사하다고 했다. 정규직으로 발령만 나면 학자금 대출도 갚을 수 있고, 무엇보다 엄마랑 함께 비행기 타고 해외여행도 가자며 날마다 조금씩 커지는 보름달처럼 꿈을 키웠다.

윤주에게서 "쟤는 살아나더라도 못 살 것 같아…"라는 말을 들었을 때 순애는 몸에 달라붙어 있는 심장이 바닥 어디쯤으로 떨어지는 소리를 들었다. 윤주는 서윤주다. 이 모 양이 아니다. 그러니까 윤주는 아니다. 그러나 성폭행 시도를 했다는 다른 비정규직은 다름 아닌 윤주였다.

"엄마, 살아있는 것이 죄인 것 같아."

윤주는 먹는 둥 마는 둥 하던 숟가락을 놓았다.

남들과 다른 패턴의 삶을 살고 있다고 해도 윤주에게 일어난 일을 몰랐다는 것이 엄마로서 견딜 수 없었다. 윤주는 순애에게 아픈 딸이면서 순애가 기대어 살아온 기둥 같은 존재였다. 순애는 윤주에게 아무것도 확인하지 않았다. 그리고 힘주어 다시 말했다.

"죽기는 왜 죽어. 살아남아야지."

그때부터 매일매일 순애는 윤주에게서 시선을 놓지 않았다. 휴대폰의 문자를 확인한 것도 그래서였을 것이다. 윤주 양, 이혜련 엄마예요. 부탁합니다. 힘들겠지만 내 딸 살려준다는 셈

치고 증언 좀 해주세요. 부탁합니다. 내 딸은 가망이 없어요. 억울함이라도 풀고 갈 수 있도록 도와줘요. 내 딸, 성폭행 맞잖아요. 윤주 양에게도 손을 뻗었다는 거 알고 있어요. 내 딸이 그랬어요. 윤주 양에게도 그랬다고….

순애 손에서 휴대폰이 떨어졌다. 욕실에서 나온 윤주가 떨어진 휴대폰을 주워들고 가만히 서 있었다. 순애는 다가가서 윤주의 손을 잡고 벽에 기대어 앉혔다.

"윤주야! 엄마 말 잘 들어."

"…."

"넌, 아무 일도 없었던 거야. 알았지, 그리고 아무 일도 하지마. 응?"

윤주는 숙인 고개를 아래로, 더 아래로 내릴 뿐이었다. 그러고는 아주 작게, 내가 알아서 할게. 하며 순애 눈을 피했다. 그때처럼 해결할 수만 있다면… 순애는 윤주의 고3 시절을 생각했다.

순애가 하는 일은 호텔을 찾는 고객이 오면 돈을 받고 객실을 배정해 주는 것이었다. 별 다섯 개니, 별 세 개니 하는 특급호텔이 아니고 대낮에 남녀가 '대실'을 하는 모텔급 호텔이다.

지옥으로 떨어질 뻔한 윤주를 살려낸 건 순애의 직업 덕분이었다.

윤주에게 처음 담임이 이상한 짓을 한다는 얘기를 들었을 때 순애는 학교에 알릴 생각이었다. 당연히 그래야 한다고 믿었다. 윤주는 공개되면 학교에 다닐 수 없을 것이라며 극렬하게 반대했다.

"너 말고 다른 애들에게도 그런다면서?"

"그렇더라도 엄마가 공개하는 건 싫어. 담임은 애들에게 인기가 많아. 내 말을 믿지도 않을 거야."

윤주 담임은 가정 형편이 어려운 아이들을 더 많이 챙기고, 더 많은 배려를 한다고 했다.

"엄마엄마."

언제나처럼 "엄마엄마"를 부른 윤주의 얼굴에 봄이 정원처럼 봄꽃들이 피어났다.

"우리 담임, 진짜 좋은 분이야. 상담뿐만 아니라 수학 문제 풀다가 모르는 것이 있으면 언제든 질문하래."

윤주는 숨이 넘어가도록 들뜬 목소리로 조잘거렸다. 어려움은 없는지 주기적으로 상담을 하고, 수학 문제뿐 아니라 어떤 것도 다 받아준다고 했다는 것이다.

"그래? 아주 잘 되었구나."

"돈만 안 받는 것뿐이지 이 정도면 개인 과외나 마찬가지야."

뒷바라지도 제대로 해주지 못한 딸에게 미안하던 차에 순애는 담임이 얼마나 고마웠는지 모른다.

"학부모 상담을 한다고 아무 때나 시간 날 때 한번 다녀가래."

"그게 무에 어렵겠니? 근데 뭘 사갈까?"

"아! 빈손으로 와야 한대. 김영란법 얘기도 하던걸."

"오! 훌륭하시구나."

훌륭한 담임을 순애는 하루빨리 만나보고 싶었다.

담임과 마주 앉은 순애는 어디서 한 번은 본 듯한 담임의 얼굴을 요리조리 살펴보았다. 하지만 기억나지 않았다. 순애 직업상 어디선가 본 듯한 얼굴이면 호텔 카운터에서 볼 확률이 높았다. 말이 호텔이지 남녀가 '대실'을 더 많이 하는 곳이다. 아무렴 교육자인 담임이 호텔에 왔을 리는 없다고 고개를 저었다. 대한민국 어디에서든 볼 수 있는 평범한 얼굴이라고 결론을 내렸다.

담임은 주로 사는 형편을 물었고, 가족 관계에도 관심을 보였다. 윤주에게 아빠가 없는 것이 죄라도 되는 듯 순애 목소리가 작아졌다. 담임은 걱정하지 말라며 아버지를 대신하겠다고 순애의 염치없음을 무마해 주었다.

채 두 달도 지나지 않아 윤주의 태도가 이상했다. 잔뜩 주눅든 눈매며, 움츠려든 어깨, 순애와 눈을 마주치지 않았다. 그 사이 순애는 순애대로 윤주에게 담임의 행태를 말도 못 하고 속 앓이를 하고 있던 참이었다. 어디서 많이 본 듯한 담임을 호텔 카운터에서 다시 보았다.

카운터 작은 창문으로 담임에게 키를 넘겨주면서 눈을 마주치지 않으려고 애썼다. 한쪽으로 비켜 서 있는 여자 얼굴을 간신히 보았다. 아무리 보아도 사십 대 정도로 보이는 담임과는 어울리지 않는 어린 여자였다. 열린 창으로 얼굴을 내밀지 않고 의도적으로 눈빛을 피한 순애를 담임은 알아보지 못했다. 어쩌면 얼굴을 마주쳤다 해도 어디서 많이 본 여자라고 생각했을 것이다. 그만큼 상담 시간은 짧았고, 머리 모양도 옷차림도 그때의 순애는 아니었으니까.

"윤주야! 엄마랑은 지금껏 비밀 없었지? 엄마에게 말을 해야 엄마가 도울 수 있지."

뉴스에서 성추행 선생을 고발한 아이가 왕따를 당하고 있다는 보도가 나왔다. 윤주는 쓰러져 펑펑 울었다.

"엄마엄마."

"…."

"담임이 허벅지를 만졌는데 그때는 의도적인지 실수인지 잘 몰라서 가만있었는데 지난번에는 가슴에 손을 넣고…."

세상에 이게 무슨 하늘과 땅이 딱 달라붙는 일인지 할 말을 잃고 이를 앙다물었다.

"지난번엔 담임이 연구실에 들렀다 가라고 했는데 무서워서 안 갔어. 다음 날 점심 먹고 연구실로 부르더니 왜 안 왔냐고, 얼굴을 가까이 들이대고… 이제 공부는 혼자 해도 된다고 했더니 배은망덕하다고."

"…"

"발설하면 가만 안 둔대. 담임에게 나처럼 따로 공부하는 애들은 몇 명 되지 않아. 거의 나처럼, 나처럼…"

윤주가 말을 끊었다. 엄마랑 둘이 살거나 가정 형편이 좋지 않거나, 그런 아이들이라는 것을 말하지 않아도 순애는 알 수 있었다.

"엄마, 무서워서 학교 못 갈 것 같아."

"엄마가 해결할게."

"어떻게 하려고. 터트리면 창피해서 학교 못 다녀. 그리고 우리 담임이 얼마나 인기가 많은데… 우리 몇 명에게 이런 식으로 수업해 주는 것도 좋은 일 한다고 난리도 아니야. 심지어 못 살아야 담임에게 혜택을 받는다며 비아냥거리는 애들도 있어."

"엄마에게 좋은 생각이 있으니 걱정 마."

불안한 눈빛을 감추지 못하는 윤주를 보면서 가슴이 미어진다는 건 이런 때 쓰는 말이라는 것을 순애는 실감했다.

"내 딸, 엄마가 지킬 거야. 엄마가 해결할게."

윤주 담임의 핸드폰에 신호가 가는 짧은 시간 동안 가슴 뛰는 소리가 스스로의 귀에까지 들렸다. 잘못은 저쪽에서 했는데 왜 자신의 가슴이 떨리고 뛰는지 순애는 알 수 없었다.

윤주 엄마라는 말을 듣고도 담임의 목소리는 변함이 없었다. 만나자는 말에 바쁘다는 핑계로 거절했다.

"'초콜릿 호텔'은 기억하시죠?"

전화를 끊으려던 담임이 멈칫했다.

"어, 어디서 볼까요?"

"학교에서 보죠."

"아, 아니요. 밖에서. 어머님이 원하시는 장소로 가겠습니다."

호텔 근처 커피숍으로 오라고 했다.

"어머님, 뭔가 오해가 있으신 거 같네요."

담임은 초콜릿 호텔이라는 곳을 처음 들어봤다며 끝까지 잡아뗐다. 그럼 왜 나오셨느냐는 말에 학부모가 보자고 하는데 거절할 수 없어서라고 했다. 그러면서 순애 눈을 똑바로 쳐다보며 반문했다.

"그 얘기를 왜 저에게 하시는 겁니까?"

"내 딸 윤주에게 하실 말씀, 아니 저에게 하실 말씀 없으세요? 선생님께서 더 잘 아실 텐데요."

"무슨 근거로 그런 말씀을 하시는지 통 모르겠습니다."

담임은 죄송하다는 말도, 죽을죄를 지었다는 말도 아닌 근거를 대라고 했다. 숨이 턱 막혔다. 준비해 온 말이 하나도 생각나지 않았다.

"윤주가 무슨 말을 했는지는 모르지만 근거 없이 모략하시면 곤란합니다."

"그럼 이 자리에 왜 나오셨는데요."

순애는 재차 물었다.

"호텔이라니요? 터무니없는 말을 듣고 가만있을 사람이 어딨습니까."

"내 딸에게 무슨 짓을 했는지 기어코 에미 입으로 말해야겠습니까?"

분노가 치밀어 오르면서 막힌 가슴이 저절로 뚫렸다. 주변의 몇 사람이 돌아보았다.

"고마운 분이라고… 은혜를 입었다고 생각했습니다. 사람의 탈을 쓰고 어떻게 그런 짓을 할 수 있습니까?"

"명예훼손죄로 고발할 수도 있습니다."

"명예훼손죄요? 제발 고발해 주세요. 천 원이 없어서 카드로 결제하셨다고 하면 기억이 나시겠습니까?"

담임의 곤혹스러운 표정을 놓치지 않았다.

"네, 선생님이 가끔 오시는 그 호텔 카운터에서 제가 일을 합니다."

그날 담임은 술이 약간 취해 있었다. 어디서 많이 본 듯한 얼굴은 윤주의 담임이 맞았다. 당황한 건 순애였다.

"팔만 원입니다. 세면도구는 천 원입니다. 구입하시겠습니까?"

"팔만 원이나 받으면서 무슨 천 원을 받고 그래요?"

법 때문에 어쩔 수가 없다는 설명에 그따위 법이 다 어디 있느냐며 순애에게 화를 냈다. 지갑을 뒤적거리던 담임은 순애를 빤히 쳐다보았다.

"수표뿐인데… 근데 아줌마 상당히 기분 나쁜 말투네."

"불쾌했다면 죄송합니다. 수표 주세요. 잔돈 드릴게요."

기분 나쁜 건 순애였다. 교육자가 그것도 딸의 담임이 아무리 봐도 부인은 아닌 것 같은 어린 여자랑 호텔에 왔다는 것에 분노가 치밀었다. 지금껏 순애는 투숙하는 모든 남녀에게 아무런 감정을 가지지 않았다. 자신이 선택한 직업에 충실하면 된다고 늘 마음을 다독거렸다. 그런데 윤주 담임이라는 것에 순애는 그저 화가 났다. 윤주 담임만 아니었어도 기분 나쁘지 않게, 친절하게 납득할 수 있도록 설명했을 것이다. 순애는 끝까지 통명스럽게 손님을 대했다. 담임은 카드로 계산했다.

"이래도 명예훼손죄 운운하실 겁니까? 제 딸에게 사과하시고, 교육에서 손 떼세요."

"죄송합니다. 어머님께 사과드리겠습니다. 윤주에게도 사과하겠습니다."

"아뇨, 당신 같은 사람은 아이를 가르칠 자격이 없어요. 학교에 통보할 겁니다."

담임은 용서해 달라며 매일 전화를 했다. 문자를 남기면 혹시라도 빌미를 잡힐까 봐 순애가 전화를 받을 수 없는 상황이어도 증거가 될 만한 문자는 남기지 않았다. 나중에는 오히려 순애를 협박했다. 증거라는 것은 당신 증언밖에 없는데 누가 당신 같은 사람의 말을 믿어주겠느냐, 당신 딸 곱게 졸업시키고 싶으면 이쯤에서 그만둬라….

윤주는 담임의 기분에 따라 천국과 지옥을 오가고 있었다. 순애가 자신의 말을 따라주지 않으니까 다른 방법으로 윤주를 괴롭혔다. 윤주만이 알아들을 수 있는 말을 전체 학생들 앞에서 하곤 했다.

"엄마, 어제는 담임이… 이상한 곳에서 일하는 학부형이 있다면서 설마 우리 반 아이는 아니겠지. 그러면서 나를 쓱 쳐다보는데 소름이 돋았어."

"이상한 사람들이 오는 곳인지는 몰라도 엄마는 밤잠 못 자고 열심히 일했다. 그렇게 번 돈으로 먹고 살았어. 지금까지."

윤주에게 하는 말이자 스스로에게 하는 당당한 선언이었다.

순애는 윤주의 앞날을 위해 담임과 협상을 해야만 했다. 순애는 지금 하는 일을 그만둘 수 없었다. 이보다 더 많은 수입으로 일 할 곳을 찾기는 쉽지 않았다.

윤주가 중학교에 입학하고 얼마 지나지 않았을 때 "윤주 엄마가 호텔에서 나오는 것을 봤다"며 불륜을 저지른 여자 취급을 했던 일이 떠올랐다. 그 일로 윤주를 데리고 서울에서 되도록 먼 경기도로 이사를 왔다. 어금니를 얼마나 악물었는지 꿈을 꿀 때조차 이가 흔들리는 꿈을 꾸었다. 그때 악몽이 떠올라 합의를 하고 말았다. 담임은 윤주에게 다시는 접근하지 않겠다고, 순애도 학교에 알리지 않겠다는 약속을 구두로 하고 끝을 맺었다. 윤주에게 불이익이 가서는 안 되었기에 그것으로 일단락을 지었다. 윤주도 더 이상 그 얘기는 꺼내지 않았다. 하지만 매일매일 담임을 보면서 윤주가 졸업할 때까지 받았을 고통을 순애는 알고 있었다.

윤주는 서울에 있는 4년제 대학을 무사히 졸업했다. 한 번쯤 다녀온다는 어학연수도 가지 못하고, 학자금 대출에 아르바이트를 하느라 화려한 스펙을 쌓지는 못했어도 날마다 죽을힘을 다해 살아온 덕분으로 윤주는 주변으로부터 인정을 받았다. 관광중국어과를 졸업한 윤주는 능숙하지는 않아도 중국 사람과도 웬만한 의사소통은 가능했다.

윤주가 들뜬 마음으로 "엄마엄마"를 부른 건 졸업하고 얼마 지나지 않아서였다.

정부 산하단체인 공사에 일 년 계약직으로 취업이 되었다며 일 년만 고생하면 정규직이 될 수 있다고 잔뜩 부풀어있었다. 선거와 맞물려 선심성 공약이 마구 터져 나오는 시기이기도 했다. 윤주는 운이 좋아서 이런 시기에 계약직이라도 될 수 있었다면서 '타의 모범'이 되는 것을 기꺼이 감수했다. 출근 시간보다 일찍 나가는 것은 물론 야근도 불사했다. 인사 담당 이사가 특히 관심을 가지고 있다는 말을 할 때까지만 해도 순애도 윤주도 나락으로 떨어질 것이라고는 생각조차 하지 않았다.

윤주를 포함한 계약직은 세 명이었다. 세 명 모두 정규직이 되는 건 희망 사항이었다. 웃는 얼굴로 서로를 바라보지만 보이지 않는 곳에서는 서로에 대한 견제로 머리가 터질 지경이라고 했다.

윤주가 정규직에 특별히 더 목을 맨 게 순애는 자신 탓인 것만 같아서 더더욱 견딜 수 없었다.

대형건설사 하청업체 현장에서 경리를 보던 순애는 전기공사를 하는 남편과 같은 직장에서 만났다. 남편은 순애를 보기만 해도 저절로 입가가 벌어지고, 순애만 보면 두 손을 앞에 두었다가 흔들었다가 어쩔 줄을 몰라 했다. 현장 사무실이라 여름엔 덥고, 겨울엔 추웠다. 가장 시원한 방향에서 선풍기 바람을 쏘일 수 있도록 위치를 고정해 주고, 겨울에는 휴게실에 전기장판을 깔 수 있도록 전선을 만들어주었다. 순애는 그런 자상함이 맘에 들었다. 둘이서 사귀자는 말을 한 적이 없는데도 남들이 먼저 연애하느냐고 물어보았다.

남편은 결혼해서도 순애의 기대를 저버리지 않았다. 윤주가 태어나고 순애는 다니던 회사를 그만두었다. 윤주에게는 좋은 아빠였고, 순애에게는 좋은 남편이었다. 사고사로 세상을 떠날 때까지 순애는 순애가 꿈꾼 행복한 가정을 이루었다.

전기공사를 하는 남편이 사고사를 당했을 때 정규직이 아니라며 보상을 해줄 수 없다는 회사의 통보는 남편을 두 번 죽이는 꼴이었다. 하청업체 소속이라 원청에는 책임이 없다는 말만 되풀이했다. 하청업체는 보상을 해줄 능력도 사건을 해결할 의지도 없었다.

비정규직, 죽어서도 사람대접을 받지 못하는 미천한 신분이었다. 윤주가 네 살 되던 해였다.

순애는 이것저것 해보지 않은 일이 없었다. 어떤 일을 해도 한 달 임금이 백만 원 이쪽저쪽이었다. 그 돈으로는 아이와 함께 살아갈 수 없었다. 하루 쉬고 하루 일하는 격일제여서 꼬박 밤을 지새야 하는 힘든 일이어도 이백만 원이라는 거금에 앞뒤 생각할 겨를 없이 호텔 캐셔 일을 직업으로 삼았다. 시골에 있는 친정엄마가 순애와 살림을 합쳐 윤주를 돌봐주었다.

첫 월급을 받은 순애는 어린이집에 다녀온 딸을 앞에 두고 만 원짜리로 바꾼 돈을 방바닥에 쫙 폈다.

이건 우리 딸 어린이집에 가는데 내는 돈, 와! 이렇게 많이? 그리고 이건 또 우리 딸 좋아하는 새콤달콤 사는 돈, 그리고 이건 우리 딸 색연필 사는 돈, 이건 우리 딸 예쁜 옷 사는 돈… 순애는 윤주에게 엄마가 일하지 않으면 안 된다는 것을 그렇게 설명했다. 출근하는 순애를 향해 윤주는 울 듯한 얼굴로 손을 흔들며 배웅했다.

"엄마, 돈 많이 벌어 와, 응?"

"그래그래!"

이틀에 한 번꼴로 엄마 없는 밤을 보내야 하는 윤주는 밤새 칭얼거리다 다음 날 돌아올 순애를 기다리며 눈물 머금은 눈을 감고 잠이 든다며 친정엄마도 덩달아 눈시울을 붉혔다.

친정엄마가 윤주를 보살핀 시기도 윤주가 중학교에 입할 할 때까지였다. 친정엄마가 세상을 떠나고 격일로 일하는 순애는 혼자 잠을 자야만 하고, 혼자 일어나 학교를 가야 하는 윤주를 위해서 다른 직업을 알아보았지만 그만한 임금을 주는 데가 없었다.

열쇠는 목에 걸고 다니면 안 된다, 앞이든 옆이든 뒤든 사람이 있을 때는 절대로 문을 열면 안 된다, 혼자 있을 때는 누가 와서 초인종을 눌러도 대답하면 안 된다… 당부할 게 너무 많아서 무엇부터 얘기를 해야 할지 우선순위도 없었다.

그 어린 것은 순애의 애타는 심정을 알기라도 한 것처럼 문단속도 잘하고 사고 없이 자라주었다. 그런 세월을 견뎌준 딸이 엄마로서 한없이 미안하고, 말할 수 없이 고마웠다.

지쳐 돌아온 순애를 보고 가이드는 다음 날의 일정을 알려주었다.

야류해상공원! 친구가 윤주를 보았다는 공원이었다. "아무렴 내가 윤주를 몰라보겠니?"라고도 했다. 친구의 말이 먹이를 찾아 대양의 밑바닥을 헤엄쳐 온 앵무조개처럼 순애의 가슴으로 흘러왔다.

야류해상공원으로 가는 버스 안에서 수천만 년 전부터 파도의 침식과 풍화 작용에 의해 독특한 모양의 바위로 생성된 것이라고 가이드는 설명했다. 순애는 어서 빨리 여왕바위가 있는 곳으로 달려가 윤주를 확인하고 싶은 마음뿐이었다.

파도가 만들어놓은 기암괴석들은 독특한 이름을 지니고 있었다. 왕관을 쓰고 있는 듯해서 붙여진 여왕머리바위, 계란바위, 목욕하는 미녀바위 등 다양한 이름의 바위들이 즐비했다. 이집트의 여왕인 네페르티티의 옆모습을 닮았다 하여 붙여진 여왕바위 앞에서 순애의 눈동자는 윤주를 찾아 헤맸다.

일행들이 다른 관광지로 떠나고 순애만 그곳에 남았다.

'네페르티티'는 고대 이집트 왕국의 최초의 여왕이었고, 남편인 십 대 파라오 아크나톤과 함께 이집트를 다스릴 만큼 엄청난 권력을 가졌다고 한다. 그런데 기원전 1367년 홀연히 무덤, 유물, 유적 등 '네페르티티'와 관련된 모든 기록이 역사 속에서 사라졌다는 설명을 들으면서 눈앞에 보이지 않는 윤주가 네페르티티처럼 사라져 버릴 것 같은 불안이 엄습해 왔다.

긴 머리의 윤주를 닮은 아가씨가 눈에 띄면 그쪽으로 재빨리 걸음을 옮겼다. 순애가 다가서면 신기루처럼 사라지고 없었다. 멀리서 보면 정말이지 윤주라고 해도 믿을 만큼 닮은 이십 대들이 눈에 많이 띄었다. 윤주가 사라진 자리에서 순애는 다시 윤주를 찾아 공원을 빙빙 돌다가 푸른 바다가 펼쳐진 해안가까지 갔다.

지우펀 앞바다에 던져 넣은 어금니가 앵무조개처럼 바닷속 어느 바위에 부딪치며 상처 입은 몸으로 이곳까지 흘러 왔을 것 같은 생각이 자꾸만 따라 다녔다.

제 땅에 발붙이지 못하고 고국을 떠나 이국에서 떠도는 신세가 되어 해상공원까지 왔을 앵무조개 어금니 같은 윤주. 윤주가 아니었으면 좋겠다는 생각도 들었다. 그러다가도 높은 파도에 떠밀려 상처가 났을지라도 해안가로 밀려오기만 한다면 아무래도 상관없을 것 같았다. 그냥 윤주이기만 하면 그래서 윤주를 만날 수만 있다면 그다음은 자신이 감당할 것이라고 다짐했다.

먼 데서 밀려온 파도가 해안가를 스치고 다시 바다로 돌아갔다. 순애는 앵무조개가 된 어금니가 이곳까지 따라 왔다고 믿기로 했다. 어디쯤에서 윤주를 보았을까, 순애는 천천히 해안선을 따라 거닐었다. 바다 끝에서 다시 공원 쪽으로 걸음을 떼었다.

순애는 숨을 꼴딱 삼켰다. 긴 머리의 윤주들은 많았다. 큰 소리로 웃는 윤주, 머리칼을 뒤로 넘기는 윤주, 바다를 하염없이 바라보고 있는 윤주, 얼굴 가까이 브이 자를 그리며 사진을 찍고 있는 윤주… 윤주.

순애는 어금니를 악물고 살아온 날들이 그때부터였을 것이라고, 그때가 너무 많아서 어금니가 흔들리기 시작한 시점을 꼭 끄집어서 말할 수 없었다. 보상금도 받지 못하고 남편이 죽었을 때, 생계를 어떻게 이어 갈까 막막했을 때, 어린 딸을 혼자 놔두고 밤샘을 해야 할 때… 남편이 죽은 후 이를 악물고 살아오면서 힘들 때마다 어금니가 흔들렸다는 것에 생각이 이르렀다. 하지만 윤주가 옥상 난간에 기대어 서서 아래를 내려다보던 때와는 그 어떤 것도 비교되지 않았다.

윤주가 어디를 떠돌고 있는지 순애는 알 수 없었다. 다만 순애 눈앞에 있는 윤주들처럼 어디쯤에서 살아 있기만을 바랄 뿐이었다.

택시를 타고 호텔로 돌아오면서 뒤돌아보지 않았다.

다음 일정엔 어떻게 하겠냐고 묻는 가이드에게 호텔에 남겠다고 했다. 지우펜에도 야류해상공원에도 다시 가지 않았다. 하지만 윤주가 제 나라에 발을 딛지 못하고, 바닷속에서 둥둥 떠다니며 살아가는 앵무조개처럼 떠돌고 있을 것을 생각하니 어금니 빠진 자리에 바닷바람이 시리게 불어왔다. 그러다 오억 년을 살아 화석이 되었다는 앵무조개처럼 윤주가 어딘가에서 씩씩하게 살아 있을 것이라고, 윤주 말대로 아주 조금만 더 기다리기로 마음을 다져먹었다.

더 이상 윤주를 찾아 헤매지 않고 집으로 돌아왔다.

윤주가 보내온 편지가 우편함에서 순애를 기다리고 있었다. 김 모 이사와의 대화가 녹음된 핸드폰이 책상 서랍 맨 아래쪽에 있으니 혜련의 억울함을 풀어주라고 했다. 걱정하지 말라는 추신과 함께였다. 소인은 대만이었다.

순애는 윤주가 헤매고 다니던 그곳 어딘가에서 윤주의 숨결을 느끼고 있었던 것이다.

태평양 앞바다에 던지고 온 어금니가 옛적 지붕 위에 던진 앞니처럼 새로 돋아날 것 같아 순애는 혀끝을 어금니에 갖다 대었다.

미스 완전체

휴일의 달콤한 늦잠을 방해한 적이 없는 고모가 이른 새벽부터 전화를 했다. 이번엔 또 뭐가 문제냐며 대뜸 따지고 들었다. 나중에 얘기하겠다며 전화를 끊어버린 게 잘못이었다. 걸어서 십 분 거리에 살고 있는 고모는 댓바람에 달려왔다. 반쯤 감긴 눈으로 문을 열어주고 다시 침대에 엎드려 고개를 벽 쪽으로 돌렸다.

"이것아."

서슬 푸르게 달려올 때와는 달리 어깨를 몇 번 토닥인 고모가 목소리를 가다듬었다. 인물 그만하면 되었고, 직장이야 말할 것도 없고, 깔끔하고, 경우 바르고, 뭐 하나 부족한 게 없는 사람을… 또 무슨 트집을 잡아 먼지 털듯 털어내니? 이 철딱서니 없는 것아. 언제나 철이 좀 들래….

아들 셋 관리하기도 벅찰 텐데 고모는 내 일이라면 팔부터 걷어붙이고 나선다. 다섯 살 때부터 아버지가 있으나 함께 살지 못하고, 일곱 살 이후부터는 엄마하고도 헤어져 사실상 엄마 노릇을 해온 고모의 마음 씀씀이라고 이해한다. 내 결혼이 고모 생의 마지막 과제이기라도 하듯 고모는 조바심을 내고 있다. 거기엔 내 성격도 한몫하고 있다는 것을 모르지 않는다.

나를 알거나 모르거나 상관없이 내 주변의 남자들은 내게 친절하다. 어디에서든 물건만 손에 들고 있으면 어김없이 남자가 나타나 도와준다면서 말을 섞지 못해 안달이다. 그들의 친절이 싫은 건 아니다. 하지만 내 물건에 손대는 것을 극도로 싫어하는 나는 험악하게 인상을 쓰며 쳐다보지도 않는다. 이런 모습을 볼 때마다 고모의 낯빛이 어두워진다.

중고등학교 시절, 집 앞까지 따라오는 남학생들 때문에 골치깨나 썩은 고모가 어느 날부터 신경을 쓰지 않았다. 고모까지 나서서 나를 감시하고 보호하지 않아도 내 까칠하고 유난한 성격 탓에 제풀에 떨어져 나간다는 것을 알고 난 뒤부터다. 고모는 한때 남학생들과 놀아나지 않아서 좋은 대학에 갔다며 까칠한 내 성격을 옹호하기도 했다. 하지만 지금은 또 무슨 까탈을 부려 다 된 결혼을 파투낸 것이냐고 다그치기에도 지친 표정이다.

"알았어, 알았다고, 말할게요."

침대 끝에 걸터앉았다. 기회는 이때다 싶은 고모가 화장대 앞에 있는 의자를 끌어와 내 턱 밑으로 얼굴을 바짝 디밀었다.

고모를 통해 만난 남자와는 석 달째 접어들고 있었다. 사내에서 만난 승보와는 등을 맞대고 있는 것처럼 성격이 판이하게 다른 남자였다. 그 남자와 승보 사이에 양다리를 걸친 건 물론 아니다. 승보는 입사 동기로 친구처럼 지내는 사이다. 그 남자를 만나던 시기에 승보가 연애감정을 드러낸 것뿐이다.

남자는 어떻게 하면 내 손을 한 번 잡을까, 어떻게 하면 진한 키스를 한 번 할까, 어떻게 하면 나랑 은밀한 데이트를 할 수 있을까, 그 생각뿐인 것 같았다.

어쩌다 그와 손을 잡고 집에 돌아오면 오래도록 손을 씻었다. 그가 키스를 하려고 입술을 들이댔을 때 얼굴을 밀친다는 게 따귀를 갈기는 형국이 되어 버려 어색하게 헤어진 게 며칠 전이다. 그 뒤부터는 내게 스킨십을 시도하지 않았다. 나와 더 친근해져야 한다고 생각했는지 매콤한 것이 먹고 싶다는 내 말을 듣자마자 맛있는 냉면 집이 있다며 충무로 쪽으로 방향을 잡았다. 동국대 후문 쪽에서 한참을 더 걸어 도착한 냉면 집이었다. 매콤하기는커녕 밍밍한 것이 내 입에는 맞지 않았다. 그래도 남자와 속도를 맞추려고 젓가락을 금방 놓지는 않았다. 남자가 딱히 싫지도 않았지만 심장에 불이 확 달아오를 만큼 느낌이 있는 것도 아니었다. 남자가 젓가락을 놓자마자 나는 기다렸다는 듯이 냅킨으로 입술을 닦으며 냉면 그릇을 옆으로 밀었다. 말릴 사이도 없이 남자는 내가 먹다 남긴 냉면을 자신 앞으로 가져가 먹기 시작했다. 남자가 냉면을 먹고 있는 모습을 바라보며 제일 싫어하는 장면 하나가 떠올랐다. 치약 거품을 물고 칫솔질하는 장면이다. 종일 먹어댄 음식물 섞인 타액과 상사와 동료를 씹어댄 뒷말, 구역질과 트림이 들락거렸을 그곳은 내겐 치부와 다름없다. 송승헌, 송중기, 박보검이 등장해도 칫솔질하는 장면은 보지 않는다. 입 행구는 장면만 나와도 나는 채널을 돌려버린다.

회사에서 점심을 먹은 후에도 다른 사람이 있을 때는 양치질을 하지 않는다. 타인 앞에서 치약 거품을 묻힌 채 이를 닦는다는 건 상상조차 해본 적이 없다. 하필 그 장면이 떠올랐다. 집으로 돌아오는 길에 내 기분과 상관없이 키스를 하려고 시도한 일은 결정적으로 내게서 아웃시켜 버린 행위가 되었다. 왈칵 구토증이 올라왔다.

남자의 눈에 내가 띈 건 우연이었다. 고모부 몸이 좋지 않다며 퇴근길에 좀 태워오라는 고모의 전화를 받았다. 고모부 직장은 수십억이 넘는 강남의 S아파트 관리실이다. 약속이 있었던 것도 아니어서 어려운 청은 아니었다. 고모부를 기다리며 관리실 앞에 서 있는 나를 본 남자가 첫눈에 반해 상사병이 날

지경에 이르렀다는 것이다. 이런 일이 한두 번 있는 것도 아니어서 나는 시큰둥한 반응을 보였지만, 남자는 자신의 어머니까지 동원하여 나와의 만남을 성사시켰다. 여자 미모를 먼저 따질 건 아니라고, 살다 보면 외모는 아무것도 아니라는 말은 그 남자에게 먹히지 않았다. 중매를 내세워 선을 본 여자와는 말도 안 되는 핑곗거리를 대면서 퇴짜를 놓는 아들이 목숨 걸고 나서는 데는 어쩔 도리가 없다고 했다.

남자 어머니는 자신의 눈으로 나를 한 번 보게 해달라고 했다. 고모의 부탁으로 관리실을 한 번 더 가게 되었고, 남자 어머니는 나를 본 순간 주위가 환해졌다며 아들의 손을 들어주었다. 학벌도 그만하면 됐고, 대기업에서 정규직으로 일하는 능력이면 머리도 나쁘지 않을 것이라며 관리소장 조카딸이라는 집안 환경을 접어준다고 했다. 번듯한 집안이면 더 바랄 게 없겠지만 마흔을 바라보는 아들이 결혼하겠다는 그 한 가지만으로 시원찮은 집안 정도는 눈감아주겠다는 생색까지 냈다고 했다. 나중에야 내가 알게 된 사실이었다.

나 역시 그 정도 조건에 적극적으로 나서는 남자가 싫지 않아 데이트 신청을 받아들였다. 남자는 내게 잘 보이고 싶었단다. 나와 친밀감을 드러내고 싶어 먹다 남긴 냉면을 먹었는데 내 표정이 좋지 않게 변해서 냉면 먹은 것을 후회했다는 것이다. 그것 말고는 특별한 일이 없었다며 헤어질 때 헤어지더라도 이유는 알아야겠다는 연락이 왔다고 했다. 하지만 남이 남긴 음식을 먹는 남자가 갑자기 더러워 보였다는 말을 차마 내 입으로 할 수 없어서 나는 죽었다 깨어나도 그 남자가 먹다 남긴 냉면은 못 먹는다며 에둘러 말을 돌렸다. 치약 거품이 묻은 입속을 보는 것처럼 역겨워 보였다는 말은 하지 않았다.

내 얘기를 듣고 있던 고모 얼굴이 서서히 낭패감으로 일그러졌다.

한 번만 만나보면 절대로 후회하지 않을 거라면서 입안의 침이 닳도록 고모는 남자 칭찬을 아끼지 않았다. 요즘처럼 불안정한 시대에 세무공무원이라는 직업이 그렇고, 강남에 삼십 평대 아파트를 소유하고 있고, 장남이 아닌 차남이라는 것도 결혼 조건으로는 최상이 아니냐며 미적거리는 나를 몰아붙였다. 부모 없는 내게 남자 부모는 든든한 버팀목이 되어 줄 것이라는 고모의 마지막 말에 내 마음이 움직였다.

나와 나란히 서면 나보다 작아 보이는 키가 마음에 들지 않았지만 웃는 모습이 참 순해 보였다. 무엇보다 나는 그때 직장생활에 지치기도 했다. 마음의 위안으로 삼을 뭔가가 필요했다. 그렇다고 결혼을 도피처로 생각한 것은 아니었다. 그것이 연애든 결혼이든 뭔가 새로운 세상이 보고 싶어 남자의 데이트 신청을 받아들인 것이었다.

혼기 찬 남녀가 석 달을 넘겨 만났으면 더 이상 볼 것이 뭐

있겠냐며 남자 쪽에서 성화를 대던 참이었다. 고모는 죄인의 심정으로 집안이 너무 심한 차이가 나서 못하겠다는 말로 거절의 뜻을 전달한 모양이었다. 처음부터 다 아는 사실인데 새삼 그 문제를 거론하는 것이 심히 황당하고 불쾌하고 무슨 다른 뜻이 있을 것이라는 추측에 그들은 더욱 더 사실을 알고자 안달복달이었다.

고모의 언짢은 시선을 느낄 때마다 떠오르는 건 문틈 사이로 본 아버지의 벌거벗은 몸이었다. 아버지와 헤어질 무렵이었으니 다섯 살쯤이었을 것이라고 기억한다. 시도 때도 없이 나를 씻기던 엄마도 함께 떠오른다.

고모 집에서 독립을 하며 짐 정리를 하다 발견한 서류봉투가 있었다. 봉투 안에는 아버지가 엄마를 상대로 낸 이혼소송 청구서와 양육권 소송서류 등이 들어있었다. 이혼소송 청구서에는 엄마의 결벽증으로 더 이상 결혼생활을 영위할 수 없다는 그간의 생활기록이 담겨 있었고, 양육권 소송서류에는 양육할 수 없을 정도의 정신병적인 엄마의 행위가 적나라하게 적혀 있었다.

외박하고 돌아온 아버지를 엄마는 현관 입구에 세워두고 옷을 홀랑 벗겼다. 아버지는 욕실에서 샤워를 마치고 나와야만 방으로 들어갈 수 있었다. 외박한 첫날엔 어쩔 수 없이 엄마의 의견을 존중해 주었다는 것이다. 외박도 아닌 퇴근하고 돌아온 날에도 엄마는 아버지를 욕실로 먼저 보냈다. 삼일은 참을 수 있었으나 일주일째 되던 날 아버지는 그대로 돌아서 고모 집으로 가버렸다. 엄마가 말하는 것처럼 '더러운 짓'은 하지 않았다는 게 아버지 주장이었다.

접대를 해야 하는 '을'의 입장에서 아버지는 어쩔 수 없이 룸살롱을 갔지만 엄마가 주장하는 것처럼 여자와 더러운 짓은 하지 않았다고 했다. 계약을 따내야 하는 아버지는 담당자가 여자를 좋아한다는 정보를 입수하여 소위 '풀코스' 접대를 했다는 것이다. '풀코스'란 밥 먹고, 술 마시고, 마지막 성 접대까지를 포함하는 것이었다. 아버지는 조직의 맨 아래 칸에 있는 '을'의 입장에서 '갑'의 요구를 거부할 수 없었다고 했다. 하지만 룸살롱 접대가 한두 번이 아니라는 게 문제였다.

물론 회사일뿐만 아니라 장례식장 참석이라든가 이러저러한 외박 사유가 없을 수는 없었다. 그럴 때마다 엄마는 현관 입구에서 홀랑 벗겨 욕실에 먼저 들어가게 했고, 아버지는 고모집으로 갔다가 집으로 돌아오는 일을 반복했다. 아버지의 이혼 요구에 엄마는 동의하지 않았다. 소송으로 이어졌고, 소송 중에 엄마는 양육권을 갖는다는 조건으로 이혼에 합의를 해주었다. 그때 내 나이 다섯 살이었다.

엄마의 결벽증은 거기서 그치지 않았다. 아버지가 집을 나가고 엄마와 단둘이 사는 동안 나는 집 안에 갇힌 생활을 해야 했다. 빨갛고 노랗고 예쁜 색깔의 옷도 많았지만 엄마는 내게 늘 흰옷을 사 입혔다. 흰옷을 입고는 밖에 나가서 마음 놓고 놀지 못했다. 흰옷이 더러워지는 건 조심한다고 해서 될 일이 아니었다. 엄마는 그런 나를 벗겨놓고 피부가 아플 만큼 박박 문질러 씻겼다. 어느 때는 더럽히지 말라며 볼기짝을 후려치기도 했다. 아버지를 대신하여 나를 보러 온 고모가 이 광경을 보았다. 매일 집 안을 쓸고 닦는 것도 모자라 애를 씻겨서 죽이겠다는 전셋집 주인 여자의 말을 듣고 아버지는 양육권 소송을 통해 승소했다. 내 나이 일곱 살 되던 해였다. 엄마에게 한 달에 두 번 면접교섭권이 주어졌으나 아버지는 판결문에 나와 있는 위자료보다 더 많은 금액을 지불하고 엄마로부터 나를 격리했다. 그사이 아버지에게는 새엄마와 동생이 생겼다.

매일 박박 문질러 씻기는 엄마가 무서워 아버지와 함께 살게 된 것이 내심 기뻤다. 하지만 나는 어느새 수시로 손과 발을 씻고, 손을 씻을 수 없을 때는 밥을 먹지 않았다. 씻지 않으면 잠도 자지 않았다. 그것까지는 신통하다고 칭찬을 들어 마땅하지만 유치원에서는 흙을 만지거나 다른 친구들과 손을 잡고 어울려 놀지 않았다. 식탁에서의 예절 또한 그 나이 아이가 할 수 있는 정도를 넘어섰다.

새엄마와 동생들은 물론 아버지와도 적응하지 못한 나는 고모에게 보내졌다. 엄마랑 함께 사는 동안, 더러운 것이란 말을 입에 달고 살면서 나를 씻기는 엄마가 싫었지만 엄마가 없어도 나는 엄마랑 살던 때와 전혀 달라지지 않았다. 엄마를 다시볼 수 없으리란 것을 아무도 설명해 주지 않았지만 나는 그냥알았다.

이 남자와도 오래 가지 못할 것이라는 걸 그냥 알았는지 모른다.

시시콜콜 온갖 잡다한 얘기를 승보에게 다하면서 이상하게남자 얘기는 하지 않았다. 나랑 비슷한 승보가 은연중 내 짝인지 모르겠다는 생각을 하고 있었는지도 모르겠다.

고모는 이십 대 초반부터 멀리서 찾을 것 없이 가까운 직장에서 찾으라고 은근한 훈수를 두곤 했다.

나와 함께 근무하는 동료들은 결혼정보회사에 내놓아도 좋은 등급을 받을 만한 조건을 갖추고 있었다. 학벌도 좋고, 연봉도 높다. 대체로 집안을 들먹이면 나 같은 처지는 기가 죽을 만큼 고위 공직자에 현역 국회의원 자녀도 있다. 고모 생각에 전적으로 동의하는 것은 아니지만 종종 사내 커플이 탄생하는것을 보면 고모 생각이 전혀 엉뚱한 것은 아니었다. 하지만 대학 졸업하고 승보와는 십여 년이 넘는 세월을 온종일 붙어있다 보니 장점보다는 단점이 더 많이 눈에 띄었다. 나이는 나보다 많아도 군대 다녀와서 후배로 들어온 승보에게 업무를 가르치는 일은 그렇다 쳐도 내 눈에는 어리바리하고 미숙해 보였다. 세련되고 눈에 들어온다 싶으면 임자가 있거나 유부남이었다.

담당 이사가 새로 부임해 왔을 때였다. 성격 까칠한 것은 둘째치고라도 까다로움으로 치자면 나를 뺨치는 '깔끔쟁이'였다. 갓 들어온 계약직 여사원을 불러놓고 처음 지시한 업무가 책상 정리정돈이었다.

"자는 이렇게 반듯하게 놓으세요."

컴퓨터 옆 책상 모서리에 놓인 삼십 센티미터의 자를 연필꽂이에 꽂아놓은 것이 화근이었다. 자신이 놓았던 자리에 두지 않고 이리저리 옮기느냐며 무슨 큰 잘못이라도 저지른 것처럼 질책을 했다. 컴퓨터 화면에 먼지까지 확인하며 계약직 여사원을 들볶았다. 이 정도면 정신병자 수준이라며 입에 거품을 물고 직원들은 이사를 험담했다. 입으로는 험담을 하면서도 이사 앞에서는 아부를 아끼지 않았다. 그중 유일하게 험담을 하지 않는 게 승보였다. 그럼에도 그는 동기들 중에서 진급이 가장 늦었다. 어쨌든 학벌 좋고 잘났다는 남자 직원들의 굽실거리는 꼴도 보기 싫었고, 직책이 좀 높다고 힘없는 계약직 사원이나 들들 볶아대는 높은 자리의 사람도 보기 싫기는 마찬가지였다.

그런 면에서 승보는 타협과는 거리가 멀었다. 불의를 참지 못하는 승보의 성격에 후한 점수를 주게 된 동기이기도 했다. 승보는 나와 같은 종류의 사람에 가까웠다. 다른 게 있다면 나는 남의 일에는 끼어들지 않지만 승보는 옳다고 하는 일엔 자주 끼어들었다. 동료들끼리 모여 떠드는 뒷말 정도는 거기에서 끝내야 하는데 승보는 총대를 메고 앞에 나서기 일쑤였다. 함께 뒷말에 가담했던 사람들은 승보가 얘기를 꺼내면 언제 그런 말이 오가기나 했냐는 표정으로 입을 다물어버리곤 했다.

승보와 마음 터놓고 지내게 된 동기 역시 불의를 보고 참지 못하는 성격 덕분이었다. 친구와의 약속 장소인 레스토랑에 주차를 하고 화장을 고치고 있을 때 미끄러지듯 차 한 대가 들어오더니 내 차를 들이받았다. 충격으로 얼굴이 핸들에 부딪쳤다. 입술이 터져 피가 흘렀다. 입술에서 흐르는 피를 보고도 남자는 차에서 내리자마자 내게 덮어씌웠다. 나를 피하려다 들이받았다는 것이다. 너무 어이가 없어 제대로 말을 하지 못하자 남자는 잘못을 인정하는 줄 알았는지 명함을 달라고 했다. 자동차 수리비를 요청하겠다는 것이었다. 나 또한 치료비를 받아야 하니 명함을 달라고 요구했다. 남자는 거친 말투로 웃기는 여자라며 칠 듯이 팔을 쳐들었다. 가벼운 접촉사고 정도라면 내가 머리를 뒤로 쓸어 올리며 차에서 내리는 순간 그냥 넘어가 주었다. 심지어는 내 잘못이 분명할 때도 오히려 커피라도 한잔 하자며 선심을 쓰기도 했다. 나를 이렇게 대하는 남자는 처음 보았다. 그때 승보가 끼어들었다.

"이 봐요. 내가 쭉 보았는데…"

"넌 뭐야?"

"애인이다. 사람이 안에 있는 거 뻔히 알면서 갖다 박았잖아?"

"뭐? 애인?"

남자는 도통 상대의 말을 들으려고 하지 않는 사람 같았다. 내게 손찌검을 하지 못한 분풀이를 하려는지 무슨 시비냐며 바로 승보에게 주먹이 날아갔다. 승보도 양복을 벗어 던지고 상대를 향해 돌진했다. 두 남자가 엉켜 치고받았다. 주차장이라 지나다니는 사람도 없었다. 레스토랑으로 달려가 지배인을 데리고 나왔다. 다행히 지배인의 중재로 경찰서까지는 가지 않았다.

저녁을 사겠다는 내 제안에 승보는 이번 일로 사는 것이라면 거절하겠다며 정중하게 사양했다. 한 번은 고마움을 표현해야 했으므로 나는 주말을 이용하여 그에게 연락을 취했다. 이른 저녁을 먹고 커피를 마셨다. 의외로 대화 코드가 맞았다. 유머러스한 화법에 시간 가는 줄 몰랐다. 어떻게 한 사무실에 있으면서 이런 남자를 보지 못했는지 의아할 따름이었다. 자연스럽게 다음 약속을 정하고 맥주까지 마시는 사이가 되었다. 그 사건을 계기로 그의 전화를 기다리는 나를 발견하고 스스로 깜짝 놀랐다. 예전엔 그가 사무실에 있는지 없는지조차 알지 못했는데 이젠 출근을 하면 그가 맨 먼저 눈에 들어왔다.

한 번은 내 접촉사고와 비슷한 상황이 벌어진 광경을 보게 되었다. 지나던 이들은 모두 슬금슬금 자리를 피해서 가버렸다. 그런데 내가 말릴 사이도 없이 승보가 끼어들었다. 합의로만 끝나지 않고 경찰서에 가서 진술서를 써야 했다. 탈 없이 끝낼 수 있었지만 승보 때문에 일이 커졌다며 상대 여자는 승보의 개입을 달가워하지 않았다. 나 역시 반갑지 않았다. 내 일에 개입할 때는 고마웠지만 세상 모든 일에 참견하는 것 같아 불편했다. 경찰서를 나와 찻집에 마주 앉았다.

세상에 자기 같은 사람이 단 한 명만 있었어도 어머니가 그렇게 억울하게 세상을 떠나지는 않았을 것이라고 했다. 젊은 사람과 시비가 붙은 어머니가 옥신각신하던 끝에 힘에 밀려 넘어졌다고 한다. 그런데 넘어져서 일어나지 못하는 어머니를 두고 다들 그냥 외면했다는 것이다. 자신은 차제에도 만약 이런 현장을 목격한다면 절대로 그냥 지나치지 않을 것이라고 했다.

털어놓으려던 불편한 마음을 다시 안으로 접었다. 내가 그런 말 할 자격은 없지 않은가. 피곤하다, 별나게 군다, 웃기고 있네, 심지어는 재수 없다는 말을 나는 수없이 들으며 살아왔다. 그는 단 한 번도 내게 그런 말을 한 적이 없었다. 그동안 말은 안 했지만 엄마의 피를 물려받은 나는 영원히 결혼할 수 없는 사람이 아닌지 고민한 게 한두 번이 아니었다.

내가 사귀던 남자들과 헤어진 것을 두고 고모는 대부분 내 쪽에서 이별을 통보했다고 믿고 있다. 엄밀히 따지고 보면 꼭 그렇지만도 않다. 나를 만나다 보면 어느 순간 피곤하다는 뉘앙스를 풍긴다.

외모지상주의 세상에서 나는 일단 외모가 따라준다. 초등학교 때부터 선생님이 교실에 들어서면 내 얼굴만 보인다고 했을 정도다. 청소년기를 넘기면서 쑥쑥 자라준 키는 얼굴을 받쳐줄 만큼의 몸매가 돼주었다. 길거리 캐스팅도 심심찮게 받았다.

여자 미모란 남자 인생 망치는 데 밖에는 쓸모가 없다는 말을 어려서부터 고모에게 듣고 자랐다. 왕비로 간택된 여성들은 하나같이 교양과 부덕을 갖춘 덕에 뽑힌 것이지 인물이 잘나서 뽑힌 것이 아니라는 것을 예로 들었다. 결혼할 여자를 두고 엄마의 꼬임에 넘어가 엄마와 결혼한 아버지만 봐도 알 수 있다는 것이었다. 아버지 인생에 이혼이라는 오점을 남긴 것이 엄마의 미모 탓이라고 고모는 확신하고 있었다. 예쁜 것이란 아무짝에도 쓸모없다는 말을 귀가 닳도록 들어온 나는 내 미모를 탐탁지 않게 생각할 수밖에 없도록 교육받고 세뇌되었다. 문제는 남들이 다 인정해주는 미모를 나 자신은 대수롭지 않게 생각한다는 것이다. 남자들에게 오히려 매력으로 작용했다는 것을 나중에야 어렴풋이 알았다. 예쁜 척하지 않아서 끌렸는데 까다로운 성격은 감당이 되지 않는다는 것이다. 떠나는 남자를 붙잡아 본 적도 물론 없다.

나는 선 본 남자와의 관계를 정리하면서 승보에게 온전히 마음이 기울었다. 고모가 더 이상 미련을 갖지 않도록 승보를 소개했다. 그리고 일 년도 되지 않아 결혼 무효를 선언하고 말았다.

"이번엔 또 뭐가 문제야, 응?"

고모는 어이없다는 얼굴로 따져 물었다.

"고모도 참. 남들이 들으면 내가 무슨…."

"길 가는 사람 붙잡고 물어봐라. 이 정도면 너한테 문제가 있지, 그럼 아니야?"

지난번 선을 본 남자 얘기라는 것은 끝까지 들어보지 않아도 알 수 있었다. 그 남자와 다시 시작할 수 있다면 이 결혼이 깨진다 해도 고모는 아쉬워하지 않을 것 같았다. 아직도 나를 못 잊어 한다는 말을 틈만 나면 해대던 고모였다.

"고모, 나 피곤해요."

이불을 덮어쓰고 돌아누웠다.

"너를 한번 돌아봐라. 네 꼴이 어떤지."

등 뒤에 한마디를 내뱉고 고모는 방을 나갔다. 승보랑 결혼하면 엄마 아빠처럼 이혼할 것 같다는 말을 하고 싶었다. 그러면 또 이유가 뭐냐고 물을 것이고, 모텔에서의 그의 행동을 설명해야 한다. 고모 심정이야 충분히 이해하고도 남는다. 나는 고모에게 친딸 이상이며 아픈 손가락이다. 고모가 아쉬워하는 남자가 있건 말건 어쨌든 승보는 서른일곱의 나이에 처음으로 결혼하고 싶다는 생각이 들게 한 남자라는 것이 중요했다. 승보는 손을 씻지 않으면 절대로 밥을 먹을 수 없는 나를 피곤해하지 않았고, 사람들이 흔히 말하는 온갖 깨끗한 척하는 내 행위에 전폭적인 지지는 물론 나보다 앞서서 내 마음을 읽어주는 남자였다.

상처하고 혼자 사는 승보 아버지와 상견례도 무사히 마쳤다. 날짜만 잡으면 일사천리로 진행될 결혼이었다. 집으로 돌아간 줄 알았던 고모가 내 방문을 열고 다시 들어왔다. 나는 돌아보지 않았다.

"시어른 될 분한테는 아직 말 안 했지?"

"다 끝냈으니 더 이상 미련 갖지 마세요."

"누가 지 에미 딸 아니라고 할까 봐서, 그런 것까지 꼭 깔끔을 떨어야 하겠니?"

고모는 해서는 안 될 말을 하고 말았다.

"고모!"

나는 벌떡 일어나며 고모를 불렀다.

"왜? 내 말이 틀렸어? 하루에 열두 번도 더 씻어대고, 털어대고, 어디 복이 붙어있을 데가 있어야 말이지. 네 엄마가 그랬어. 이것아."

엄마가 보고 싶을 때면 하루에도 셀 수 없을 만큼 수없이 손을 씻었다. 그래도 엄마는 오지 않았다. 엄마를 만나지 못하게 된 일엔 고모도 한몫 거들었다는 것을 알고 있었지만 내색한 적은 없었다. 벌떡 일어나 고모를 부를 땐 나도 할 말을 해야 할 것 같았지만 나는 다시 침대로 쓰러졌다.

오랫동안 비누로 손을 씻고 있을 때면 어디선가 "내 딸 은수야" 하며 엄마가 나타날 것만 같았다. 엄마는 왜 나를 한 번도 보러 오지 않았을까, 궁금해하다가 나중엔 분노로 변했다. 엄마에게 분노가 쌓여도 손 씻는 게 멈추어지지는 않았다. 엄마는 나를 안 본 게 아니라 볼 수 없었다는 것을 고등학교에 가서야 알았다. 아버지와 고모가 엄마로부터 나를 격리했다는 사실을.

학교로 찾아온 이모를 따라가 엄마를 딱 한 번 보았다. 평수를 가늠할 수 없는 아주 작은 아파트에서 이모와 단둘이 살고 있었다.

거실이랄 것도 없는 주방 건너편 방에 누워 있는 여자가 보였다. 엄마였다. 오랜만에 만난 엄마보다 더 놀란 건 집 안 풍경이었다. 흡사 유령이 살고 있다고 해도 이상해 보이지 않았다. 화상 환자처럼 온몸에 붕대를 친친 감고 있었다. 물건이란 물건 위에는 모조리 광목이 덮여 있었다. 이모가 침대 옆으로 가 엄마를 깨웠다.

"언니, 은수 왔어."

가느다랗게 눈을 떠서 엄마가 나를 한동안 바라보았다. 손도 잡아주지 않았다.

"내 딸 은수… 엄마가 많이 미안해."

힘겹게 말을 마친 엄마는 다시 눈을 감으며 나를 향해 이제 그만 가보라는 손짓을 했다. 이모가 내 손을 끌고 밖으로 나왔다. 현관을 나서며 엄마를 한 번 뒤돌아보았다. 이모가 발을 멈춘 곳은 근처 공원의 벤치였다.

"많이 망설이다 연락했다. 생이별한 딸을… 폐암이야. 죽기 전에 한번은 봐야 할 것 같아서. 엄마도 엄마 방식으로 널 사랑했다는 것을 알아주면 좋겠구나."

"근데 왜 병원엔 가지 않고…."

"더 이상 치료가 소용이 없기도 하지만 엄마 눈엔 세균도 보인대. 병원에서는 덮어놓을 수가 없잖아. 그렇게 하지 않으면 잠을 자지 못해."

비로소 광목으로 휘감긴 집 안 풍경이 이해되었다. 끝까지 모르는 채로 살도록 하지 왜 이제야 알려주는지 모르겠다는 내 말에 이모는 하나밖에 없는 딸이 엄마의 죽음에 대해서는 알아야 할 것 같다고 했다. 아빠 쪽 사람들에게 듣게 하고 싶지 않았다는 말을 덧붙였다. 유령이 살 것 같은 집에 유령처럼 뼈만 남은 엄마가 눈에 어른거려 한동안 먹지도 자지도 못했다. 그러면서도 엄마를 만나러 가지는 않았다. 엄마가 세상을 떠나고 이모가 학교에 한 번 더 다녀갔다. 아무런 흔적도 세상에 남기지 말라는 유언에 따라 화장터에서 바로 날려 보냈다고 했다. 엄마의 사망 소식을 듣고서야 마음속에 자리한 엄마를 내려놓을 수 있었다.

엄마는 아버지와의 이혼을 인생의 오점이라고 생각했지만 엄마를 내친 아버지를 원망하지 않는다고 했다. 이모는 엄마가 그럴 수밖에 없었던 것을 외할아버지 때문이라고 했다. 외할아버지 외도로 외할머니는 혼자 살면서 엄마와 이모를 키웠고, 엄마의 예민한 성격은 외할아버지를 받아들이지 못했으며 그것은 엄마에게 죄책감이 되었다는 것이다. 그것이 결벽증으로 발전했을 것이라고 이모는 나름대로 설명해 주었다.

유치원을 다닐 때나 초등학교에 다닐 때, 젊고 예쁜 엄마를 둔 친구들이 부러웠다. 나도 엄마와 함께 살았으면… 그러나 아픈 엄마의 모습에서는 상상이 되지 않았다. 고모도 이모도 나는 엄마를 빼닮았다고 했다. 엄마도 미인이라는 소리를 듣고 살았을 것이라는 짐작만 할 뿐이었다.

깔끔한 외모만 보고 반한 남자에게 실망한 적도 있었다. 내가 꼭 결혼할 상대가 아니어도 내 취향에 맞는 사람이랑 한 공간에서 일을 한다는 것은 즐거움 중의 하나였다.

그런 남자가 본사에서 발령을 받아왔다. 오 상무였다.

회식부터 지금까지의 상사들과는 차원이 달랐다. 푸짐한 저녁을 먹고, 맥주로 입가심을 하고, 노래방 내지는 단란주점에서 마무리를 기대한 직원들의 바람은 무참히 짓밟혔다. 오 상무는 지저분하게 먹고 마시는 건 질색이라며 점심시간을 좀 길게 잡아 직원 간의 유대관계를 갖겠다고 했다. 술 한잔으로 시작한 회식이 끝나고 나면 수직적 관계가 조금은 완화되고 인간적인 친밀감이 생기는 건 자연스러운 현상이었다. 점심시간을 이용한 회식을 반긴 사람은 나 하나 뿐이었다.

장소는 중국음식점이었다. 자신의 업무 스타일, 앞으로의 부서 운영 등을 소상하고 차분하게 설명했다. 거기까지는 좋았다. 코스요리가 하나씩 끝날 때마다 오 상무가 가느다란 손가락을 펴서 날렵한 유리컵을 집어 한 모금 물을 마실 때까지도 나는 간만에 나랑 비슷한 사고를 가진 깔끔한 상사를 만난 것에 마음이 뿌듯했다. 가족적 분위기 운운하면서 엉기고 달라붙는 조직보다는 오 상무 같은 업무 스타일이 마음에 들었다.

오 상무는 물을 입에 한가득 담아 쿨럭거리는 소리를 서너 번 내며 입속을 헹구었다. 그리고 그 물을 삼켰다. 나는 방금 전 잘게 부서져 위로 내려가던 칠리새우가 위로 올라오는 것을 느꼈다. 억지로 참을 게 따로 있지 메슥거리는 속은 참기가 힘들었다. 때마침 커어억! 상무의 트림 소리가 울려 퍼졌다. 나도 모르게 젓가락을 탁 놓았다. 입을 손으로 가리며 화장실로 달려갔다.

보통의 자리 배치는 상무를 좌우로 부장과 차장, 그 아래에 과장과 대리, 사원 순서로 앉는 것이 통상적 관례지만 회식할 때만큼은 가장 높은 자리 옆에 늘 내가 앉았다. 내가 원하든 원하지 않든 그래 왔다. 상무도 내게 옆자리를 내주었다.

얼굴을 고치고 자리로 돌아왔지만 이미 입맛은 달아나 버렸다. 오 상무는 여전히 가느다랗고 깔끔한 손놀림으로 우아하게 젓가락을 들어 입속에 집어넣었다. 상무의 손이 유리컵으로 갈 때마다 먼저 일어나 화장실로 직행했다. 애피타이저로 먹은 냉채의 혼합물이 변기 안으로 쏟아져 나왔다. 변기 속을 들여다보며 또 속을 게워냈다.

회식이 끝나고 사무실로 들어와 대단한 점심에 대한 말들이 이어졌다. 주로 오 상무와 나에 관한 얘기였다. 결론은 오 상무의 입 헹굼이나 트림이 바람직한 것은 아니지만 그렇다고 그때마다 자리를 왔다 갔다 하는 내게 더 많은 비난이 쏟아졌다. 그 비난에 승보는 적극적으로 옹호해 주고 지지해 주었다.

"그렇게 쿨렁쿨렁 입속까지 헹궈서 삼키는 걸 보면 당연히 더럽죠. 안 그런다고 하는 사람이 이상한 거 아닌가요."

직원들의 표정에 '아, 너도 같은 과에 속하지' 하는 표정이 스쳐 지나갔다. 그런 승보하고도 그만 끝내겠다는 나를 두고 고모가 끝내 소매 끝으로 눈물을 훔치며 방을 나갔다. 고모의 뒷모습을 바라보던 나는 모텔을 나설 때 뒤통수에 대고 낮게 지껄이던 여자의 말이 귓가에서 맴돌았다.

"미친 것들."

그리고 또 들렸던 말은 더러운 것들이 깨끗한 척하기는… 승보가 이 말을 들었다면 그날 밤은 아마 경찰서에서 밤을 지새웠을지도 모른다. 운전하는 승보 옆자리에 앉아 피곤한 척 눈을 감고 자는 시늉을 했다. 분이 풀리지 않은 승보는 운전을 하면서도 씩씩거렸다. 내가 반했던 승보의 모습들이었다.

나는 식당에서 상추가 나오면 한 장을 들고 앞뒤로 살핀 다음 상추 끝을 엄지로 한번 싹 훑어서 지분거리는 낌새가 느껴지면 다시 씻어달라고 요구한다. 덜 씻긴 숟가락은 물론 지저분한 컵은 그냥 넘어가지 못한다. 이런 내 행동에 대부분 못마땅한 표정을 짓기 일쑤다. 하지만 승보는 달랐다. 덜 씻긴 상추가 나와 다시 씻어달라고 하면 대충 먹으라고 하는 사람들과 달리 본인이 먼저 나서서 요구하고, '더러운 것'을 참지 못하는 민감한 나를 배려하고 지지해 주었다. 성폭행을 당한 피해자 돕기 성금을 모으는 온라인 행사에도 열심히 참여하고, 생판 아무 상관도 없는 일에 목격자로 나서서 증인을 서는 것도 서슴지 않았다.

승보의 마음을 받아들이면서 그가 운전하는 자동차를 타고 고속도로를 달리는 것도 좋았고, 서해안 바닷가에 차를 세우고 폭풍우 치는 바다를 바라보는 것도 좋았고, 백사장을 걷는 것도 좋았고, 어디든 그와 함께 있는 곳이면 모두 좋았다. 늦은 밤 길가 모텔에 들려 그와 밤을 보내는 것도 좋았다. 이 세상에 승보밖에는 보이지 않았다.

승보는 모텔에서도 세심한 배려를 아끼지 않았다. 시트나 베개에 행여 불결한 것이라도 묻어있지 않을까 샅샅이 살펴보았다. 하지만 이상하게 모텔에선 그냥 넘어가 주었으면 좋겠다는 생각이 살짝 들었다. 불륜을 저지르는 것도 아니고, 한 달 뒤 결혼할 사람이라는 생각을 하면서도 카운터에서 키를 받을 때면 왠지 주눅이 드는 것은 어쩔 수 없었다. 그와 몇 번 모텔에 들렀어도 매번 어색한 기분이 들었다. 엘리베이터를 오르는 동안 나는 고개를 똑바로 들 수 없었다.

그날은 너무 멀리 와버린 것이 탈이었다. 숙소를 찾아다닐 때부터 개운하지 않았다. 마땅한 곳이 없었다. 말이 모텔이지 여인숙 같은 곳이었다. 밤이 늦어 더 이상 찾아다닐 기력도 없었다. 승보가 먼저 욕실에서 나오고 내가 몸을 씻었다. 승보도 익숙해지지 않는지 몸이 가렵다며 어깻죽지를 긁으며 웃었다. 팔베개를 해주며 입맞춤을 하려던 찰나였다.

몸을 벌떡 일으킨 승보가 불을 켰다. 무슨 일이냐고 묻기도 전에 이불을 확 젖히며 눈썹 사이 주름을 깊게 잡았다. 나는 두 팔을 엑스자로 만들어 가슴을 가리고 침대 끝에 몸을 사렸다.

"왜?"

내가 묻는 말에 대꾸도 없이 승보는 침대 시트에 눈을 가까이 대며 뭔가를 찾았다. 덩달아 나도 시트를 살폈다. 내 머리칼이라고 할 수 없는 곱실거리는 파마 머리카락이 몇 개 흩어져 있었다. 승보는 누구의 살에서 떨어졌는지 모를 살비듬이라며 엄지로 찍어 눈앞에 갖다 대기까지 했다. 승보를 만난 이후 이토록 마음이 언짢아보긴 처음이었다. 아니다. 따지고 보면 언제부터인지 나는 승보의 행동을 확인하기 시작했다. 식당에서도 내가 먼저 나서서 이 집 깨끗해서 좋다, 그지? 먼저 선수를 치고, 음식 타박을 하려고 하면 이 정도는 괜찮네, 하면서 승보를 다독거리는 일이 많아졌다는 것에 생각이 미쳤다. 승보가 전화기를 들었다.

"뭐 하려고?"

"방을 바꿔달라고 해야지."

"그냥 자자."

"돈을 받았으면 제대로 자도록 해줘야 할 거 아냐."

그냥 자자는 내 말을 일언지하에 잘라버렸다. 호텔도 없는 곳이고, 외향만 화려한 모텔들이 즐비한 유흥지라는 것을 승보는 잊은 것 같았다. 방이 없어서 몇 군데를 돌아다니다 겨우 얻은 방이다. 물론 생각보다 비싼 방값을 치른 건 사실이다.

몸이 가려워서 잠을 잘 수 없다는 승보의 말을 카운터에서는 못 들은 척하기로 작정을 한 것인지 한참을 기다려도 연락이 오지 않았다. 중국집 배달 음식처럼 조금만 기다려달라는 말에 승보의 입에서 큰 소리가 나갔다. 전화기를 붙잡고 환불을 요구했다. 참다못한 승보가 나가자며 옷을 다 챙겨 입었을 때 시트를 들고 왔다.

"남는 방이 없어서요."

나는 재빨리 욕실로 들어가 변기 위에 앉아서 그들의 대화를 듣고 있었다.

"돈을 받고 장사를 하려면 제대로 해야지 이게 뭡니까?"

날 선 승보의 말에 늦어서 죄송하다는 말은 잘 들리지도 않았다.

"손님, 이거 좀 전에 새로 깐 시트예요."

"눈으로 좀 보세요. 이게….."

"죄송합니다."

여자의 말투는 공손했다. 하지만 문을 열고 나가면서 중얼거리는 여자의 말이 내 귀에는 분명하게 들렸다.

"별 미친 것들을 다 보겠네. 더러운 것들이 잠이나 자빠져 자고 갈 것이지."

여자는 우리를 발정 난 암수로 취급했다. 유부남 유부녀도 아니고 얼마 후면 결혼할 사이라는 것조차 아무 소용없이 '더러운 것'들이 되고 말았다. 승보가 욕실 문을 열고 나를 잡아끌어낼 때까지 변기 위에 앉아 꼼짝하지 않았다. 내 입에서 튀어나온 말은 "집에 가자"였다.

"이 시간에 어떻게 가? 시트도 갈았는데."

"오늘 같은 날엔 그냥 자도 되잖아?"

"널 위해서 그랬지. 나는 그냥 자도 돼."

"내가 그냥 자자고 했잖아. 누가 날 위해 달래?"

나는 겉옷까지 입은 채로 침대에 누워 승보의 손길을 완강히 거부했다. 이런 기분으로 도저히 그와 함께 잘 수 없었다. 자꾸만 눈물이 나올 것 같았다. 돈을 받았으면 사람이 제대로 잘 수 있도록 깨끗한 시트가 있어야 하는 것은 당연한 일이다. 승보가 결코 무리한 요구를 한 것도 아니다. 그런데도 나는 자꾸만 오늘만큼은 그냥 넘어가기를 바랐다. 세상에서 나를 가장 잘 이해해 주는 남자, 내가 늘 주장하는 걸 대신해 주는 남자, 식당에서 돈을 받았으면 제대로 먹도록 해주어야 하고, 지키라고 만들어놓은 규칙은 반드시 지켜야 하고, 남에게 피해주는 것들은 모조리….

문득 오 상무가 생각났다. 오 상무는 계열사 사장으로 발령이 난 얼마 뒤에 위암으로 세상을 떠났다. 그가 트림을 할 수밖에 없는 속사정은 속이 좋지 않은 탓이었다. 그런 사람을 두고 내가 한 행위에 대해 오래도록 마음이 좋지 않았던 기억이 새삼 떠올랐다.

승보는 계속 전화를 한다. 무엇이 마음을 상하게 했느냐며 문자를 남긴다. 아마 당분간은 승보의 전화를 받지 못할 것 같다. 그렇다고 스쳐 지나간 남자들이 그립다는 말은 아니다. 나는 승보가 나설 때와 나서지 않을 때를 가리는 센스까지 겸비하기를 바란 것인지 모르겠다. 승보의 그런 부분을 미리 확인하지 못한 건 나의 미스다.

　내 연애의 끝이 승보이기를 간절히 바란다. 하지만 아직은 그에게 무슨 말을 해야 할지 그 어떤 말도 떠오르지 않는다. 마구 엉켜버린 실타래처럼 아무리 궁리해 봐도 실마리를 잡을 수 없기 때문이다.

만년 과장, 피 씨

면접 시간은 오전 여덟 시였다. 늦지 말라는 당부의 말조차 희
망으로 들렸다. 출근 시간대 전동차 안은 출입문이 열리고 닫
힐 때마다 여기저기서 지르는 비명으로 여전히 시끄러웠다. 아
침까지 술이 덜 깬 사람이 등 뒤에 서 있는지 역한 냄새가 풀
풀 풍겨 나왔다.

　실낱같은 기대를 안고 면접을 보러 간 곳은 다단계 판매회사
였다. 보증금을 넣고 회원만 모집하면 그 숫자만큼 돈이 된다
고 설명하는 면접관의 모습이 피를 토할 것처럼 절박하게 보
였다. 그들의 숫자놀음을 듣고 있자니 눈앞에 빌딩 한 채가 금
방 지어졌다. 나를 설득하기 위해 안간힘을 쓰는 면접관의 모
습은 그나마 남은 퇴직금을 노리는 것만 같아 서둘러 면접실

을 빠져나왔다. 거실 바닥에서 부업을 하고 있는 아내 얼굴이 떠오르자 집으로 들어가 쉬고 싶은 마음도 사라졌다.

목적도 없이 걷고 또 걸어 도착한 곳은 마로니에 공원이었다. 연애 시절 아내와 연극을 보러 다닌 추억의 장소이기도 했다. 결혼하고, 아이가 태어나고, 먹고 사는데 바빠 낭만은 사라졌지만 가끔은 그 시절을 생각하면서 위안을 삼던 곳이다. 진급에 밀릴까 봐 전전긍긍하면서부터는 까마득히 잊고 지냈다. 은퇴를 한 뒤 삶이 여유로워지면 아내와 함께 오자고 다짐을 했던 적이 있다. 아내와 다시 올 수 없을 것 같은 예감에 저절로 발길이 닿은 것만 같아 쓸쓸한 마음까지 겹쳐 한없이 허무해졌다.

의자 위에는 누군가 보다 버린 광고지가 낙엽과 함께 나뒹굴고 있었다. 의자 끝에 엉덩이를 걸치고 앉아 광고지를 집어 들었다. 동그라미가 그려져 있는 광고지의 구인난이 눈에 띄었다. 서두르십시오. 늦지 않았습니다. 조금 전 다녀온 곳에도 이런 문구가 있었다. 광고지를 얼른 바닥에 내려놓았다.

바람이 한차례 지나가자 광고지가 펄럭거리며 이리저리 흩날렸다. 내 눈은 광고지를 따라 감색 생활한복을 입은 남자에게서 멈췄다. 남자가 손을 들어 공중에서 한 바퀴 원을 그리자 비둘기가 우 날아와 남자 주위에 내려앉았다. 남자가 공중으로 손을 들어 모이를 뿌릴 때마다 비둘기 떼가 무리 지어 오르내렸다. 그 모습을 보자 갑자기 배가 고팠다. 그때였다. 여기저기서 사람들이 하나둘 나타나더니 한곳으로 몰려가기 시작했다. 나는 영문도 모른 채 덩달아 그들의 뒤꽁무니를 따라 걸었다. 말쑥한 양복을 입은 사람도 몇몇 보였지만 대체로 후줄근한 차림새였다. 그들이 멈춘 곳은 종교단체에서 제공하는 무료 급식소였다.

나는 화들짝 놀라 다시 뒤돌아서서 전철역을 향해 부리나케 걸었다. 경제신문을 한 부 사서 전동차에 올랐다. 창문에 머리를 기대고 앉아 눈을 감았다. 마지막 기대가 무너지자 지난 일들이 또다시 떠올랐다.

직장을 잃은 내가 처음 한 일은 여기저기 전화를 건 것이었다. 전화를 받은 사람들은 하나같이 바쁘다는 핑계를 댔다. 나를 피한다는 걸 뒤늦게 알았다. 이미 전화를 할 만한 곳은 다하고 난 뒤였다. 마음을 들켜버린 상대가 옆에 있는 것도 아닌데 어찌할 바를 몰라 손바닥으로 얼굴을 감싸 안았다. 달아오른 열기가 손바닥을 타고 올라왔다. 물론 약속이 되면 은근히 직장을 좀 알아봐 달라고 부탁을 할 심산이긴 했지만 일자리를 꼭 주선해 주지 않아도 좋았다. 사람이 그리웠다. 퇴근길 소주 한잔이면 그걸로 족했는데 모두들 나를 피했다. 간간이 나를 찾는 전화가 없는 것은 아니었지만 업무 파악이 덜 된 후임자이거나 그것도 아니면 거래처 직원의 안부 인사가 고작이었다. 김경철 씨라고 잠깐 불린 이후, 김 대리님, 김 과장님, 김 차장님, 김 부장님… 나는 이름이 없는 사람이었다. 이름 대신 불리는 직책을 위해 그동안 얼마나 몸이 바스러지게 일을 했던가. 그러나 회사는 나머지 내 인생을 통째로 삼켜버렸다.

재벌그룹 계열사 끄트머리에 이름이 올라 있는 회사는 모기업의 지불보증으로 간신히 버텨오다가 그룹의 구조조정에서 매각 처분되고 말았다. 말이 좋아 재벌그룹에 속한 계열사였지, 정부의 재벌정책에 따라 목숨이 오락가락하던 회사였다. 정권이 바뀔 때마다 모기업에서는 내가 몸담고 있던 회사를 살렸다 죽였다 목을 흔들어댔다.

"김 부장님, 뱃살 좀 빠지셨겠습니다."

가만히 있는 내 뱃살을 가지고 농담을 던지는 날은 정부 정책이 바뀌어 회사가 목숨을 건진 날이었다. 뱃살 안 빠져도 사는 데 지장 없으니 간 떨어지는 소리나 그만 들었으면 좋겠다는 내 대답이 별로 우습지도 않건만 사원들은 억지웃음을 터뜨렸다. 신입사원 몇 명만이 다른 계열사로 발령이 날 것이라고 했다. 나는 일차 인원 감축 구조조정에서 밀려났다. 나머지 사람들도 차례차례 갈 곳을 찾아 나서야 할 판이다.

직장을 구하는 동안 실업급여라도 받을 수 있다는 것이 그나마 위안이 되었다. 실업급여를 받는 동안 신문광고와 벼룩시장의 구인광고까지 샅샅이 뒤져 닥치는 대로 이력서를 넣었다.

아내의 말이 귓전에서 다시 들렸다. 회사에서 잘리고 며칠 지나지 않아서였다.

"집 전화는 받지 마세요. 당신, 회사 잘린 거 친구들이 아는 게 안 좋아요."

아내의 목소리는 속삭이듯 작았지만 내 귀에는 천둥소리만큼이나 크게 울렸다. 잠시 머뭇거리던 아내가 다시 덧붙였다.

"나 없어도 받지 마세요."

귓전에서 맴도는 아내의 말을 떨쳐 버리기라도 하듯 신문을 막 펼쳤을 때였다.

"에, 신사숙녀 여러분 안녕하십니까?"

군데군데 서 있는 사람들 때문에 얼굴은 보이지 않았다. 하지만 귀에 익은 목소리는 그가 누구라는 것을 금방 알 수 있었다. 전동차의 소음으로 목소리가 한층 높아지고 있었지만 여전히 얼굴은 볼 수 없었다.

"오늘 여러분께 저를 만난 행운을 하나 드리려고 합니다."

서 있는 사람들 사이로 피 과장의 모습이 드러났다. 양복에 넥타이를 맨 단정한 차림이었다. 둥근 창으로 이마를 약간 덮은 연한 녹색의 모자가 양복 차림 탓에 두드러져 보였다. 모서리가 닳아서 너덜거리는 종이 상자가 그 옆에 놓여 있었다. 피 과장은 어느새 새로운 일거리를 찾은 모양이었다.

피 과장이 사무실에 첫발을 들여놓을 때도 '안'자를 낮게

'녕'자를 높게 올리면서 '하십니까'를 길게 죽 빼는 익살스러운 개그맨 말투였다. 피 과장은 영업부 내에 연체독촉과라는 신생 부서가 생기자 창원 공장에서 발령을 받아 서울사무소로 왔다. 피 과장의 인사를 받고도 사원들은 이내 고개를 책상으로 떨어뜨렸다. 때마침 본사에서 발령을 받은 윤 이사 때문이었다. 피 과장에 관한 소문인지 아닌지는 모르겠으나 윤 이사는 피 과장을 달가워하지 않았다. 재수에 옴 붙은 자식, 하필이면 왜 내 밑으로 오느냐 말이야. 거친 말투에서 싫은 내색이 역력히 드러났다.

윤 이사는 자신이 본사에서 계열사로 발령 난 게 사원들 탓이기라도 한 듯이 하루에 한 사람씩 불러 트집을 잡고 끊임없는 아이디어 창출 요구로 사원들을 괴롭혔다. 눈곱도 제대로 떼지 못하고 새벽에 출근하여 회의를 마치면 둥그렇게 모여서서 목이 아프게 파이팅을 외치는 일은 그나마 견딜 만한 것이었다. 의자 없는 영업맨을 생각하면 지금도 등골이 서늘해진다. 영업사원이 무슨 의자냐며 의자를 다 치워버렸다. 기계를 깎는 선반이나 밀링은 억대가 넘는 가격인데 십 원짜리 물건 팔듯 무턱대고 밖으로 나가야 했다. 뭘 어쩌라는 것인지 지침도 없었다. 발이 땅을 제대로 딛고 가는지도 모를 지경으로 암담하기만 했다.

영업을 마치고 돌아온 첫날, 윤 이사는 먹이를 덮치는 짐승처럼 사나운 이빨을 드러내며 으르렁거렸다. 식당에서 우동을 먹다가 윤 이사 전화를 받은 나는 등에서 식은땀이 났다. 솔선수범을 보여야 할 부장이 점심때도 되기 전에 밥을 먹는데 사원들은 오죽하겠냐며 다시는 우동이 먹고 싶지 않을 만큼 몰아세웠다. 새로운 영업기법으로 활짝 웃는 윤 이사 얼굴이 대문짝만하게 사보에 실린 것은 얼마 후의 일이다.

피곤에 지친 몸을 이끌고 영업일지를 쓰고 있을 때 사무실에 들어선 피 과장은 어깨를 좍 펴고 바로 내 앞까지 걸어왔다.

"에, 연체독촉과에 발령받은 피 과장입니다."

뒤통수에 따갑게 와 닿는 윤 이사의 시선을 의식하느라 그가 내민 손을 엉거주춤 잡았다. 엉덩이가 뒤로 쑥 빠져 오리 궁둥이가 되었다.

"예, 예, 김, 김 부장입니다."

내 곤란한 태도에는 아랑곳하지 않고 그는 계속해서 우렁차게 말했다.

"아, 제 자리는 어딥니까?"

나는 피 과장에게 눈짓으로 그의 자리를 알려주었다. 책상과 의자는 갖다 버리려고 빼놓은 것처럼 옹색하게 구석으로 밀려나 있었다. 내가 보기에도 민망한 자리에는 연연하지 않고 얼마나 오랫동안 들고 다녔는지 모서리가 닳아서 희끗해진 비즈니스 가방을 책상 위에 턱 올려놓았다.

"이사님께 인사드려야지요."

"물론이지요. 아하하하."

그는 큰 소리로 호방하게 웃으며 윤 이사 앞으로 뚜벅뚜벅 걸어갔다. 팔을 크게 벌려 어깨를 한 번 들썩하더니 고개를 양 옆으로 획획 돌렸다. 우두둑 뼈마디가 움직이는 소리가 내 귀에까지 들렸다.

"피 과장입니다."

"알고 있소."

뱉어내듯 던지는 윤 이사의 말이 어찌나 냉담한지 내 얼굴에 소름이 쫙 돋았다. 인사를 마친 피 과장은 화장실로 가더니 걸레를 가져와 책상을 아주 꼼꼼하게 닦았다. 스스로 총무과를 찾아가 필기도구와 업무에 필요한 서류철을 챙겨왔다. 책상 정리를 마친 그가 책상 앞에 앉아 있는 모습을 보자 아주 오랫동안 그 자리에 있었던 것처럼 낯설지가 않았다.

피 과장은 출근할 때마다 안녕하십니까를 유쾌하게 외치며 사무실에 들어섰다. 일주일쯤 지났을 때였다. 그의 손에는 이파리만 달랑 달린 화분 하나가 들려 있었다. 윤 이사는 그가 들고 있는 게 행운목이라는 것을 알아차린 순간 행운목이 있다고 행운이 온다면 행운목 장사 떼돈 벌겠다며 빈정거렸다.

사무실 귀퉁이에는 천장에 닿을 만큼 자란 행운목이 한 그루 있었다. 피 과장의 행운목을 보면서 나는 불길한 예감에 사로 잡혔다. 이십여 년 가까이 직장생활을 하는 동안 행운목이 꽃을 피운 것은 딱 한 번 작년 봄이었다. 태어나 난생처음 본 꽃이었다.

나뿐만 아니라 사무실에 들어선 사원들 모두 진동하는 꽃향기에 잠시 정신이 혼미해졌다. 구석에 놓여 있던 행운목이 피운 꽃이라는 것을 알게 된 건 한참 뒤의 일이었다. 꽃을 발견한 사원의 말에 모두 행운목 앞으로 몰려갔다. 푸른 줄기에 매달려 있는 꽃송이는 바닷속 산호의 촉수처럼 내 얼굴을 빨아들일 만큼 솟아올라 있었다. 사원들은 행운목을 빙 둘러싸고 한마디씩 던졌다. 행운목에서 꽃이 피면 행운이 온다는데 우리 밀린 상여금이 나오려나? 계열사 정리한다는데 설마 우리 회사는 아니겠지? 저마다 행운목이 가져올 행운에 대하여 행운목의 키만큼 소망들을 키웠다.

사원들이 각자 자리로 돌아가고도 나는 한참을 더 서 있었다. 다음 날에도 그다음 날에도 행운목 앞에 서서 소망을 빌었다. 그러다 꽃을 보려고 이파리를 제치던 순간 단칼에 베인 것처럼 손가락이 선득하며 오싹하리만큼 섬뜩한 기운이 온몸으로 밀려왔다. 풍성한 이파리에 가려 잘린 부분이 보이지 않던 것이다. 계열사 중 하나를 정리하는데 내가 몸 담고 있는 회사가 유력하다는 신문기사를 보던 날이었다.

행운목이 내게 가져온 희망이란 피 과장이었던가. 윤 이사는 걸핏하면 나를 못살게 굴었는데 피 과장이 온 뒤부터는 피 과장이 그 대상이 되었다.

쉬이익, 전동차 문이 열리고 닫힐 때마다 사람들이 내리고 또 탔다. 나는 서 있는 사람들 틈새로 그의 손에 들려 있는 것이 무엇인지 보려고 눈 밑까지 신문을 살짝 내렸다. 피 과장은 둥글고 까만 통을 그의 눈높이까지 들어 올렸다.

"이것은 에, 한마디로 말하자면 바로 마술입니다. 구두가 더러워 윗분들 심기를 어지럽혀 쫓겨 난 사람들 얘기는 뉴스에서 보셨지요? 그 뉴스 나간 다음 구두 닦는 집에 일손이 부족했다고 합니다. 이제 비싼 돈 주고, 시간 낭비하며 구두 닦으러 갈 필요 없습니다. 이 구두약은 간단합니다. 출근할 때 앞뒤로 한 번 쓱 문지르기만 해도 파리가 낙상해서 뇌진탕을 일으킬 만큼 반질반질해집니다. 이건 흔한 구두약이 아니에요. 자 한번 보십시오."

사람들은 여전히 심드렁한 얼굴로 잠을 자거나 핸드폰을 보거나 옆 사람과 얘기를 나눌 뿐이었다.

"에, 먼저 시범을 한번 보여드리겠습니다."

그는 바지를 위로 걷어 올리며 자신의 구두를 닦기 시작했다. 그가 모자를 썼음에도 불구하고 고개를 숙일 때 문득 윤 이사의 질책을 들으며 한쪽 머리를 쓸어 올리던 모습이 스쳐갔다.

"어이, 피? 당신 밥벌레처럼 월급만 축내고 있는 거 알아?"

"…."

"회사가 돈이 남아서 당신 월급 주는 거 아냐, 똑바로 하란 말이야, 똑바로."

윤 이사는 피 과장이 올린 보고서를 탁자 끝으로 밀어버렸다. 얼마나 세게 밀었는지 공중에서 한 바퀴를 횡 돌아 그의 발밑으로 나뒹굴었다. 그가 보고서를 집어 들려고 머리를 숙이자 머리칼이 앞으로 밀려나면서 가운데 텅 빈 정수리가 드러났다. 사람들은 보통 앞에서 뒤로 머리를 쓸어 올리곤 하는데 그는 왼쪽에서 오른쪽으로 머리를 쓸어내렸다. 왼쪽 머리칼이 텅 빈 중앙을 다 덮을 만큼 길었다. 그 모습을 본 사원들은 웃음을 참느라 어쩔 줄 몰라 했다. 하지만 나는 결코 웃을 수 없었다. 화장실에서 마주칠 때마다 뒷주머니에 꽂혀 있는 작은 빗으로 정성스럽게 머리를 빗어 올리는 모습이 떠올랐기 때문이다. 윤 이사가 그 모습을 한 번만이라도 보았다면 그가 엎드려 보고서를 줍게 하지는 않았을 것이다.

"어이, 피, 근데 알아들었어?"

그는 대답하지 않은 채 자리로 돌아갔다. 그의 불끈 쥔 주먹 안에서 구겨진 보고서가 쓰레기통으로 던져지는 것을 나는 침을 삼키며 바라보았다. 윤 이사는 피 과장한테 뿐만 아니라 다른 사원들한테도 말투가 거칠었다. 회사를 창업한 창업주가 공장에 내려가면 이사들을 한 줄로 죽 세워 놓고 구둣발로 정강이를 걷어찼다는 일화는 그를 통해 수십 번도 더 들은 터였다.

유신정권 아래에서 군대식으로 밀어붙여 무에서 유를 창조했다는 창업주의 경영철학은 경제가 어렵다는 말 한마디로 집약되었다. 이사진들은 군대식 경영에 향수를 느끼는지 걸핏하면 우리 젊었을 때는 말이야로 시작해서 요즘 사람들은 틀려먹었단 말이야로 끝을 맺었다. 인사고과에 발목 잡힌 사원들은 누구도 거친 윤 이사의 말투에 시비를 걸지 못했다. 그런 윤 이사도 사장이 찾는다는 비서실의 전화를 받으면 네, 네, 네를 연발하며 굽은 어깨를 수그리고 쏜살같이 달려갔다.

피 과장에 대한 구구절절한 소문은 끊이지 않았다. 피 과장은 수시로 하는 인원 감축 구조조정에서 용하게 살아남았다. 더구나 서울에서 지방으로 발령이 나는 판에 그만 유독 서울 사무소의 신설된 부서로 발령이 났다.

믿거나 말거나 그럴듯한 소문 하나는 그가 한때 조직폭력배의 일원이었다는 것이다. 동기들이 부장으로 승진할 때 아직도 과장이라는 것이 그렇고, 만년 과장인 그를 해고하지 않는 것은 아직도 그의 명령을 기다리는 조폭들이 좍 깔려 있기 때문이라는 것이었다. 그가 조폭의 일원이었다는 증거의 뒷받침으로 직원들과 함께 목욕을 한 적이 없다는 것을 꼽았다. 부서 회식을 하고 술을 마시면 가끔 사우나에도 가기 마련인데 입사이래 단 한 번도 목욕탕에 함께 간 사람이 없다고 했다. 그의 몸에 무시무시한 문신이 있기 때문에 다른 사람과는 목욕을 하지 않는다는 것이었다. 그 소문 때문인지 그가 떡 벌어진 어깨를 좌우로 흔들면서 팔자걸음을 걸을 때면 그의 등에서 커다란 용이 꿈틀대는 것만 같았다.

또 다른 소문은 사장이 그에게 뭔가 꼬투리를 잡혔을 것이라는 얘기였다. 사장에 대한 좋지 못한 소문이 사원들 사이에 꼬리를 물고 다녔다. 사장은 업체로부터 커미션을 받고, 업체는 단가에 그 금액을 포함하여 납품을 한다고 했다. 세금계산서를 조작하여 세금을 포탈하고, 노사분규가 일어나면 미국으로 출장을 가버리곤 했는데, 그것은 출장이 아니라, 회삿돈으로 골프를 치러 간다는 것이었다. 손자 녀석 돌잔치까지 회삿돈으로 치른다는 소문도 무성했다.

이런 사장의 비리에 대한 물증을 가지고 있다가 자신의 인사발령 때 카드로 썼다는 것이다. 인사담당 이사 집으로 주먹 하나만 믿고 찾아가서 협박했다는 소문은 더 그럴듯했다. 만약에 자신을 자르면 뒤에서 손을 보겠다는 엄포까지 건넸다는 말이 떠돌았다.

사원들이 뒤에서 수군대거나 말거나 그는 아침마다 상쾌한 목소리로 안녕하십니까를 외치며 출근했다. 인사를 할 때는 한쪽 손을 번쩍 들었다가 내려놓았다. 처음에는 그가 사무실에 들어서면 모두 고개를 책상으로 숙이고 뭔가를 열심히 하는 척했는데 얼마 지나지 않아 그의 경쾌한 인사에 맞춰 목례를 하기 시작했다. 그는 출근하면 비즈니스 가방을 책상에 올려놓고 행운목에 물을 한 컵 주었다. 그러고는 정성스럽게 이파리를 닦았다. 앞뒤로 서서 한참 동안 감상을 하기도 했다. 그의 정성으로 행운목의 이파리는 눈에 띄게 풍성해졌다. 행운목에 정성을 쏟는 그를 보면서 나도 어느덧 행운목에 한 가닥 기대를 품기 시작했다.

피 과장은 여전히 윤 이사로부터 자유롭지 못했다.

"어이, 피?"

외출에서 돌아와 막 사무실에 들어서려던 나는 심상찮은 윤 이사의 목소리에 발걸음을 멈추고 문 뒤로 섰다. 사무실에는 윤 이사와 피 과장뿐이었다. 문틈에 눈을 갖다 댔다. 텅 빈 사무실에 피 과장을 부르는 윤 이사의 목소리만 울려 퍼졌다.

"당신은 왜 교육받으러 안 가나?"

나는 본의 아니게 두 사람의 대화를 엿듣게 되었다.

"아이고 이사님, 교육이 다 뭡니까, 기계 값 떼먹고 도망가는 놈 잡아 오느라 다리에 쥐가 날 지경입니다."

"그러니까 왜 사무실에서 어슬렁거리냐고오? 교육받을 시간에."

어물쩍 얼버무리는 피 과장을 향해 윤 이사가 다시 소리를 질렀다.

"어이, 피?"

피 과장이 윤 이사를 향해 돌아선 건 그때였다. 한순간 윤 이사의 얼굴에서 핏기가 싹 가셨다. 피 과장이 뚜벅뚜벅 걸어 윤이사 앞으로 다가갔다. 나는 물러설 곳도 없는 문 뒤에서 엉거주춤 몸을 뒤로 뺐다.

"야 이 새끼야, 따라와."

"뭐?"

윤 이사가 피할 사이도 없이 우악스러운 그의 손길이 윤 이사의 멱살을 움켜쥐었다. 피 과장보다 체구가 작은 윤 이사는 피 과장의 어깨에 매달려 회의실로 질질 끌려들어 갔다. 팀제로 바뀌면서 칸막이만 막아 여러 개 만들어놓은 가장 큰 회의실이었다. 나는 재빨리 그 옆의 회의실로 들어가 문틈에 눈을 바짝 들이댔다. 딸깍, 문이 잠기는 소리가 들렸다. 피 과장은 잡은 멱살을 풀면서 윤 이사를 소파에 내동댕이쳤다. 윤 이사는 두 손으로 머리를 감싼 채 피 과장의 얼굴은 쳐다보지도 못했다. 피 과장은 윤 이사 턱밑을 잡아 위로 들어 올렸다.

"너 이 새끼, 내 피맛봤어?"

"…"

"내 피맛본 적 있냐고 묻는데 왜 대답이 없어, 엉?"

"…"

"이 새끼를 확, 죽여불라."

피 과장의 우락부락한 손이 윤 이사 얼굴 가까이 올라갔다 내려왔다. 윤 이사는 두 손을 앞으로 펼치며 손사래를 쳤다.

"그리고 너 이 새끼, 앞으로 내 이름 똑바로 불러!"

"뭐, 뭐라고 부르나?"

"뭐라고 불러? 내가 아무리 만년 과장이지만 나도 그 과장 다느라 힘들었어. 직책은 어따 팔아먹고, 왜 맨날 피야. 그리고 당신!"

"예?"

"학교 좀 그럴듯한데 나와서 빽 좀 있다고 사람 그렇게 무시 하는 게 아니야, 내가 아무리 당신보다 직책이 낮아도 그렇지, 형님뻘이 되어도 한참 큰 형님뻘인데 어디다 대고 함부로 반 말이야, 반말이."

윤 이사는 여전히 머리에 두 손을 얹고 잔뜩 오그린 자세로 앉아 있었다.

"당신, 군대 갔다 왔어?"

"못, 못 갔습니다."

"내가 이래 봬도 해병대 특전사 출신이야."

"특, 특전사요?"

"그래, 나한테 한 번만 더 피, 피하면 그때는 증말 내 피맛을 보게 될 줄 알아, 알겠어? 내가 아는 비리 확 불어버릴 테니까."

"비, 비리라니요?"

"뭐? 비리라니요? 이제는 오리발까지 내밀어? 누구는 발바닥이 부르트도록 일하고 있는데, 다 쓰러져가는 업체에다 손 벌리는 버러지 같은 주제에."

입맛을 쩝쩝 다시던 피 과장이 갑자기 아주 공손한 말투가 되었다. 윤 이사 얼굴 가까이에 입을 대고 조용히 불렀다.

"윤 이사님."

윤 이사의 대답이 없자 다시 불렀다.

"어이, 윤 이사!"

"네? 네."

"고스톱 칠 줄 압니까?"

"네, 칠 줄 압니다."

"피가 몇 장이 되어야 점수가 나는지도 아시겠네요?"

"예, 열두 장이면 삼 점이 나고요, 못 따면 피박도 쓰고요…."

"거 보세요. 하다못해 고스톱에서도 껍데기가 그렇게 중요한데 내가 아무리 만년 과장으로 당신 밑에서 굽실거린다고 말끝마다 피, 피하면 되겠습니까?"

교육을 마치고 돌아오는 사원들의 어지러운 발소리가 들렸다. 웅성거리는 소리에 힘을 얻었는지 윤 이사는 뒷걸음질을 치며 회의실을 빠져나갔다. 나는 윤 이사가 자리를 뜨고도 쉽게 그 자리를 떠나지 못했다. 문을 향해 걸어가는 윤 이사 뒷모습을 피 과장이 핏발 선 눈으로 바라보더니 두 손으로 머리를 감싸 안았다. 그런 피 과장의 모습을 지켜보다가 조심스럽게 회의실을 빠져나왔다. 우두둑 소리가 나도록 목을 꺾으며 사무실에 나타난 피 과장을 본 것은 시간이 한참 지난 뒤였다.

"피, 피 과장님."

윤 이사가 그를 부르는 소리에 사원들의 고개가 일제히 뒤로 젖혀졌다.

"이, 이 업체 미수금은 받을 수 있는 겁니까?"

"물론이지요. 이사님!"

윤 이사 책상 앞에서 결재를 받으려고 서 있는 피 과장을 향해 윤 이사가 말을 건넸다.

"아, 앉으세요."

두 사람의 관계를 두고 한바탕 소문이 지나갔지만 나는 끝까지 입을 다물었다.

경제가 언제 죽었는지 사망신고를 받은 적도 없건만 죽은 경제를 살리자고 난리를 피울 때부터 상여금은 나오지 않았다. 영업부에서 아무리 열심히 물건을 팔아 보았자 남는 장사가 아니었다. 어음이 부도를 맞기 시작한 것이다. 이때부터 구석 자리에 달랑 책상 하나뿐이던 피 과장의 영역이 점점 넓어졌다. 그의 밑으로 대리와 사원 둘이 발령을 받아 어엿한 팀을 이루었다. 버려진 책상처럼 한쪽 귀퉁이에 덩그렇게 놓였던 그의 책상도 햇살 비치는 창문 쪽으로 옮겨졌다.

월급이 제 날짜에 나오지 않을 때쯤 나는 특수영업과에서 연체독촉과로 발령이 났다. 피 과장의 상사가 된 것이다. 회사의 조직개편을 이유로 윤 이사도 다른 계열사로 발령이 났다. 누가 봐도 그만두라는 식의 발령이라는 것을 알 수 있었다.

　연체독촉과로 발령이 났을 때 나 역시 이제 더 이상 갈 곳이 없다는 것을 알았다. 의자를 뒤로 돌리면 창문 너머로 올리다 만 건물이 흉물스럽게 떡 버티고 있는 모습이 보였다. 나는 멈춰버린 공사장을 앞에 두고 하염없이 바라보는 일이 일과가 되었다. 여기저기 널브러진 기자재와 앙상하게 서 있는 뼈대는 서울역 지하도에서 굶주림과 추위로 벌벌 떨며 누워 있는 사람들을 보는 것 같았다. 공사장의 폐허에서 이제 갈 곳 없이 구겨진 내 사십 대를 보았다. 공사는 언제부터 멈추었을까? 기억도 나지 않았다. 시도 때도 없이 인사발령이 나고 해고만 당하지 않으면 다행이라고 생각하던 시기였을까, 시끄러워서 짜증날 때가 한두 번이 아니었는데 공사가 멈추어버린 지금의 고요가 너무나 두려웠다. 공사가 다시 시작되면 회사도 살아날 것만 같았다.

　연체독촉과로 발령이 났지만 업무는 아무것도 몰랐다. 발령이 난 첫날 피 과장은 매우 기쁜 얼굴로 나를 맞이해 주었다.

　"부장님, 이 불사조가 있는 부서로 오셨으니 이젠 걱정하지 않으셔도 됩니다."

피 과장은 내게 깍듯이 부장님이라고 불렀다. 그는 나보다 나이가 한참 많았다. 나는 똥 밟은 얼굴로 앉아 있었다.

"무슨 말인고 하면, 부장님도 아시다시피 저는 우리 동기들이 무더기로 회사를 그만둘 때도 살아남았고, 에 또, 여기도 보세요. 내 자리가 지금 어디 있는지. 내가 영역을 이렇게 넓혀가리라고는 저 윤 이사님도 몰랐을 겁니다. 이 불사조 믿고 따라주시고, 부장 자리가 비어서 한쪽 어깨가 시렸는데 이제 부장님도 오셨으니 시린 어깨도 따뜻해질 것이고."

그는 얘기를 마치자마자 두꺼운 파일 하나를 건네주었다.

"당분간 이거 보시면서 업무 파악부터 하십쇼."

수많은 업체의 방문 일시가 날짜순으로 상세하게 적혀 있었다. 부도난 업체는 소송이 들어가 있고, 소송할 때 필요한 고소장은 직접 작성하는 모양이었다. 고졸 출신이라는 피 과장의 학력이 믿어지지 않았다. 나는 놀라 동그랗게 떠진 눈으로 서류를 열심히 뒤적거렸다. 업체의 동향을 살펴보면 빚을 받아가기 위해 조직폭력배가 동원되어 상주하는 곳도 있었다. 나도 모르게 담배에 손이 갔다. 나는 담배를 입에 물고 밖으로 나왔다. 담배를 피우는 사람들도 점점 줄어들어 얘기 나눌 상대도 없었다. 급하게 니코틴을 채우고 사무실로 돌아왔다.

피 과장이 외출하고 나면 나는 온종일 책상에 앉아 붙박이처럼 자리를 지켰다. 그가 점점 바빠져 행운목을 돌볼 수 없게 되자 행운목은 내 차지가 되었다. 그가 돌볼 때처럼 물을 주고 이제는 제법 우거진 이파리를 아침저녁으로 깨끗이 닦아주었다. 퇴근 시간이 다 되어 들어온 피 과장이 내 앞으로 걸어오더니 벌쭉 입을 열었다.

"부장님, 내일은 명신상사에 같이 갑시다."

"내가 가, 가서 뭘 하죠?"

"부장님은 그냥 폼만 잡고 계시면 됩니다."

다음 날 피 과장이 이끄는 대로 그의 차를 타고 업체로 향했다. 운전을 하면서 명신상사에 대한 설명을 시작했다.

"부장님, 이 회사는 가능성이 좀 있는 회삽니다. 기계를 처분하지 않고도 대금을 받을 수 있을 것 같아요. 사장이 어떻게든 영업을 계속할 생각을 가지고 있다는 점이 중요합니다."

나는 그의 설명을 건성으로 듣고 있었다. 내 반응이 시큰둥하다는 것을 알면서도 그는 계속해서 말을 이었다.

"지금 우리가 살아남기 위한 절호의 찬스라는 것만 알아두시면 됩니다."

피 과장이 들어서자 얼굴에 시커먼 기름때를 묻힌 사람이 공손히 허리를 굽혔다.

"김 사장, 오늘은 부장님을 모셔왔습니다. 우리 어디 가서 소주나 한잔하면서 얘기합시다. 밥때도 됐는데."

저녁을 먹자는 말에 나는 기분이 몹시 불쾌했다. 접대비 한

푼 없는 부서에서 바가지를 씌울 양으로 나를 끌고 왔다는 생각이 퍼뜩 머리를 스쳤기 때문이다. 그러면 그렇지. 언짢은 표정을 감추느라 얼굴 근육이 심하게 굳었다. 잘 나가던 수입부 부장에서 한직인 연체독촉과로 내몰린 것만으로도 견딜 수 없는 심정이었다.

수입부 부장으로 있을 때는 회사가 아무리 어려워도 일본 사람들을 상대하는 일이라서 언제든지 업무추진비라는 명목으로 접대비를 사용할 수 있었다. 연체독촉과는 복리후생비는커녕 업무추진비조차 배정되어 있지 않았다. 내 환영회라는 것도 피 과장과 사원들이 각자 호주머니를 털어 충당한 것으로 알고 있다. 이 사내와 얼마나 많은 술을 마셔야 할지는 모르겠지만 술맛은 그 냄새를 맡기도 전에 사라지고 말았다.

피 과장을 따라간 식당은 삼겹살에 소주를 마실 수 있는 허름한 집이었다. 나는 직장생활을 하는 동안 이런 곳에서 술을 마셔 본 적이 없었다. 낡은 벽지에는 여기저기 낙서가 있고, 몇 개 되지 않는 탁자 모서리는 손때가 새까맣게 묻어있었다. 내 눈가에 저절로 주름이 그어졌다. 하지만 내 이런 기분을 아는지 모르는지 피 과장은 주인 여자를 큰 소리로 부르면서 멋대로 삼겹살과 소주를 주문했다. 밑반찬도 변변찮았다. 앞사람의 젓가락에 묻은 침이 그대로 묻어있을 것 같은 김치를 보면서 식욕은 천리만리 달아나 버렸다. 피 과장은 김 사장의 잔에 넘치도록 술을 가득 따랐다. 그러고는 건배를 외쳤다. 피 과장과 김 사장은 단숨에 소주를 들이켜고 나는 입술만 대었다가 잔을 내려놓았다.

"부장님, 오늘 술맛이 영 아닙니까? 술값 걱정은 안 하셔도 됩니다."

"아니, 그게 저."

나는 속마음을 들켜버려 홍당무가 된 얼굴로 말을 더듬었다. 피 과장은 내 말엔 더 이상 반응을 보이지 않고 호주머니 안쪽에서 두툼한 봉투를 꺼냈다.

"우리 술 취하기 전에 업무는 마칩시다."

그가 꺼내놓은 서류는 다름 아닌 지불각서였다. 피 과장이 업무 파악하라며 주고 간 서류에서 지불각서의 효력을 알고 있었다. 지불각서가 민사소송에서는 상당한 효력이 있다는 것도 그때 처음 알았다. 김 사장은 한참을 묵묵히 앉아 있더니, 마지못해 볼펜을 들어 피 과장이 불러주는 대로 지불각서를 써 내려갔다.

나는 그 뒤로 피 과장을 따라다니면서 사람들을 만나고 지불각서를 쓰지 않으면 당장 기계를 회수하겠다는 협박에 동참했다. 그는 틈틈이 자신의 과거 얘기도 조금씩 털어놓았다. 노사분규가 났을 때 구사대를 지휘하는 부서에 발령을 받았다는 까마득한 90년대 얘기를 엊그제 일처럼 생생히 들려주는가 하면, 회사가 정상화되자마자 현장을 관리하는 부서로 발령이 나는 등 연체독촉과에 올 때까지 이곳저곳 뜨내기처럼 옮겨 다닌 얘기를 술술 풀어냈다. 자신이 아직 건재할 수 있는 것은 연체독촉과에서 쓰임새가 남아 있기 때문이라는 것을 알고 있다고도 했다.

사장도, 이사도 부장도 저 하나 살겠다고 욕심을 채우고, 사원들은 무력감에 일손을 놓고 있어도 피 과장만큼은 업체를 상대하며 줄기차게 일에 매달렸다. 놀라울 만큼 법적 지식이 풍부했다. 그답지 않게 쑥스러워하면서 방송통신대학교 법학과를 졸업했다고 했다. 소리 소문 없이 야간 대학원 석사학위까지 받았는데 회사에서는 인정해 주지 않았다는 것이다. 대졸 학력을 인정받아 다른 곳으로 옮기려는 시도를 해보지 않은 것도 아니었다. 학력을 인정받는 대신 경력 인정이 되지 않았다는 것이다. 고심 끝에 회사에 남았지만 고졸이라는 이유로 승진에서 늘 밀렸다고 했다. 제대로 대접도 받지 못하면서 이렇게 열심히 일하는 이유가 궁금했다.

"부장님, 무슨 대단한 철학이 있는 건 아닙니다. 우리 식구 먹고 살았으면 됐고, 내 아들놈 번듯하게 키웠으니 됐죠. 개천가 판잣집에서 살던 부모님에게 집도 장만해 주었고, 재벌회사 다닌다고 시골에서는 사법고시 붙은 것만큼이나 부러워들 했지요. 그리고 이유야 어찌 됐든 나를 자르지 않고 아침이면 출근할 수 있도록 자리도 내주고… 하하하 별소리를 다 하네요."

그의 커다란 웃음소리가 구두약을 팔고 있는 목소리에 묻어났다. 피 과장은 삽시간에 자신의 구두를 반짝반짝 빛이 나도록 닦았다. 구두를 닦고 있는 피 과장의 손놀림에서 그때의 모습을 보는 듯했다.

"이 제품이 회사 부도로 수출길이 막혀 부득이 여러분의 손까지 넘어왔습니다. 아주 귀한 제품입니다. 이 가격으로 말할 것 같으면 전문매장에서는 만 원을 받고 있습니다. 오천 원은 받아야 마땅하나 사천 원은 남겨서 집에 가실 때 과자 사서 애들 주시고, 연구개발비, 딱 천 원 한 장으로 모시겠습니다."

그는 동그란 구두 약통을 사람들의 무릎에 하나씩 올려놓았다. 나는 고개를 푹 숙이고 신문을 눈까지 들어 올렸다. 내 무릎 위에도 구두약이 놓였다. 구두약을 놓고 돌아서는 그의 구두 뒤축이 눈에 들어왔다. 닳아버린 구두 뒤축 위에서 걸음걸이에 맞추어 너절해진 바짓단이 오르내리고 있었다. 천 원을 벌기 위해 닳아진 구두를 신고 목이 터지게 외치는 피 과장의 얼굴과 너무나 근엄하여 그 앞에 서면 저절로 주눅이 들었던 경영진의 얼굴이 함께 떠올랐다. 사원들을 등친 사장이 비자금을 만들어 해외로 도피했다는 사실은 뒤늦게 뉴스를 통해 들었다.

그때 잡상인은 물품 판매를 금지한다는 멘트가 흘러나왔다.

내 건너편에 앉은 사내의 무릎 위에 놓였던 구두약이 바닥으로 떨어져 데그르르 굴러갔다. 피 과장이 구두약을 따라 허리를 굽혀 따라갔다. 나는 지갑을 열어 오천 원짜리 한 장을 꺼냈다. 구두약을 호주머니에 넣고, 앉았던 자리에 지폐를 놓았다. 한 정거장 남은 목적지를 두고 나는 전동차에서 내렸다.

문이 닫히고 서서히 떠나는 전동차를 뒤돌아보았다. 손에 지폐를 쥔 피 과장이 나에게 손을 흔들어댔다. 그가 뒤늦게 나를 알아본 것인지, 잔돈을 건네주려고 지폐를 손에 들고 흔드는 것인지는 알 수 없었다.

문득 그의 책상 위에서 무성하게 잎을 피우던 행운목이 떠올랐다. 하지만 그 잎은 마치 회사의 로고라도 되듯 회사 부도와 함께 한순간에 누렇게 시들고 말았다. 무료급식소 앞을 지나친 내 모습처럼.

도마뱀 게임

"어제 떠나셨어요."

기쿠치木口 회장이 일본으로 돌아갔다는 박 이사 말을 믿을 수 없었다. 비서인 내가 모른다는 게 더 이해되지 않았다.

"김희정 씨 자리는 영업부로 옮겼으니 그리 아시요."

박 이사가 가리킨 자리는 화장실 옆이었다. 컴퓨터도 없는 빈 책상을 바라본 순간, 발아래 카펫이 흥건하게 고인 핏물처럼 붉게 보였다.

"제 자리가 왜…."

"나도 모르지 인사부에서 낸 발령이니까. 개인 물품만 챙겨서 바로 옮기도록 하세요."

그날 이후 아침저녁 눈을 마주치던 동료들도 생판 모르는 사람 대하듯 화장실을 드나들었다. 나는 그들에게 존재하되 보이지 않는 투명인간이었다. 씹다 버린 껌딱지처럼 바닥에 붙어있어도 좋다, 손톱으로 시멘트 바닥을 파헤쳐서라도 떨려나서는 안 된다는 절박한 심정이 되었다.

"안녕하십니까, 무엇을 도와드릴까요? 도우미 김희정이었습니다."

악몽에 시달리다 꿈을 깰 때면 나도 모르게 튀어나오던 말이 입속에서 맴돌았다. 텔레마케터를 그만 둔 뒤에도 가끔씩 꾸던 악몽을 대낮에 꾸고 있었다. 그 시절로 다시는 돌아갈 수 없다.

퇴근하고 나면 부어오른 목 때문에 물도 제대로 삼키지 못했다. 부은 목보다 더 아픈 건 아무리 고운 목소리로 안녕하십니까를 외쳐도 이따위를 물건이라고 팔아먹느냐며 욕부터 들어야 하고, 성희롱 섞인 말을 들을 때조차도 상냥한 말투로 응대해야 하는 지옥 같았던 시절 말이다.

하루가 가는 시간만큼 뻘 속으로 한 발이 빠져들고, 또 하루가 지나면 다른 발이 빠져들었다. 잠결에도 죽을 것만 같아 뻘속에 빠진 발을 허우적거렸다. 안간힘을 쏟으며 잠에서 깨어나곤 했다. 관절염이 악화되어 더 이상 청소 일도 할 수 없는 엄마의 치료비까지 부담해야 하는 팍팍한 생활은 넌덜머리가 났다. 가난은 뻘 속으로 빠져들게 하는 아귀였다.

보석가게를 둘러보는 것으로 위안을 삼았다. 재형과 함께 보석가게에 들러 예비부부로 대접을 받을 때면 고객에게 받은 업신여김과 수치스러움을 조금은 떨쳐낼 수 있었다. 목걸이를 골라 목에 걸면 환하게 드러난 목덜미가 한층 더 우아해 보였다. 반지를 끼고 눈앞으로 손가락을 활짝 펴 보일 때만큼은 초라해지지 않았다.

보석가게를 나와 액세서리 상점으로 향한다. 재형의 호주머니를 털어 반짝이는 머리핀을 사서 꼽으면 그다음 하루를 견뎌낼 힘이 생겼다.

"이미테이션은 이제 그만 사자. 결혼할 때 진짜 보석 해줄게."

"지금 해줘."

그에게 돈이 없다는 것을 알면서도 나는 늘 그렇게 말했다. 시무룩해지는 그의 표정을 똑바로 바라보면서.

수석 주임인 재형은 내가 힘들어 하는 날이면 커피를 사준다, 밥을 사준다, 맥주를 사준다… 온갖 비위를 맞춰주면서 우울한 기분을 달래주려 애쓰곤 했다.

텔레마케터 일은 잠시만, 정말 잠시만 하겠다는 생각으로 시작한 일이었다.

엄마의 희생으로 4년제 대학을 졸업했다. 토익점수도 기업에서 원하는 만큼은 올렸고, 해외 연수도 다녀왔다. 갖출 건 다 갖추었다. 내가 원하는 대기업에서 일할 수 있을 것이란 생각을 나는 단 한 번도 의심하지 않았다. 이력서를 오십 번쯤 내고, 대여섯 번의 면접을 보러 갔지만 통과하지 못했다. 그제야 주변을 둘러보았다. 배경 좋은 아이들의 취업을 보면서 내가 원하는 곳으로 갈 수 없겠다는 막연한 불안이 밀려왔다.

눈높이를 낮춰 취업하지 않고 아르바이트를 선택한 이유는 언젠가는 내가 원하는 곳으로 갈 수 있을 것이란 희망을 버리고 싶지 않아서였다. 눈높이를 낮춰 취업을 하게 되면 영원히 그곳에서 빠져나오지 못할 것 같은 불길한 예감도 한몫했다.

내가 원하는 곳으로 갈 때까지만 아르바이트로 견딜 생각이었다. 하지만 일 년이 지나고 이 년이 되면서 절망은 깊어 갔다. 재형의 데이트 신청을 받아들인 건 그렇게라도 위안을 받고 싶어서였다.

휴일엔 액세서리 가게에서 고른 머리핀을 꼽고 재형의 옥탑방으로 향했다. 그럴 때면 뻘 속에서 허우적거리는 발 한쪽을 빼낸 것 같은 기분이 들기도 했다. 한낮의 태양이 달구어 놓은 옥탑방은 선풍기를 아무리 세게 틀어도 흐르는 땀을 주체하기 힘들었다. 땀을 뻘뻘 흘리며 미끈거리는 몸으로 재형과 몸을 섞었다. 고객이나 관리자로부터 마음에 깊은 상처를 받은 날이면 보상이라도 받듯이 재형의 옥탑방으로 향했다.

재형은 조금만 참으면 적금 타고 결혼식을 올릴 수 있을 거라며 선풍기 앞에 희망의 말들을 날렸다. 선풍기 바람 앞에서 그의 말은 흔들려 사라지곤 했다. 적금을 타는 것만이 능사가 아니었다. 그의 어깨에 매달린 가족의 생계까지 책임져야 한다는 것을 재형도 나도 피차 모르는 바가 아니었다.

재형이 내 가슴에서 얼굴을 들었다. 돌아눕는 방바닥에 재형이 읽다 만 신문이 펼쳐져 있었다. 그때 신문 광고 하나가 눈에 들어왔다. 작은 박스 광고였다.

— 미래의 문화산업에서 당신의 꿈을 펼치십시오. 다른 삶을 살겠다는 의지 하나면 당신은 이미 미래의 가족입니다. 세계로 나가는 기업, 한일문화기획.

재형이 팔을 뻗어 목을 감싸 안으려고 했다.

"비켜봐."

그를 팽개치며 일어나 앉았다. 눈을 동그랗게 뜨며 재형이 물었다.

"왜 그래?"

그의 앞으로 신문을 내밀었다. 〈한국과 일본의 문화산업을 꿈꾸는 한일문화기획! 도전하는 여러분의 패기만 보겠습니다. 연봉 칠천!〉

"이력서를 내봐야겠어."

"꿈도 야무지다. 넌 이 광고를 믿니? 신입한테 연봉 칠천을 줄 정도의 회사면 이미 내정이 돼 있을 거야. 그렇게 당하고 아직도 모르겠어? 짜고 치는 고스톱이란 걸."

　재형이 말했던 짜고 치는 고스톱, 나만 모르고 저들만 아는 것들, 저들은 무엇을 짰을까.

　빈 책상에 앉아 일하는 사람들을 멍한 눈으로 바라봐야 하는 것도 기쿠치와 박 이사가 짠 그물의 한 코일까, 무심한 창밖의 풍경을 바라보는 것도, 손가락 위에 볼펜을 올려놓고 빙빙 돌리는 것도 한계에 도달했다.

　할 일도 없는데 정시에 출근하여 빈 책상에 앉아 노트를 펼쳐 들었다. 비서실에서 박 이사가 손짓을 했다. 장미꽃이 쫙 깔린 듯한 붉은 카펫을 걸어가는 짧은 시간에도 가슴이 저릿해졌다.

　"아직도 모르겠나? 회사에서 이만큼 해줬으면 알아서 나가줘야지."

　"뭘 해주셨는데요?"

　"일도 안 하는데 월급을 주고 있잖아."

　"저는 일이 하고 싶거든요."

　"나 원 참, 회장님도 안 계시는데 비서가 왜 필요해요?"

　"그럼 애초에 사람을 왜 뽑았나요?"

　"김희정 씨를 비서로 발탁한 것을… 회장님도 나도 후회하고 있어요."

면접을 보러 오라는 문자메시지가 왔을 때 도저히 믿어지지 않아서 볼을 꼬집어 볼 때처럼 후회한다는 박 이사의 말이 믿어지지 않아 볼을 꼬집었다.

기대하지 않은 합격통지서를 받고 히죽히죽 웃음이 비어져 나와 고개를 푹 숙이고 다녔다.

마지막 면접까지 올라온 사람은 나를 포함해 세 사람이었다. 맞잡은 손바닥이 땀으로 흥건해졌다. 집안 배경에서 밀려날 것만 같은 불안이 다시 엄습해 왔다. 재계에도 정계에도 소위 말하는 배경 없는 내가 또 밀려나는 건 아닌지 대기실에 나란히 앉은 면접자가 신경이 쓰였다. 짧은 커트머리에 명품의 세련된 옷차림을 한 그들에 비해 풀어헤친 생머리와 할인마트에서 사 입은 바지 정장이 초라해 보였다. 실력에서는 꿀릴 것이 없다는 자신감으로 가슴을 내밀고 턱을 치켜들었다. 재형이 감탄한 내 몸매는 그들 옆에서 기죽지 않아도 될 만큼 빼어났다. 내가 보아도 두 사람보다 외모에서는 뒤지지 않았다. 누가 봐도 잘 빠진 몸매와 하얀 피부에 성형하지 않은 자연미 넘치는 미모였다.

피 말리는 면접이 끝나고 최종 합격자로 결정이 났을 때 박 이사가 질문을 했다.

"김희정 씨가 뽑힌 이유, 뭐라고 생각하세요?"

실력, 외모, 몸매, 성격 등 수 많은 단어가 순식간에 머릿속을 획 지나갔지만 입 밖으로 말하지는 않았다.

"최종 합격자 두 사람에 비해 김희정 씨는 어떤 청탁도 없었습니다. 오로지 실력만으로 응시한 점을 높이 샀습니다. 한 가지 덧붙이자면 경제적으로 적당히 부족해서 그 안에 뭔가를 채우고 싶은 욕망이 있다는 것, 우리 기업하고 맞아떨어지는 부분이기도 하고!"

역시 세상은 공정하고 공평하다는 생각에 그동안의 불만이 눈 녹듯이 사라졌다.

"나, 합격했어."

목소리가 떨려 재형에게 제대로 말할 수 없었다. 광화문 대로에 나가 큰 소리로 외치고 싶었다. 눈요기로 만족하던 메이커 있는 비싼 정장을 첫 출근 기념으로 사줄 만큼 재형에게도 내 취업은 기쁨이었다.

재형과는 토닥거리며 몸을 섞고, 화해하고, 결혼 얘기를 하면서 평온한 관계를 유지했다. 하지만 새로운 직장에 적응하며 사는 게 쉽지는 않았다. 기쿠치가 한국에 체류하는 동안은 기쿠치 퇴근 시간이 내 퇴근 시간이었다. 출퇴근이 정해져 있는 것도 아니었고 마음이 고달프니 몸도 따라 고단했다. 신경이 예민해져 아무것도 아닌 일에 화를 내기 일쑤였다. 나 없는 방에 재형이 와서 무작정 기다리는 것도 싫었고, 무슨 일로 늦느냐며 무심하게 건네는 말에도 화가 났다. 편안히 쉬고 싶어서 그만 돌아가라는 말에 어김없이 섭섭함을 드러내는 재형이 귀찮았다. 재형은 내 얼굴만 보고 돌아가려 하지 않았다. 그가 요구하는 대로 몸을 맡겨보지만 내 몸은 이미 그의 손길이 닿는 곳마다 반응하던 때와는 달랐다. 그가 하는 대로 몸을 맡긴 채 빨리 끝내라고 성화를 부렸다.

"너, 요즘 왜 그래, 맘 변한 거야?"

"웬 트집? 피곤하니까 그러지."

"전에는 안 피곤했니? 이제 알겠다, 왜 그러는지 그 사람 때문이지?"

허둥거리며 몸에서 내려온 재형이 기쿠치를 들먹이며 억지를 부렸다. 기쿠치 회장과 출장을 간다는 말에 회사를 그만두라며 집요하게 물고 늘어졌다.

"해외 출장을 단둘이 간다고?"

"비서니까 당연한 거지."

"아, 내가 들은 말들이 괜히 떠도는 게 아니었어. 돈 많은 일본 사업가들이 비서를 구하는 게 아니라 현지처를…"

순간적으로 재형의 따귀를 갈기고 말았다. 그가 먼저 말해주기를 기다리고 있었다는 듯이 헤어지자는 그의 선언에 가슴이 후련해지기까지 했다. 벌레 보듯 나를 바라보며 방을 나서는 재형을 예리한 면도날로 가차 없이 잘라냈다.

잠 못 이룬 눈으로 출근을 했다. 차를 들고 기쿠치 방으로 들어갔다.

"긴상, 어디 아픕니까?"

미스 김이라고 부르던 기쿠치는 '김'자 발음에 어려움을 겪더니 '긴상'으로 불렀다. 아니라고, 좀 피곤해서 그렇다는 말을 남기고 회장실을 나왔다.

곧바로 박 이사가 뒤따라 나오며 요모조모 얼굴을 살폈다. 목덜미에 재형의 키스 마크라도 남았나 싶어 순간적으로 목을 감쌌다. 박 이사도 기쿠치와 같은 질문을 할까 봐 내가 먼저 변명을 했다.

"출장을 생각하니 가슴이 설레서 그렇죠."

"하하, 그렇겠죠."

내 몸을 훑어 내리는 박 이사의 눈초리보다 그의 웃음소리가 더 기분 나빴다.

출장을 떠나는 날까지 재형의 옥탑방을 찾아가지도, 재형이 내 지하방을 찾아오지도 않았다. 보석가게를 순례하는 일도, 액세서리 목걸이를 살 일도 없었다.

기쿠치는 한국의 게임시장을 석권하는 것은 물론 동남아의 시장까지도 넘보는 야망을 가지고 있었다. 기쿠치가 한국에 거주하는 동안 그의 스케줄에 맞추어 생활하는 것이 내 임무였다. 그가 없는 날에는 채택된 시나리오를 보완하거나 시나리오 공동작업에 참여하여 보조 역할을 했다.

한국 지사에서 많은 시간을 보내야 하는 기쿠치에 대해 박 이사는 비서로서 알아야 될 정보라는 단서를 달아 기쿠치가 좋아하는 음식, 음악, 취미에 대한 것들을 알려주었다.

한국을 알고 싶다는 기쿠치의 요청으로 고궁 나들이에 나섰다. 탑골공원을 거쳐 인사동으로 가는 길에 일본문화원 앞을 지났다. 그날은 수요일이었다. 노란색 조끼를 입은 할머니들과 마이크를 잡은 젊은 여성, 피켓을 들고 있는 남자들이 일본문화원 앞에서 시위를 하고 있었다.

눈발이 흩날리는 11월 중순이었다. 젊은 여성이 마이크를 잡고 구호를 외쳤다.

― 일본 정부는 사죄하라! 사죄하라!

― 전쟁범죄 사죄하라! 사죄하라!

― 일본 정부는 국제법에 따라 배상하라! 배상하라!

기쿠치가 발길을 멈춘 채 숙연하게 서 있었다.

"긴상?"

그가 내 이름을 부르며 돌아보았다.

"나, 일본 사람으로서 한국 여성에게 사죄하므니다."

"아!"

"전쟁 중에 끌려가 위안부를 지냈던 한국 여성들에게…."

가슴이 뭉클했다. 일제강점기에 아시아 여러 나라에 저지른 죄에 대해 깊은 사죄를 하는 일본 학자도 있고, 양심적인 시민

단체가 일본 정부의 사죄를 요구한다는 보도를 언론에서 본 기억이 떠올랐다. 하지만 소녀상에 대한 알레르기 반응과 강제 동원이 없었다는 주장을 끊임없이 하고 있다는 것쯤은 나도 알고 있다. 수요 집회에 참여하지는 못해도 그런 주장을 들을 때마다 분노하는 내 마음은 집회에 참여하고도 남을 만큼 컸다. 사죄한다는 기쿠치의 발언을 듣고 나니 그가 훨씬 더 가깝게 느껴졌다.

고궁을 돌아 이른 저녁을 먹고 인사동을 지나 종로 쪽으로 걸어갔다. 기쿠치를 바래다주는 것으로 하루 일과를 끝낼 시간이었다. 재형과 자주 가던 보석가게를 지날 때였다. 기쿠치가 보석가게로 발길을 돌렸다. 기쿠치가 가리키는 목걸이와 반지를 걸어보고 손가락에 끼워보았다. 기쿠치는 내게 하나쯤 사줄 것 같은 제스처를 취했지만 재형이 그랬던 것처럼 눈요기만 하고 나왔다.

박 이사는 기쿠치와 함께 보낸 다음 날이면 어디를 갔는지, 몇 시간 동안이나 함께 있었는지, 몇 시에 헤어졌는지까지 세심하게 확인을 했다. 보석상에 들렀다는 말에 액세서리 머리핀을 사듯이 가볍게 내뱉었다.

"하나 사달라고 하지 그랬어요."

"사달라고 하면 사주나요?"

나도 가볍게 되물었다. 내 물음에 박 이사는 대답하지 않았다.

태국 출장 스케줄이 잡히고 가장 바쁜 건 박 이사였다. 하루에도 몇 번씩 일정을 살폈다. 출장 당일에는 인천공항으로 가겠다는 말에 회장님 아파트로 가서 모시고 가야지 무슨 말이냐며 비서로서의 자질을 운운하기도 했다.

기쿠치의 아파트에 도착하니 박 이사가 기다리고 있었다.

혼자 사는 아파트가 오십 평도 넘어 보였다. 차나 한 잔 하고 가자며 박 이사는 기쿠치와 마주 앉았다. 처음 방문한 집에서 커피 잔을 챙겼다.

"회장님, 김희정 씨가 꼭 이 집 안주인 같습니다."

"아하! 그렇스모니까?"

기분이 상하는 불쾌한 발언인데도 모른 척 흘려들었다. 유난히 하얀 피부, 약간 튀어나온 앞니 탓만은 아니었다. 그는 누가 봐도 일본인의 외모를 지니고 있었다. 그가 아무리 영양 좋은 얼굴에 젊어 보이는 동안이어도 사십이 넘었다. 물론 살짝 고개를 숙이며 씩 웃을 때는 수줍은 소년처럼 순수해 보이기도 했다. 하지만 나와는 어울리지 않는 짝이었다.

"긴상, 긴상도 오세요."

나는 내 몫의 커피를 타서 기쿠치의 맞은편에 앉았다. 박 이사는 우리 앞에서 깍듯한 자세를 하고 서 있었다. 그리고 공항에 도착했을 때 박 이사는 회사에서 했던 말을 다시 반복했다.

"이번 출장에서 김희정 씨가 해야 할 일은 회장님 모시는 일이라는 건 알죠?"

"귀에 못이 박히겠어요. 그만 하셔도 다 알아들었어요."

방콕의 돈무앙 국제공항에 도착하자 태국의 지사장이 기다리고 있었다. 여행 가방을 차에 실은 채 기쿠치 회장과 도착한 곳은 게임사업과는 아무런 관계가 없는 55층 건물의 국제 보석 중개상이었다. 사인을 하고 검색대를 통과해서 안내를 받은 곳은 보석가게였다.

기쿠치는 다이아몬드 세트를 꺼내 보라고 했다. 매장 직원은 내 손가락을 잡아당겨 반지를 끼워주었다. 나는 자동인형처럼 반지 낀 손가락을 기쿠치 앞으로 펼쳐 보였다. 기쿠치는 뷰티풀을 외치며 엄지를 치켜들었다. 민소매에 깊게 파인 옷을 입어 훤하게 드러난 목을 바라보던 매니저가 기쿠치 앞으로 내 몸을 돌려세웠다.

"한번 채워 보세요."

머릿결을 옆으로 돌려 목걸이의 고리를 채우며 스치는 그의 손이 끈끈했다. 어쩜, 아주 잘 어울리십니다. 루비, 에메랄드, 사파이어 세트를 차례로 걸쳐 보았다. 목에 걸어보고 손가락에 끼워보고 사줄 것처럼 온갖 폼을 다 잡아놓고는 한국의 보석상에서처럼 기쿠치는 보석상을 그냥 나왔다.

"긴상이 원하면…."

기쿠치의 혼잣말이었다. 사지도 않으면서 보석상에는 왜 자꾸 가는지 묻고 싶었지만 묻지 못했다. 내가 원하면 사주겠다는 것인지도 묻지 않았다.

호텔에 도착한 지사장은 깍듯한 인사를 남기고 돌아갔다. 기쿠치 회장과 내가 묵을 룸은 나란히 있었다.

양치를 하고 나니 피곤이 몰려왔다. 나는 머리를 들고 샤워기 앞에 섰다. 쏴아! 물줄기가 얼굴을 때리고 모아진 가슴 사이를 스쳐 배꼽으로 흘러내렸다.

인생이 달라지지 않는 한 매장에서 보았던 보석들은 내 것일 수 없었다. 보석들이 눈앞에 어른거렸다. 그것들을 휘감으며 손가락을 펴 보이고 가슴을 내밀며 살 수 있는 날들이 있을까. 지하방에서 옥탑방으로, 사글세에서 전세방으로 전전하며 살고 싶지는 않았다. 샤워가 끝나기를 기다리고 있기라도 한 듯 얼굴에 스킨을 톡톡 두드리는데 전화벨이 울렸다.

"긴상, 건너 오시겠스무니까?"

나는 옷차림을 어찌해야 할지 잠시 망설이다가 그냥 편한 옷을 걸친 채 그의 방으로 갔다. 나이트가운만 걸친 기쿠치가 맥주와 열대 과일 안주 너머 앉아 있었다.

낮은 소파에 마주 앉은 기쿠치의 나이트가운 사이로 털 하나 없는 허연 다리가 드러났다. 목이 뻐근하면서 침이 말랐다.

"긴상? 남자 친구 있스무니까?"

"네?"

"오호! 곤란한 질문입네까?"

잠시 재형의 마지막 모습이 스쳐갔다.

"없습니다."

"그렇스모니까? 누구랑 삽네까?"

"혼자 살아요."

관절염에 고생하는 엄마를 한동안 찾아가지 못한 자책감이 잠시 들었다. 자수성가한 기쿠치가 집안 좋은 경쟁자 대신 나를 발탁했다는 박 이사의 말이 떠올랐다.

"회장님, 감사합니다."

나는 진심으로 기쿠치에게 감사 인사를 건넸다. 그가 손사래를 쳤다.

"앞으로 긴상이 나를 많이 도와주세요."

기쿠치가 자기 맥주잔을 들고는 내 잔에 쨍그랑 소리가 나도록 부딪쳤다. 그러는 동안 술기운이 올랐고, 긴장도 풀렸다.

"긴상, 돌아가는 길에 보석상에 들릅시다."

"아!"

그만 자야겠다며 기쿠치가 일어섰다. 안녕히 주무시라는 인사말에 그가 가볍게 어깨를 안았다. 그 짧은 순간 귓불에 닿는 그의 입김이 뜨거웠다.

다음 날 나는 지사장을 통해 기쿠치가 저녁 무렵에나 돌아온다는 연락을 받았다. 할 수 없이 낮 동안에는 방콕 시내를 구경

하고 다녔다. 끈적거리는 더위 속에서도 이국의 풍경은 여행지의 호기심과 설렘을 안겨주었다. 뜨거운 해가 고개를 꺾어 기울 무렵, 기쿠치는 고리 신발에 무릎까지 내려 온 헐렁한 바지, 앞 단추를 풀어헤친 원색 셔츠의 차림으로 돌아왔다. 그러고는 나에게도 간편한 차림을 요구했다. 핫팬츠와 가슴이 드러나는 끈만 달린 탑으로 갈아 입었다.

"오우! 원더풀, 예쁩니다."

나는 어깨에 숄을 걸치고 기쿠치를 따라나섰다. 차를 대기시켜 놓고 기다리는 지사장의 옷차림은 깔끔한 정장이었다. 선선한 바람이 불어오는 야외 레스토랑에서 저녁을 먹었다. 하지만 식사 내내 영어로 말하는 두 사람의 대화를 알아들을 수 없어 소외당하는 기분이 드는 건 어쩔 수 없었다. 그들은 내 존재에 대해서는 전혀 신경 쓰지 않았다. 이럴 거면 차라리 혼자서 저녁을 먹으라고 할 것이지 바짓가랑이에 붙은 풀씨처럼 달고 와서 사람을 민망하게 만드는지 알 수 없었다. 대화가 끝나고 나서야 기쿠치가 나를 돌아보며 씩 웃었다.

"긴상, 이제 좋은 데로 갑시다."

기쿠치가 구경 가자던 야시장 입구에 들어설 때부터 어질어질 내 정신이 아니었다. Sex dance, Sex Music, Sex… 거리는 온통 흥분의 도가니였다. 까무잡잡한 얼굴에 가슴이 훤히 드러나는 옷을 입은 태국의 여성, 아니 소녀들 천지였다. 노란 털이 가슴팍과 손등에 숭숭 돋아난 서양 남자들과 팔짱을 끼고 쌍쌍이 걸어가거나 배꼽까지 드러낸 소녀들로 거리는 가득했다. 손님을 잡아끄는 붉은 등의 술집 앞에서 유혹의 몸동작을 하는 소녀들, 이곳은 국가도 민족도 상관없이 오로지 밤을 즐기려는 남자들이라면 누구든 환영받는 곳으로 보였다.

권투경기를 즐길 수 있는 곳에 지사장은 자리를 마련해 주고 맥주와 안주를 가져왔다. 쇼가 분명한 권투를 보면서 나 자신도 흥분한 사람들과 섞여 상대가 넘어질 때면 고함을 질러댔다. 탑 위에 걸쳤던 숄은 이미 어깨를 벗어났다. 기쿠치의 손이 팔과 어깨와 머릿결을 자연스레 스쳤다. 지사장은 맥주가 떨어지면 맥주를 가져다주고, 안주가 떨어지면 어디에 있다 나타나는지 금세 안주를 주고 눈앞에서 사라졌다. 캔 맥주를 들어 공중에서 부딪히며, 뱀 쇼를 볼 때는 기쿠치의 어깨에 머리를 기대며 손가락으로 눈을 가리기도 했다.

호텔에 돌아와 샤워를 막 끝내자 기쿠치의 전화가 왔다. 그의 룸으로 갔을 때 전날의 차림으로 맥주와 간단한 안주를 놓고 반가운 몸짓으로 나를 맞았다.

"긴상, 피곤하무니까?"

나는 고개를 저었다. 야시장에서 느꼈던 흥분으로 기분이 들떴다고 해야 옳았다. 긴상은 어떤 옷을 입어도 예쁩니다. 나, 긴상 좋아요. 그러면서 내 옆자리로 옮겨 앉았다. 두 사람이 앉을 수 있는 소파는 비켜 갈 곳도 없었다. 그가 나를 안았다. 침대에 눕히더니 이마에서부터 혀를 내밀어 더듬기 시작했다. 그의 입술은 배꼽 주위에서 오래 맴돌았다. 거부하는 내 몸짓이 오히려 그를 더 감질나게 하는 듯했다. 그의 얼굴은 내 배꼽 아래까지 내려왔다. 나는 보석상의 보석들과 그것들을 넘어 더 큰 미래를 생각했다. 내 몸 위에서 숨을 헐떡이는 신음을 들으며 잠깐 재형의 얼굴이 떠올랐다.

샤워를 마치고 기쿠치의 옆자리에 누웠다. 기쿠치는 이마에 입술을 살짝 대더니 속삭였다.

"긴상, 나는 둘이서는 잠을 못 잡네. 돌아가세요."

잔잔한 미소를 띠고 있었지만 거역할 수 없는 힘이 느껴졌다. 그의 목에 감았던 팔을 풀고 민망해진 뒤통수를 쓰다듬으며 나는 방으로 돌아와 혼자 잠들었다.

돌아오는 날 보석상에 들르겠다던 기쿠치의 모습은 보이지 않고, 지사장이 나타났다. 그는 가방을 챙기라는 몸짓을 했다. 짧은 일어 실력으로 어디로 가느냐고 물었다. 그가 어느 식당으로 데려갔다. 종일 아무것도 먹지 않은 배 속은 음식을 거부했다. 식사를 끝내자 공항에 나를 내려놓더니 비행기 티켓을 내밀었다. 그러고는 돌아서 가버렸다. 수속을 마치고 비행기에 오르자 좌석에 앉아 있는 기쿠치의 모습이 보였다. 어떤 말도 물어볼 수 없었고, 그로부터 어떤 대답도 듣지 못했다.

발끝까지 파고드는 기체 내부의 냉기는 반바지에 민소매를 입고 다니던 지난 사흘간의 더위가 무색할 만큼 차고 냉랭했다. 조그만 창으로 보이는 검은 바다가 먹장구름을 몰아가는 모습이 비쳤다. 비행기는 공중에 그대로 머물러 있는 듯 흔들림이 없었다. 의자 한쪽에 머리를 기댄 기쿠치 회장은 잠을 자고 있는지 눈을 감고 있었다. 나도 담요를 목까지 끌어 올리고 기쿠치의 반대편으로 머리를 기대었다.

회오리바람이 몰아친다면 비행기의 창문까지 파도가 튀어 오를 만큼 바다는 가까이 있었다. 그 순간 비행기가 몸서리를 치듯 부르르 흔들렸다. 얼떨결에 기쿠치의 팔을 잡았다. 기쿠치가 눈만 살짝 떠 무심하게 나를 바라보았다. 나는 슬며시 손을 뗐다. 지난밤 뜨거운 입김을 귓불에 뿜어대던 사람이 맞는가 싶을 만큼 그는 다른 사람이 되어있었다.

쌕쌕거리며 잠에 빠진 기쿠치의 숨소리를 들으며 밝아오는 창문을 바라보았다. 바다 위를 날고 있다고 생각했던 것은 내 착각이었다. 비행기 아래로 끝없이 출렁이던 검은 파도는 구름이었다. 그래, 구름을 바다로 착각했던 것처럼 서울에 도착하면 원래의 내 자리로 돌아가 있을 거야, 괜찮아질 거야. 나는 호흡이 가빠진 가슴을 진정시켰다.

인천공항에 도착하자 반가운 얼굴로 박 이사가 먼저 손을 흔들며 다가왔다. 기쿠치는 돌아보지도 않고 앞서서 걸어갔다.

내게 무슨 말인가를 하려던 박 이사는 기쿠치의 손짓에 쏜살같이 달려갔다. 기쿠치와 함께 차를 타야 하는지 그냥 알아서 가야 하는지 분위기 파악이 되지 않았다. 그가 박 이사에게 무엇인가 지시했다.

"김희정 씨, 내일 회사에서 봅시다."

집으로 가는 공항버스 두 대가 내 앞을 지나쳐 가버릴 때까지 칼바람 몰아치는 벤치에 앉아 자리를 뜨지 못했다. 날 두고 가버린 박 이사가 다시 차를 돌려 행여 내 앞에 나타날까 하고 기다리는 마음으로.

지하방으로 돌아와 씻지도 못하고 차가운 방바닥에 몸을 부렸다. 추운 날씨에 며칠간 비워 놓은 바닥은 보일러를 최고 수치로 올려놓아도 온기가 돌아올 기미조차 보이지 않았다. 이빨을 덜덜 부딪치며 나도 모르게 재형의 휴대폰 번호를 찾고 있었다.

나와 잠자리를 원할 때만 기쿠치는 내게 상냥한 미소를 보냈다. 그의 기분에 따라 나는 천국과 지옥을 오갔다. 그가 저녁을 먹자고 하는 날은 나를 원하는 날이었다. 아파트 근처에서 저녁을 먹고, 그의 침대에서 일을 치르고 나면 둘이서는 잠을 잘 수 없다는 그의 말에 따라 집으로 돌아오곤 했다. 태국에는 또 갈 계획이 없느냐고 묻기도 했다. 그가 불쾌한 표정을 지었다. 태국까지는 아니더라도 보석가게는 그와 함께 들르고 싶었다.

이 정도면 보석 정도는 가져야 한다고 생각했다.

재형과 함께 들르던 보석가게로 기쿠치를 일부러 데려갔다. 얼떨결에 따라나섰던 그는 가게 앞에 이르자 몸을 돌려버렸다. 말이 없어진 그를 따라 저녁까지 굶은 채 그의 아파트까지 왔다. 여느 날과 다름없이 그는 감탄을 남발하며 내 벗은 몸을 쓰다듬었다. 사랑받고 있는 여자로 느끼기에 충분했다. 일을 치르고 나자 나는 몹시 배가 고팠다. 그 역시 배가 고픈지 저녁을 먹자며 옷을 입었다. 그의 기분은 좋아 보였다. 차를 마시면서 보석이 갖고 싶다는 고백을 했다. 그가 웃었다.

"긴상, 보석은 긴상 월급으로 사세요."

비서실에서 한 여자가 고개를 쳐들고 또박또박 걸어 내 앞을 지나 화장실로 들어가고 박 이사가 회의실에서 얼굴을 내밀더니 나를 불렀다.

"김희정 씨, 회장님이 왜 일본으로 가셨는지 아세요?"

"그걸 제가 어찌 아나요?"

"김희정 씨가 회장님께 부당한 것들을 요구해서입니다."

아무리 그런 적 없다고 소리쳐도 박 이사는 내 말을 듣지 않았다. 김희정 씨가 좋아서 꼬리치고 무슨 말을 하느냐는 거였다. 이쯤에서 그만두는 게 좋을 거라며 박 이사가 사진을 내밀었다. 기쿠치가 내 어깨에 팔을 두르고 있는 사진, 활짝 웃으며 캔 맥주를 부딪치는 사진, 적나라하게 드러난 내 몸에 바짝 다가앉은 기쿠치의 얼굴….

"이 사진들에 대해서는 다 설명할 수 있어요."

"그럼 이건 어떻게 설명하지?"

그가 휴대폰을 돌려 다른 영상 하나를 내 앞에 들이밀었다. 짧지만 강력한 영상이었다.

호텔 침대에 누워 내 가슴에 얼굴을 묻고 있는 기쿠치의 뒤통수, 황홀한 표정의 내 얼굴, 가슴을 고스란히 드러낸 채 침대에 걸터앉은 내 다리 사이에 얼굴을 파묻고 있는 기쿠치….

"이래도 회장님이 일방적으로 유혹했다고 할 수 있나? 회장님께서는 꽃뱀은 사양하시겠다고 하셨네. 나는 모르는 것으로 하려고 했는데 내 입에서 꼭 이런 말까지 나와야 하겠어? 근데 가슴 하나는 끝내주는군."

그가 내 가슴 쪽으로 시선을 고정한 채 빈정거렸다. 나는 고개를 들 수 없었다.

"내가 이쪽에서 하나 묻고 싶은 게 있는데 김희정 씨가 하는 일이 도대체 뭐가 있다고 연봉을 칠천이나 주겠어. 회장님 잘 모시는 대가로 주는 돈이라는 걸 모르겠나? 눈치가 없어도 그렇지. 그렇게 앞뒤 분간이 안 되는 거냐고?"

"그게 무, 무슨 뜻인가요?"

"말 그대로 회장님은 이미 대가를 다 치렀는데 자꾸 이것저

것 요구하면 곤란하다는 거지."

붉은 카펫이 깔린 드넓은 회의실이 유난히 더 넓게 보였다. 더는 물어볼 말도 없었다.

"김희정 씨가 그만두지 않는 한 회장님은 돌아오시지 않아. 만약 사표를 내지 않으면 이 동영상을 인터넷에 뿌릴 거야."

"그렇게 하세요."

나는 담담하게 입을 열었다. 그러자 조용히 붉은 카펫을 밟고 걸어 나가던 그가 문 앞에서 잠깐 걸음을 멈추며 돌아보았다.

"얼마면 될까?"

박 이사가 물었지만 나는 대꾸하지 않았다. 그 대신 핸드폰을 열어 오래 갈무리해 왔던 녹음본 하나를 찾아냈다.

"이사님, 이건 어떠세요?"

여자로서 회장님을 모시면 적잖은 대가가 있을 겁니다. 회장님께서 약속하신 일이니까요. 무슨 뜻인지 아시죠? 핸드폰에서 박 이사의 느물거리는 목소리가 흘러나왔다.

"뭐야, 이건?"

"혹시 몰라서 녹음해 뒀죠."

"그걸 뭐 하려고?"

"뭘 하든 이사님께서 아실 필요는 없구요. 이거나 한번 읽어 보시죠? 틈틈이 써오던 시나리온데, 일종의 탄원서라고 보시면 될 거예요. SNS에 올리려구요. 한일문화기획의 실체를 밝히는 내용이기도 하고…"

긴 회의실 책상 모서리에 봉투 하나를 올려놓았다. 점차 일그러지는 박 이사의 얼굴을 천천히 바라보았다. 창문 밖 햇살이 사라지면서 건너편 건물의 불빛이 비칠 때쯤 소리 없이 문을 열고 밖으로 나왔다.

시나리오를 작성하면서부터 나는 〈도마뱀 게임〉이라고 이름 붙였다. 기쿠치와 박 이사가 무엇을 원하는지, 왜 나를 채용했는지 눈치를 챈 시점에 쓴 시나리오였다. 그래서 비록 꼬리를 잘릴망정 살아남아야겠다는 생각에 그걸 도마뱀 게임이라고 한 것이다.

그 원칙은 이랬다. 첫째, 내가 유혹하지 않는다. 상대방이 내 그물에 걸리도록 한다. 둘째, 그물에 걸릴 때마다 점수가 올라간다. 셋째, 상대방이 내 작전을 알아차리고 내게 그물을 던지면 2점이 올라간다. 넷째, 덫에 걸려 빠져나오지 못하면 게임이 아웃되고, 마지막으로 내 꼬리를 잘라 그에게 덮어씌우면 게임에서 이긴다.

물론 내 몸의 일부, 그러니까 꼬리는 잘렸다. 도마뱀과 달리 꼬리를 잘린 내가 과연 무사할지는 모르겠다. 두둑하게 보상을 받아내면 잘린 꼬리 부분을 수술해서 원상으로 회복할 수 있을까? 그것 역시 모르겠다. 울면서 발악하고, 그렇게 최선을 다할 뿐.

이 꽃 같은 나라

앞 사람의 얼굴도 만져 보아야 사람이라는 걸 알 수 있을 만큼 불씨 하나 없는 밤이었다. 귀신도 활동을 멈추었는지 주변은 적막하기만 했다. 목소리를 들을 수도, 만질 수도 없는 열일곱 내 딸 수나가 이런 밤이면 더욱 또렷하게 떠올랐다. 천장을 보고 누웠던 몸을 뒤집으려는 순간, 길고 높은 남자 목소리가 긴박하게 들려왔다.

"불이야!"

동네 앞을 고즈넉이 흐르는 섬진강 줄기가 휘몰이로 요동치는 것처럼 출렁이는 소리였다. 나는 벌떡 일어나 전등 스위치를 올렸다.

"불이라니?"

옆방에서 자고 있던 남편이 되받아 물었다.

— 불이야!

— 불, 불!

곧이어 두세 명의 남자 목소리가 동시에 이어졌다. 남편이
방을 박차고 나가는 소리가 들렸다. 나도 남편의 뒤를 따라 뛰
쳐나갔다.

"아이고!"

눈앞에 펼쳐진 광경을 보고 그대로 주저앉았다. 불꽃 튀는
소리와 함께 검은 연기가 하늘로 치솟고 있었다. 개울 옆 공터
에 사는 박 씨 집이었다. 박 씨 아들에게 불상사가 생기면 안
된다는 생각밖에 들지 않았다. 양동이를 들고 달려갔다. 개울
에서 퍼 올린 물을 옆 사람에게 전달했다. 먼저 뛰쳐나간 남편
은 앞쪽에서 물을 퍼붓고 있었다.

— 박 씨는 담배도 안 피우는데 담뱃불은 아닌 것 같고.

— 석유 냄새가 진동하는데.

— 금슬 좋은 부부가 싸움질을 했을 리도 없고.

— 대체 뭔 일이여!

사람들이 떠드는 소리에 끼지 못하고 나는 옆 사람에게 양
동이만 전달했다. 하늘을 뒤덮던 불꽃이 사그라질 무렵 이장이
박 씨를 찾았다.

"근데 박 씨가 안 보이네."

"그러게. 어이, 박 씨!"

대답이 없었다. 박 씨뿐만 아니라 지적장애인 박 씨 아들도, 박 씨 아내도 보이지 않았다.

수나가 돌아오지 않은 날 밤의 불안이 엄습해 왔다. 입 밖으로 뱉지 않았다. 사실로 드러날까 봐 겁이 났다. 수나가 왜 죽었는지, 누구에게 살해당했는지 원인이 밝혀지지 않았다. 그렇다고 수사가 종결된 것도 아니었다. 서류상 수나는 희생자도 피해자도 아닌 사망자였다. 하지만 결론은 점점 사고사로 굳어지고 있었다. 파출소장의 공공연한 발언이 있고 난 뒤부터였다. 사고사라면 어떻게 사고를 당했는지 밝혀달라고 했다. 돌아오는 건 진실이 아닌 비난이었다.

남편과 나는 서로에게 책임을 떠넘기는 것으로 마음의 짐을 덜고 있었다.

"수나는 당신 땜에 죽었어. 차라리 외박하게 됐으면 살았잖아. 아빠가 무서워서 오밤중에 집에 오다 그 사달이 난 거 아냐."

"왜 내 탓이야? 처음부터 딱 잘라 못 가게 했으면 그런 일은 일어나지 않았어."

"아니, 난 그날로 돌아간다 해도 허락했을 거야."

서로의 가슴에 대못을 박는 것도 모자라 후벼 파헤쳤다.

J시의 고등학교로 가겠다는 수나를 시골에 남게 했다. 기숙사로 보내는 건 나도 남편도 내키지 않았다. 기숙사가 아니라

면 내가 함께 J시로 나가야 하는데 초등학교에 기능직으로 근무하는 남편 월급으로는 두 집 살림은 무리였다. 이것을 다행이라고 말해도 될는지 모르겠지만 수나는 공부에 취미가 별로 없었다. 여러 가지 사정상 도시로 가지 못했지만 미련을 버리지는 못했다. 학교에 적응하지 못할까 봐 가슴 졸인 것에 비하면 수나는 학교생활에 큰 불만이 없어 보였다.

도시에서 여고를 졸업한 나는 친척의 소개로 남편을 만나 시골로 내려왔다. 시골치고는 삼백여 가구가 사는 제법 큰 마을이었다. 이파리가 돋아나는 햇살 좋은 봄이나 단풍 든 가을이면 감탄사가 절로 나올 만큼 아름다운 풍경을 자랑했다. 동네 앞으로는 섬진강 줄기의 맑은 개천이 흘렀다. 개천을 따라 마을과 마을이 이어져 있었다. 도시로 나가는 꿈같은 거 꾸지 않고 노후를 보낼 수 있을 만큼 인심도 좋고 이웃들 간에 정도 두터웠다.

사월 셋째 주 금요일 저녁이었다. 영어 듣기 평가를 마친 수나는 친구 생일에 초대받았다며 외박을 하겠다고 했다.

"다 큰 기집애가 외박이라니!"

수나의 말이 끝나기도 전에 남편은 안 된다고 딱 잘라 말했다.

"다른 친구들은 다 가는데…."

윽박지르는 남편의 말에 수나가 입을 다물었다. 금세 눈물이 주르륵 뺨을 타고 흘러내렸다.

"밥상머리에서 눈물이나 찔찔 짜고…."

남편의 언성이 높아졌다. 겁이 많고 유순해서 아빠의 헛기침에도 움츠러드는 아이였다. 예전 같으면 이 정도에서 물러나던 아이가 고집을 피웠다.

"이번에 빠지면 친구들한테 왕따 당한단 말이야. 나도 이젠 고등학생인데."

"허어, 안 된다는 데도!"

말이 행정직이지 학교의 허드렛일을 도맡아 하는 조무원이었지만 남편은 학교 직원이라는 것에 자부심이 컸다. 욕지거리를 하거나 험한 말을 입에 올리는 품성이 아니었다. 여간해선 큰 소리도 내지 않는 사람이 수나에게만은 달랐다. 남편은 밤늦게 다니는 것은 물론 학교 행사가 아니면 어떤 경우에도 외박은 금물이었다. 불량배들은 어디든 있게 마련이고, 끌고 가기 좋은 야산이 동네 가까이에 있다는 게 이유였다. 반면에 나는 믿을 수 있는 친구 집이면 외박도 할 수 있고, 애를 너무 억압하면 저항만 커진다는 생각을 가지고 있었다. 수나가 학교생활에 적응하는 게 친구들의 영향이 큰 것 같아 나는 수나를 거들었다.

"여보, 이번 한 번만 보내줍시다."

"당신이 이 모양이니 애가 더 그러는 거 아니냐고!"

밥을 다 먹지도 않고 남편은 식탁에서 일어섰다.

"김수나, 아빠 말씀 들었지? 저렇게 질색하시는데 꼭 가야 돼?"

"엄마. 그럼 저녁만 먹고 올게."

"만약에 외박을 했다간 어찌 되는지 알지?"

내 허락에 수나는 꾸지람을 들은 건 금세 잊어버리고 얼굴을 활짝 폈다.

"혹시 있잖아, 쬐끔 늦는 건 엄마가 아빠한테 잘 말해줘야 돼."

"그 정도는 커버해 주지. 대신 너무 늦으면 엄마도 아빠한테 곤란해지는 건 알지?"

"울 엄마 최고!"

남편도 저녁만 먹고 온다는 말에 암묵적으로 허락을 해주었다. 안 된다는 것으로만 가둬놓을 수 없을 만큼 수나도 이젠 어린애가 아니었다.

수나는 늦어도 아홉 시 전에는 돌아온다고 했다. 하지만 아홉 시가 지났는데도 그 애는 오지 않았다. 초조해지기 시작했다. 휴대폰에 연결이 되지 않았다. 수나가 초대되어 간 친구 이름이 은혜라는 것만 알았지 동네가 어디인지 전화번호는 몇 번인지 물어보지 않았다는 것이 그제야 생각났다.

은혜 전화번호를 알기 위해 학교 당직실로 전화를 했지만 받지 않았다. 은혜의 전화번호를 알아낸 건 다음 날 아침 아홉 시가 넘어서였다. 전화를 받은 은혜는 어젯밤 수나가 돌아갔다고 했다.

"뭐? 오지 않았는데!"

내 목소리는 비명에 가까웠다. 은혜 말로는 다른 친구들은 남았고, 수나는 외박하면 아빠한테 혼이 난다며 돌아갔다는 것이다. 버스 회사로 달려갔다. 버스 기사는 엔진이 고장 나서 중간에 내려준 것밖에는 아는 게 없다고 했다.

곧바로 파출소에 신고를 했다. 파출소장의 지휘 아래 버스가 다니는 길옆 야산과 강줄기를 따라 수나를 찾아 나섰다. 일주일이 지난 후 마을로부터 십 리는 더 떨어진 섬진강 기슭에서 수나는 시신으로 발견되었다. 어미로서 차마 볼 수 없었다. 개울에 얼굴을 처박고 엎어진 채 청바지는 앞뒤가 바뀌어 입혀져 있었고, 티셔츠로 가려진 가슴엔 브래지어가 없었다. 허벅지와 젖가슴, 팔뚝에 집중된 멍, 그건 누가 봐도 성폭행의 흔적이었다.

수사본부가 차려졌다. 버스 기사 장윤철을 잡아들이면 범인 잡는 건 시간문제라고 생각했다. 하지만 거기서부터 더 이상 진전되지 않았다. 기억이 나지 않는다며 장윤철이 횡설수설하기 시작했다

수나가 죽은 지 삼 개월이 지났지만 아무런 사실도 밝혀내지 못했다. 그사이 초등학교 교장 선생의 아들인 진호와 수나가 함께 있는 것을 보았다는 소문 하나가 떠돌았다. 정신지체

인 박 씨 아들 입에서 나온 말이었다. 서울에서 고등학교에 다니는 진호가 토요일이면 마을에 나타나곤 했다. 박 씨 아들이 약간의 정신지체가 있으나 없는 것을 지어내는 일은 지금껏 없었다. 낮이고 밤이고 동네를 휩쓸고 다니며 눈으로 본 것은 아무한테나 떠들었다. 히죽 웃고 나타나 기겁을 했다는 사람이 있는가 하면, 불륜을 저지르다 박 씨 아들 때문에 꼬리를 잡히기도 하고, 몰래 연애하던 남녀가 소문에 휩싸이기도 했다. 나는 박 씨 아들에게 큰 기대를 걸고 있었다.

수사는 급물살을 타는 듯했다. 문제는 박 씨 아들이 정신지체가 있어서 증인으로 부르기엔 신빙성이 떨어진다는 것이었다. 정신과 전문의의 소견서를 법원에 제출해 증인 채택을 하겠다는 약속을 받은 지 사흘 만에 박 씨 집에 화재가 났다. 나는 박 씨 아들을 두리번거리며 계속 찾았지만 보이지 않았다.

동쪽 하늘이 핏빛으로 물들기 시작했다. 군 소재지에 있는 소방서에 신고를 했다고 하는데 소방차는 출동하지 않았다. 다른 곳에 출동을 나가 이 동네까지 올 소방차가 없다는 전갈만 왔다고 했다.

파출소장이 현장을 지휘했다. 가재도구와 타다 남은 것들을 들어 올릴 때마다 뿌지직 소리와 함께 연기가 솟구쳐 오르며 석유 냄새가 더 심하게 났다. 사람들은 내가 듣거나 말거나 쉬지 않고 말을 뱉어냈다.

— 도대체 동네가 어찌 되려고 이러는지 원.

— 왜 자꾸 재수 없는 일이 생기나….

수나의 죽음은 어느새 재수 없는 일이 되어버렸다. 얼마 전까지만 해도 살해당한 것이 분명하다며 범인을 찾아 나설 듯이 위로해 주던 가까운 이웃들이었다. 그들의 대화를 못 들은 척 나는 뒷정리만 했다. 간당간당하게 매달려 있던 방문이 내가 다가서자 툭 자빠지며 뒤로 넘어갔다. 검게 그을린 팔뚝이 눈앞으로 쑥 나왔다. 비명과 함께 얼굴을 감싸 안으며 주저앉았다. 사람들이 몰려들어 문짝을 들춰내자 세 사람의 시신이 뒤엉켜 있었다. 내 예상은 적중했다.

박 씨 일가족 참사 이후 방화범을 잡는다는 명분하에 내 딸의 사건은 흐지부지되었다. 수나가 죽은 진실에 대해 밝혀야 한다고 함께 울분을 터뜨리던 이웃도, 남의 일 같지 않다며 내 두 손을 잡고 위로해 주던 이웃도 태도가 달라졌다. 수나와 관련되어 좋을 게 없다는, 심지어는 재수 없이 죽을 수도 있다는 루머가 나돌기 시작할 무렵엔 우리 부부를 외면하기까지 했다.

박 씨 아들한테 수나와 진호가 함께 있는 것을 들었다는 이웃을 찾아갔다. 박 씨 아들은 죽었지만 다른 실마리를 찾아야 했다. 그녀는 왜 왔느냐고 묻지도 않고 펄펄 끓는 냄비 뚜껑을 열며 가스레버를 잠갔다. 정신도 온전치 않은 애 말을 제대로 들었겠느냐며 시큰둥하게 대답했다. 산 사람은 살아야 하니 수나 엄마도 불조심이나 하라는 생뚱맞은 소리를 덧붙였다.

시신으로 발견된 수나의 몸은 누가 봐도 살해당한 게 맞았다. 다들 알면서 쉬쉬하고 감추려 했다. 파출소장과 동네 유지들을 중심으로 수나의 죽음은 사고사가 되었고, 좋은 일도 아닌 걸 가지고 어지간히 하라며 사람들도 지겹다는 표정을 노골적으로 드러냈다. 고작 여고 일학년인 열일곱 살 내 딸이 행실 더러운 아이로 변질되기까지 했다. 다 큰 계집애가 외박을 한 것부터가 잘못이라는 것이었다.

그날 밤, 내 허락으로 수나가 죽었다는 죄책감으로 범인을 잡지 못한다면 죽어서도 그 애를 볼 수 없을 것 같았다. 후회는 커져만 갔다. 보내지 말았어야 한다는 자책과 함께 막 출시되기 시작한 휴대전화를 비싸다는 이유로 사주지 않은 것도 가슴을 짓눌렀다. 사고 나기 며칠 전부터 수나 핸드폰은 상태가 좋지 않았다. 며칠만 기다리라고 했다. 핸드폰이 제대로 작동했다면 어떻게든 연락이 되었을 것만 같은 생각을 떨쳐버릴 수 없었다.

경찰은 마지못해 수사를 진행했다. 장윤철을 붙잡아 아무리 족쳐도 횡설수설 일관성이 없다는 말만 되풀이했다. 범인을 잡을 의지가 보이지 않다는 게 내 생각이었다.

토요일 오후 버스터미널에서 진호를 본 사람이 있었지만 수나 사건과는 아무런 관련이 없다고 했다. 박 씨 아들만 있으면 사건이 해결될 것처럼 박 씨 아들 타령만 했다. 언제는 지적장애가 있어서 증인으로 효력이 없다고 하더니 이젠 유력한 증인이 없어서 더 이상 수사를 진행할 수 없다고 했다. 소리 소문 없이 장윤철도 마을에서 사라져 버렸다. 교장 선생한테 돈을 받았다는 꼬리표가 함께 따라갔다.

달도 뜨지 않은 그 밤, 박 씨 집 근처에서 검은 그림자가 서성이다 사라지는 것을 보았다는 청년들의 말을 파출소장은 부인했다. 그림자가 불을 낸 장본인이라는 근거가 없다는 것이었다. 늦은 밤에 각자 집으로 돌아가려다 얼핏 본 그림자를 청년들도 정확히 지목해 내지는 못했다. 세 사람이 한꺼번에 죽은 마을은 흉흉했다.

이미 죽은 목숨인데 동네 부끄럽게 더 이상 파헤치지 말자는 것으로 의견이 좁혀졌다. 수나를 위해서도 그게 좋겠다는, 말도 안 되는 논리를 내세웠다. 빨리 장례를 치러 마을의 평화를 찾았으면 좋겠다고 말하는 축은 파출소장, 초, 중, 고등학교의 교장, 우체국장, 조합장 등 동네 유지로 행세하는 자들이었다. 그럴 때마다 남편과 나는 내 딸은 살해된 게 분명하다고 항의했지만 소용없었다. 화재 참사가 터지자 사람들은 몸을 사렸다. 무의식적인 방어심리였다.

초등학교 교장 선생과 파출소장이 그렇고 그런 사이라는 소문이 떠돈 건 그때쯤이었다. 여자 교장의 남편은 군대에서 사망한 국가유공자였다. 남편 없이 진호를 애면글면 키웠지만 진호가 신통찮다는 게 동네 사람들의 평가였다. 교장 선생을 동정하기도 했다. 교장과 파출소장의 그렇고 그런 소문 때문에 진호가 엇나갔다는 소문도 나돌았다.

나는 교장 선생을 찾아가 진호를 만나게 해달라고 사정해 보았지만 이미 캐나다로 유학을 떠난 뒤였다. 직접 가서 만나는 것까지는 말리지 않겠다고 했다. 그러면서 한솥밥을 먹은 정으로 남편에게 위로금을 줄 용의가 있다고 했다. 계속해서 진호를 거론하면 남편을 학교에서 내쫓겠다는 엄포도 놓았다. 무슨 근거로 그런 말을 하느냐고 따지는 내게 털어서 먼지 안 나는 사람 있느냐며 오히려 힐난했다.

수사를 맡은 형사의 대답도 한결같았다. 최선을 다했지만 진호가 수나와 함께 있었다는 근거를 찾을 수 없다는 것이었다.

박 씨네 화재 참사는 생활고와 신변을 비관하던 박 씨가 가족을 데리고 자살한 것으로 결론이 났다. 동네의 궂은일을 다하면서도 낙천적이었으며 정신지체 아들과 부인을 끔찍이 아낀 것을 나뿐만 아니라 동네 사람이라면 모르는 사람이 없었다. 사랑하는 가족을 죽음으로 몰아갈 리 없다고 하소연했지만 먹히지 않았다. 누구 한 사람 나서서 진상을 밝혀 달라고 청하지도 않았다. 엄청 난 사건이 났는데도 동네는 평온했다. 수나의 죽음도 박 씨 가족의 죽음도 운수가 사나운 개인의 문제로 결론지어졌다.

수사본부는 철수했고, 파출소장은 어서 빨리 장례를 치르라고 종용했다. 뒤늦게 발견된 수나의 일기장을 들고 파출소장에게 갔다.

— 아빠를 만나러 학교에 갔다. 아빠가 없었다. 교장 선생님 사택으로 가보았지만 그곳에도 아빠는 없었다. 운동장 그네에 앉아 아빠를 기다렸다. 토요일 오후, 운동장에서 떠드는 아이들의 소리가 와자하게 들려왔다. 나는 그네에 앉아 도서관에서 빌려 온 책을 읽었다. 그림자가 성큼 다가왔다. 운동화가 바로 눈앞까지 왔다. 진호 오빠였다. 그네에서 일어서려고 줄을 잡았다. 그러자 오빠가 나를 다시 그네에 앉히고 내게 고개를 숙였다. 무서움이 확 밀려왔다. 오빠는 내가 초등학교 다닐 때부터 이상했다. 골목에서 마주치면 윙크를 했다. 내가 고개를 돌릴 때까지 나를 뚫어지게 바라보곤 했다.

— 아빠는 학교에 계시고, 엄마도 일을 나가고 없는데 토요일에 내려온 진호 오빠가 집으로 불쑥 찾아왔다. 나는 진호 오빠를 보면 무섭다.

"수나 어머니, 이것이 무슨 증거가 된다는 겁니까?"
"진호가 우리 수나 곁을 맴돌았잖아요."
"그러니까 그날 밤에 일어난 일은 아니잖아요?"

일 년 동안 내 딸의 억울한 죽음을 풀어달라고 진정을 내고, 파출소 문턱이 닳도록 쫓아다녔지만 아무런 성과가 없었다. 수사할 의지가 없었고, 그들에게는 이미 종결된 사건이나 마찬가지였다. 사람들은 수나를 잊으려 했고, 나와 남편에게까지 잊으라고 강요했다. 박 씨 가족은 아무도 기억하지 않았다.

나는 마을을 떠난 장윤철의 소식에 귀를 기울였다. 장윤철이 천안에서 버스 기사를 하고 있다는 말을 비교적 소상하게 들었다. 사람들 머릿속에서도 장윤철은 완전히 사라진 것이 아닌 것 같았다. 수나가 죽은 지 이 년 만에 들은 소식이었다. 나는 장윤철을 찾아 나섰다.

버스 발판을 막 내리며 나를 발견한 장윤철이 까무러치게 놀라며 주저앉았다. 한참 동안 꼼짝하지 않던 그가 천천히 고개를 들었다.

"여, 여기까지 무슨 일로⋯."

"내가 무슨 일로 왔는지는 더 잘 알잖아요."

"수나 어머니, 나 할 말 없습니다."

"내게 해줄 말 있잖아요? 그날 밤! 진호와 내 딸이 그 버스에 함께 탔다는 거 다 알고 있어요."

"그게 언제 적 얘긴데. 이제 와서⋯."

수나가 세상을 떠난 그때부터 지금까지 나는 잠도 제대로 못 자고 음식도 제대로 섭취하지 못하고 살고 있다. 수나가 어떻게 죽었는지를 밝히는 것이 희망일 뿐이었다. 그런데 그게 언제 적 얘기라니. 나는 제정신이 아니었다. 정신 나간 사람처럼 장윤철에게 퍼부었다. 구경꾼들이 하나둘 몰려들었다. 장윤철이 나를 데리고 근처 커피숍으로 들어갔다.

"나도 먹고 좀 삽시다. 백날 찾아와 봐도 해줄 말 없습니다."

그의 눈에 살기마저 맴돌았다. 나는 그가 모는 버스를 타고 종점과 종점을 오가기도 했고, 그의 입을 열기 위해 애원도 하고, 회사에 알리겠다는 협박도 했지만 소용없었다. 장윤철은 닷새째 되는 날 종적을 감추었다.

쓰러질 듯 집으로 돌아왔다. 집 안엔 불빛 하나 없었다. 수나 방문을 열고 전등스위치를 올렸다. 수나 책가방을 끌어안은 남편이 구석에 처박혀 눈물을 흘리고 있었다. 남편도 딸을 잃은 아비였다. 그의 가슴엔 횃불이 일렁이고 있다는 것을 모르지 않았지만 내 가슴이 너무 참혹하여 남편을 돌아볼 여유가 없었다. 내가 장윤철을 찾아 나설 때마다 그렇게라도 돌고 오면 이글거리는 가슴속 불덩이가 조금은 사그라질 것이라고 남편은 믿는 것 같았다.

남편과의 관계는 거기까지였다. 수나가 살아 있을 때로 돌아가지 못했다. 마음속에서 완전하게 남편을 용서하지 못했다. 그가 수나를 제멋대로 화장해 버린 탓이었다. 나는 화장할 수 없다고 했다. 나중에 혹시라도 시신에서 흔적을 찾아야 할 일이 있을 때 어떻게 하겠냐며 버텼다. 남편은 죽은 자식 이제 그만 잊어버리자고 나를 설득했다. 다시는 거론하지 않는다는 조건으로 나와는 한마디 상의 없이 화장해 버린 것이었다. 그런 남편이 어둠 속에 짐승처럼 웅크려 앉아 가슴을 쥐어짜고 있었다. 나도 남편을 따라 그 자리에 선 채로 가슴을 쥐어뜯었다. 책가방을 밀어낸 남편이 나를 끌어안고 어깨를 토닥여주었다. 장윤철에 대한 얘기는 묻지 않았다.

그가 다시 서울에서 치킨집을 차렸다는 소식을 이웃에게서 들은 건 천안에 다녀온 이후 다시 또 일 년이 지날 무렵이었다. 나는 머뭇거리는 이웃에게 사례금을 내놓았다.

"그렇지. 내가 뭐 숨어 사는 사람을 고발하는 것도 아니고, 버젓이 치킨집 차려놓고 사는데."

내가 내민 봉투를 슬그머니 집어넣으며 응암동 전철역 부근의 상호까지 알려주었다.

나는 그날 바로 장윤철을 찾아 나섰다. 내가 가고 있는 동안에 사라져 버렸을까 봐 뛰는 가슴이 진정되지 않았다. 치킨집 문을 열고 들어섰다. 천안에서처럼 그는 놀라지 않았다.

"그 일 때문에 오셨다면 할 말 없으니 돌아가세요."

그러고는 하던 일을 멈추지 않았다. 그의 소재를 확인하고 집으로 돌아왔다.

장윤철을 찾았다는 내 말에 남편은 무덤덤한 표정이었다. 그가 새삼 입을 열어 진실을 말할 것이라는 기대가 없다고도 했다. 서울로 가겠다는 내 뜻을 남편은 받아주었다. 경찰도 하지 못한 일을 어떻게 하겠느냐는 말은 하지 않았다. 서로를 할퀴다 지친 남편과 나는 어느 정도 진정된 상태였다. 동네에서 외면당하고 의지할 데는 우리 둘밖에 없다는 사실이 관계 회복에 도움이 되었는지도 모른다. 남편은 내 행동을 말리지 않는 것으로 묵인해 주었다.

나는 한밤중 막차를 타고 남편의 배웅도 마다하고 동네를 떠났다. 수나가 떠난 지 삼 년여가 지났지만 한 치 앞도 나가지 못하고 그 시간에 갇혀 살았다.

고시원에 방 한 칸을 구하고 치킨집과 가까운 식당에 취직했다. 순댓국집이었다. 규모가 작은 식당이라 홀과 주방을 오가며 일을 했다. 장윤철을 가까이서 볼 수 있다는 것만으로도 수나의 죽음을 밝힐 수 있을 것 같은 희망이 생겼다.

식당 안에는 온종일 티브이가 켜져 있었다. 홀에 있을 때도 티브이를 볼 시간적 여유는 없었다. 물론 티브이에 신경 쓰며 일한 적도 없었다. 세월호 침몰 참사가 나기 전까지는.

세월호가 수장된 날엔 "학생 전원 구조"라는 보도에 가슴을 쓸어내리며 다행이라는 생각만 했다. 일하는 도중 흘끔흘끔 화면을 보았을 때도 자막에는 전원 구조라고 쓰여 있었다. 하지만 아무리 티브이를 바라보고 또 바라보아도 세월호 갑판 위는 휑하기만 했다. 티브이 화면에 보이는 갑판 위로는 헬리콥터가 왔다 갔다 하고, 세월호 주위로 배들이 오가는데 생존자는 나오지 않았다. 밤엔 조명탄이 터지는 장면이 계속 나왔다. 칠백 명이 넘는 잠수사가 수색을 하고 있다는 보도도 있었다. 그러나 헬리콥터가 세월호 갑판 위를 날아다니는데 갑판은 여전히 텅 비어있고, 살아나오는 생존자는 단 한 명도 없었다. 지진으로 무너진 건물 더미에서도 생존자가 나오는데 이상한 일이었다. 시간이 흐를수록 밝혀지는 건 억장이 무너지는 소식들뿐이었다.

내 딸의 범인도 찾는 시늉만 했기 때문에 잠을 수 없었던 것이다. 진호가 한국을 떠나도록 방치했고, 박 씨 가족이 화재로 죽었는데 자살로 결론지었고, 장윤철도 마을을 떠나도록 방관했다. 모든 의문이 확신으로 바뀌었다. 일부러 뒷북만 치고 있다는 생각을 지울 수 없었다.

생선 꼬리처럼 올라온 여객선 끝부분이 바닷속으로 가라앉는 모습을 두 눈으로 지켜보았다. 살려달라고 울부짖었을 수나의 목소리를 듣는 것만으로도 밤마다 잠을 이루지 못하는데, 배 안에 갇힌 아이들의 울부짖음까지 겹쳐 하루를 살아내는 게 지옥 같았다.

생존자 없이 세월호가 완전히 가라앉았다.

시신으로 돌아온 아이들의 부모 심정을 누구보다 잘 알았다. 어딘가에 살아 있을 것이란 희망을 버려야 하는 것이 얼마나 잔인한 일인지 나는 이미 경험한 사람이었다.

산 자가 아닌 죽은 자를 기다리는 기막힌 현실이 믿어지지 않았지만 이건 꿈이 아니었다.

나는 한 달에 두 번 쉬는 휴일엔 장윤철을 찾아갔다. 거짓말하는 장윤철에 대한 원망은 접었다. 나를 피해 또 이사를 가버린다면 그를 찾는데 또 얼마의 시간이 걸릴지 모른다. 장윤철을 만나고 돌아온 밤이면 불면에 시달렸다. 커다란 손이 목을 조르는 악몽을 꾸었다. 얼굴은 보이지 않았다. 시커먼 두 손아귀만 보였다.

그날은 장윤철의 치킨집으로 가는 대신 광화문에 설치된 세월호 분향소를 찾았다. 긴 줄 끝에 서서 영정 앞으로 가는 동안 함께 하는 사람들을 보는 것만으로도 위로가 되었다.

산 사람은 살아야 하니 이제 수나를 잊으라고 할 때마다 심장이 터질 것 같은 고통을 당해보지 않은 사람은 모를 것이다. 아무것도 밝혀진 게 없는데 잊으라고 해서 잊히는 것은 아니었다. 내가 내 딸을 잊지 않고 있는 한 진실은 꼭 밝혀지리라고 믿었다. 내 앞에 수나가 있는 것처럼, 수나의 옷매무새를 만져주는 심정으로 리본을 매만졌다.

"아! 좆 같은 나라."

입 밖으로 나오려는 말을 차마 아이들 영정 앞에서 할 수 없어서 이 꽃 같은 나라라고 돌려 말했다. 내 딸 수나가 살아 있을 때의 그 꽃 같은 세상으로 돌아갈 수는 없지만 그런 세상이 다시 올 때까지 잊지 않겠다는 말을 먼저 간 내 딸에게 전하듯 리본을 쓰다듬었다. 할 말이 너무 많아 아무것도 쓰지 못하고 노란 리본만 매달았다.

분향소를 나와 장윤철의 치킨집으로 향했다. 켜놓은 티브이에서 고 김수현 학생의 아버지 인터뷰가 나왔다. 갈라진 입술을 혀로 축이며 어렵게 말을 이어가고 있었다. 두 손바닥으로 얼굴을 가리며 '내 새끼'라고 할 때 나는 참지 못하고 기어이 울음을 쏟고 말았다. 내 통곡에 치킨을 먹던 사람들이 슬금슬금 일어나 나가버렸다. 장윤철이 내 뒤에 서 있다는 것을 한참 만에 알았다. 그가 가게 문을 닫더니 내 앞에 앉아 맥주를 한 잔 따라 주었다.

"이제 그만 잊어버리고 돌아가세요. 이 무슨 고생이십니까?"

"그날, 우리 수나! 진호랑 함께 있었잖아요. 그 많은 아이들이 바닷속에 수장되었는데도 서로 탓만 하고 있는데⋯ 아무런 관심도 받지 못한 시골구석 여고생 죽음 따위를 누가 밝혀주겠어요."

내 말은 넋두리가 되었다. 넋두리로는 장윤철의 입을 열 수 없었다. 장윤철도 끝내 대답하지 않았다. 치킨집을 나설 때 남편으로부터 전화가 왔다.

"밥은 잘 먹고 다니는 거야?"

"안 죽을 거니까 걱정 마."

"몸은?"

"괜찮아!"

"근데 목소리가 왜 그래?"

"…."

"당신과 상의할 게 있어. 조만간 서울로 갈게."

남편은 돈 있고, 빽 있는 사람들을 어떻게 당하겠느냐고, 교장 선생이 위로금이라도 준다고 할 때 받는 것이 낫지 않겠느냐고도 했다. 그런 남편이 내게 상의할 게 있다고 했다. 수나를 화장하는 일도 혼자 처리해 버렸으면서 무얼 상의한다는 것인가 싶어 나는 대꾸하지 않았다. 남편도 내 대답을 기다리지 않았다는 듯 전화를 끊었다.

마을 사람들이 내 딸 수나의 죽음을 지켜워했듯이 세월호 관련 뉴스가 나오면 다른 채널로 돌려달라고 요구하는 손님이 간혹 있었다. 나는 그때마다 못 들은 척했다. 이번 손님은 집요하게 요구했다.

"아줌마! 내 말 안 들려요? 돌리라고!"

순대 국물이 남자의 턱으로 흘러내렸다. 턱을 쓱 문질러 닦는 베이지색 잠바의 소매 끝이 꾀죄죄했다.

"지겨워! 경제도 어려운데, 저 사람들 땜에 더 어려워…."

샷대질하며 언성을 높일 때마다 사내의 뱃살이 출렁거렸다.

"아저씨, 자식 잃은 사람한테 그리 말하는 거 아닙니다. 자식을 살려내라는 것도 아니고, 자식이 왜 죽었는지 그것을 밝혀달라는 것인데 좀 참아주어도 되잖아요."

"지겨워서 그래, 나 살기도 바쁜데 지겨워서."

"아저씨한테 그러는 거 아니고…."

"이 아줌마가 미쳤나!"

남자가 갑자기 큰 소리로 화를 냈다.

"아저씨 자식이 죽었어도 그리 말할 수 있어요?"

초점 잃은 사내의 눈빛이 희번덕거렸다.

"막말로 아줌마 자식이라도 죽었어?"

사장이 달려와 손님들에게 죄송하다고 허리를 숙였다. 그리고 나를 향해 눈을 부릅떴다.

"나 참, 아줌마! 저 사람들이 우리랑 무슨 상관이 있다고 그래? 손님이 채널 돌리라고 하면 돌리면 그만이지."

"네, 맞아요. 저래 봤자 아무 소용없겠네요. 대통령 자식이 배 안에 들었다면 또 모를까. 부모 애간장만 녹아나지…."

외면했던 동네 사람들, 파출소장, 교장 선생, 운전기사, 진호의 모습이 한꺼번에 떠올랐다. 겨우 목격자나 찾아와 입을 열기만 기다리는 무력한 어미로 살고 있는 내가 너무 한심해서,

피해자가 살인범을 찾아 나서게 하는 국가가 너무 싫어서, 이렇게나마 공유하고 싶었는데 사람들은 이것마저도 허용하지 않았다.

"내 딸이 왜 죽었는지 삼 년이 넘어가는데도 아직 밝히지 못했다고요."

"에잇, 재수가 없으려니까."

술을 마시던 사내들이 수저를 집어던지고 나가버렸다. 사장이 내게 도끼눈을 떴다.

"아줌마, 요즘 왜 그래요, 누구 장사 망칠 일 있어? 가뜩이나 손님도 없는데."

"사장님, 하루 장사 좀 안 한다고 망하지 않아요. 저기 좀 보세요. 자식 잃고 맨바닥에서 잠자고, 단식을 하고요."

"그러니까 저게 아줌마와 무슨 상관이냐고?"

사장은 세월호에 관심이 없었다.

"다시는 손님한테 재수 없다는 말 듣지 않도록 주의 좀 하세요."

두 번씩이나 재수 없다는 말에 앞치마를 벗어 사장 손에 던지듯 쥐여주었다.

"네, 그렇잖아도 그만둘 생각이었어요."

고시원으로 돌아와 천장을 보고 누웠다. 천장이 내려올 것처럼 낮았다.

다음 날 남편의 연락을 받고 나간 약속 장소는 내가 일하는 식당 근처 커피숍이었다. 남편은 학교에 사직서를 냈다고 했다. 자식 잃은 것도 억울한데 가정까지 풍비박산이 되고 보니 이젠 더 이상 그렇게 살아서는 안 되겠다는 생각이 들더라고 했다. 퇴직금과 그동안 모아놓은 돈으로 농사지을 땅을 구입했다며 시골로 내려가자고 했다. 남편과 나는 세월이 아무리 흘러도 치유되지 않는 상처를 지닌 아비와 어미로 다시 만났다.

"여보, 장윤철은 절대로 입 열지 않아."

"그럼 우리 수나는? 응? 우리 수나는? 이렇게라도 하지 않으면 내가 억울해서 살 수가 없어서 그래."

남편이 내 손을 잡았다.

"방법이 없는 것도 아니야."

나는 귀가 번쩍 뜨였다.

"그동안 마을에 떠도는 소문은 허공에서 뚝 떨어진 것이 아니라 누군가의 입에서 나온 말들이야. 그리고 저들은 지금도 잘 살고 있어. 상처한 파출소장과 교장 선생은 동네가 떠들썩하게 재혼을 했고. 진호는 뭘 하는 줄 알아? J시에 영어 학원을 차렸어."

자식 잃은 어미는 세상을 떠돌고, 아비는 짐승처럼 웅크려 살고 있는데 아무렇지도 않게 사는 사람들, 적어도 그런 당사자가 아무리 학원이지만 그것도 교육 사업인데 그것은 막아야 할 것 같다는 말로 나를 설득했다.

남편은 덧붙여 장윤철이 파출소장과 교장 선생에게 불려가서 진호를 보지 못했다는 조건으로 돈을 받았다는 것이다. 하지만 낮과 밤을 가리지 않고 온갖 곳을 쏘다니는 박 씨 아들이 두 사람을 보았다고 떠들고 다니기 시작했다. 다시 교장 선생과 파출소장의 은밀한 부름을 받은 장윤철은 평생 벌어도 만지지 못할 돈을 받고, 마을을 떠났다는 것이다. 박 씨 집에 불을 지른 것도 장윤철이라는 것이었다. 그러니 그는 절대로 입을 열지 않을 것이라고 했다.

"그럼 이제 어떡해야 하지?"

내 물음에 남편은 장윤철이 입을 열게 할 증거를 찾아야 한다고 했다. 아득하고 까마득한 일이었다.

"당신이 마음잡지 못하고 있는데 나까지 그러면 안 될 것 같았어. 당신이 정신없이 장윤철을 찾아 떠다닐 때… 수나가 입었던 옷, 그날 가지고 있었던 소지품, 휴대폰까지 잘 보관해 두었어. 진호가 한국으로 돌아왔다고 하니 증거품 찾아서 재수사 요청해야지. 그러니 우리, 수나가 숨 쉬던 곳으로 돌아가서 다시 시작하자."

떠돌던 소문들을 종합해 보니 수사본부가 설치되기는 했지만 파출소장과 교장 선생이 맨 꼭대기에 있다는 것을 알았다고 했다. 범죄사실을 숨겨야 하는 사람들이 수사에 협조하고 있었으니 결과가 이렇게 된 것은 당연한 일이라고 남편이 눈시울을 붉혔다.

남편을 따라 늦은 밤 시골로 내려왔다.

J시에 있어야 할 진호를 터미널에서 보았다. 진호의 자동차에 타는 수나 또래의 여고생과 함께였다. 청바지에 티셔츠를 입은 아이는 단발머리까지 수나를 닮았다. 순간 가슴이 쿵 내려앉았다. 그 애의 어깨를 감싸 안으며 차에 오르는 진호의 모습을 우리 부부는 가만히 지켜보았다. 여고생의 몸짓이 심상치 않았다. 남편을 돌아보자 남편도 나를 보며 고개를 끄덕였다

억지로 여고생을 태운 진호가 강물을 따라 차를 몰았다. 남편과 나도 진호의 뒤를 따라 자동차를 몰기 시작했다. 대시보드 안에는 증거를 채집하기 위한 캠코더와 소형 리코더가 들어있었다.

"이런 건 언제 마련한 거야?"

"그 버스에 블랙박스가 설치되어 있었다면, 당신이 그렇게 장윤철을 찾아 헤매지 않아도 되었겠지. 언제 써먹을지 몰라 마련해 두었던 거야."

"오늘 제대로 써먹을지도 모르겠네요."

진호의 차는 아베크족들이 많이 모인다는 강가 공용주차장 쪽으로 향하고 있었다. 자동차를 주차한 진호가 내리지 않았다. 자동차 후면 유리 너머로 반항하는 듯한 여고생의 몸짓이 비쳤다. 나와 남편은 대시보드에서 캠코더를 꺼내 들고 진호의

차로 다가갔다.

공영주차장 옆으로 놓인 검은 강은 비밀과 거짓말을 품은 채 아무 일도 없었다는 듯 유유히 흐르고 있었다. 하지만 강물도 이제 더는 모른 체하고 발뺌하지는 못할 것이다. 마치 수나가 살아 돌아오기라도 한 것처럼 내 가슴이 콩닥콩닥 뛰기 시작 했다.

부조리한 세상을 노려보는 쌍심지

— 내가 본 작가 권영임

김양호(전 숭의여자대학교 교수·소설가)

작가이자 1인 출판사인 《도서출판 바람꽃》의 대표, 《한국잡지
교육원》 전임교수인 권영임이 그동안 틈틈이 발표했던 소설
뭉치를 내게 보내왔다. 모두 9편의 단편이었다.

표제작이 '벌거벗은 공주님'이다.

'벌거벗은 임금님'도 모자라 이제는 벌거벗은 공주까지? 덜
떨어진 임금에 이어 공주까지 다 벗어던지기 시작한 건가? 그
집안 꼴이 어떻게 된 것인지, 들여다보지 않더라도 미루어 짐
작이 간다. 몰염치와 낯간지러운 체면의 상실, 도대체가 안하
무인 지경의 개차반 같은 가족 구성원들의 모습이 영화 화면
처럼 빠르게 머리를 스친다. 그런데 가만 생각해 보니 이 집안
은 그냥 장삼이사의 백성들이 아니라 로열패밀리, 곧 왕가王家

라는 사실을 이내 깨닫는다. 집안 꼴이 아니라 나라 꼴 전체의 문제가 되는 것이다.

그러면 그렇지! 작가 권영임이라면 평범하게 살아가는 장 씨나 이 씨 댁을 향해 괜히 눈을 부라리거나 시비를 걸 사람이 결코 아니다. 긴장해야 한다. 긴장하고 들여다봐야 맥락이 제대로 잡힐 것이다. 나는 원고를 펼치기도 전에 바짝 긴장한다.

1. 부조리한 삶을 바라보는 시선

권영임의 소설집에 실린 작품은 다양한 소재를 전경으로 내세운다. 부부 사이의 갈등, 거짓으로 쌓아 올린 명예, 로맨스 캠, 인간 내면의 이율 배반성, 성희롱과 성폭행, 직장 내의 비리, 병적인 결벽증, 피해자 구제를 외면하는 정치, 사회구조 등이 그것이다.

다양성의 통일이 이루어지지 않았지만 후경을 들여다보면 그렇지 않다. 볼록렌즈를 통과한 빛이 초점으로 모이면 불꽃이 일어나는 것처럼 진면목이 드러난다. 부당함에 맞선 폭로이자 고발이다. 동시에 치유와 해결의 방식을 독자들에게 묻는다.

강자에게 약하고 약자에겐 강한 정치, 사회, 경제, 문화 전반의 문제점을 드러내 보여주고, 그런 사회가 과연 정당한 것인가, 라는 문제를 제시하고, 나아가 해결 방식을 묻는다. 부당함과 부조리에는 결코 승복하거나 회피하지 않고 맞서겠다는 결연한 작가의 의지가 꿈틀거린다.

2. 갈등의 치료와 병합

사이 나쁜 부부는 전생에 원수였다고 말한다. 「목탁」에 등장하는 폭력적인 남편은 문제적 인물의 전형으로 제시된다. 상투성을 띠는 이런 인물이 소설에 등장하는 것은 허구를 통한 주제전달을 목적으로 하는 소설의 특성상 갈등 상황을 만들어야 하기 때문이다. 착한 남편은 무능한 부분을 강조하는 목적 이외는 소설적 캐릭터가 되지 못한다. 문제적 인물을 등장시켜야만 갈등과 파란이 일어나고 그것을 해결하는 과정에서 주제가 드러난다.

권영임은 「목탁」에서 폭력 남편의 부당함을 드러내는 동시에 해소하는 방안을 제시한다. 그것은 사랑이다. 어머니가 열이 나자 눈밭에 묻은 차가운 손으로 머리를 짚어주는 어린 딸의 작은 손바닥은 눈물샘을 자극한다.

「절받으시옵고」는 아내에게 꼼짝하지 못하면서도 틈만 나면 바람을 피우던 시아버지가 마지막으로 죽은 아내의 영정 앞에서 절하는 모습이다. 가슴을 아릿하게 하는 장면이다. 시어머니를 끔찍이 아끼면서도 계속 바람을 피우는 시아버지의 이율 배반성을 고발하는 이 작품은, 인간 내면의 나약성과 이기적인 합리욕구를 고발한다.

애증동시병발증으로도 환치해 볼 수 있는 이런 인간의 양면성은 인간적인 약점을 고발하는 것에 멈추는 게 아니라 사랑으로 보완하려는 노력의 일환으로 읽혀야 한다. 사랑은 자기희생을 전제로 할 때 더욱 귀하다. 수만 마리의 무리 중에서도 자기 새끼를 찾아내는 소나, 삼켜온 먹이를 토해내 새끼에게 먹이는 갈매기, 차가운 바닷속에서도 물고기를 잡아 뒤뚱뒤뚱 새끼를 찾아 먹이는 펭귄의 모습은 생존과 종족 본능을 충족시키는 사랑으로서 아름답다.

3. 가짜가 진짜 행세하는 세상

「벌거벗은 공주님」은 거짓과 참 사이에서 부침하는 주인공을 내세워 가짜가 진짜 행세를 하는 세상을 비판한다. 가짜가 진짜인 곳에는 진짜 또한 가짜가 된다假作眞時眞亦假. 이런 세상을 작가는 결코 용납해서는 안 된다고 말한다.

위선, 허영, 가식, 돈으로 만들어진 공주를 향해 강력한 펀치를 날리는 이 작품은 가짜공주를 공격하는 게 아니라 공주라는 미명으로 포장한 그릇된 특권과 허위를 폭로하는 데 초점을 맞추고 있다.

「오빠는 없다」는 로맨스 캠으로 당한 사기 고발, 「앵무조개 어금니」는 직장 내 성폭행 고발, 「도마뱀 게임」은 높은 연봉을 빌미로 여성의 성을 착취하는 남성 고발, 「미스 완전체」는 병적인 결벽증 고발, 「만년 과장, 피씨」는 조직에서 밀려난 화자를 통해 비인간적인 사회구조 고발을 내세운다. 이런 국가와 사회를 만들어낸 근원적 요인이 무엇인지 묻고 있다. 그 물음은 「이 꽃 같은 나라」에서 극명하게 드러난다.

이 작품은 성폭행 후 피살당한 딸아이의 죽음을 파헤쳐 진범을 찾아내려는 부모의 심정이 절절히 담겨있다. 은폐되는 상황 속에서 허우적대다 고통을 이해받지도 못하고, 세월호 참사를 목격한다. 세월호 참사로 고통을 겪는 유가족을 위로하거나 가슴 아파하기는커녕 우롱하는 사람들을 보면서 상처를 받는다. 그 원인은 무엇인가?

4. 서하지통西河之痛

부모를 여의면 슬프다. 자식이 죽으면 통곡하다 눈이 멀어버린다. 그런 아픔이 참척이다. 공자의 제자 자하子夏가 황하의 지류인 서하에서 자식의 죽음을 슬퍼하며 울다가 실명해 버렸다는 데에서 생겨난 서하지통은 자식을 앞세운 부모의 마음을 극명히 대변해 준다.

2014년 4월 15일 304여 명의 승객이 사망, 실종된 세월호 참사는 그중 대부분의 사망자가 수학여행을 가던 안산고 2학년 학생들이라는 점, 생중계된 화면에서 침몰해 가는 배를 무력하게 바라볼 수밖에 없었던 점, 아무런 구조조치나 납득할 만한 대처가 이루어지지 못했다는 점에서 분노를 불러일으켰다. 생때같은 아이들이 눈앞에서 죽어가는데 아무것도 할 수 없었던 사람들의 무력감은 분노로 변했으며 그것은 공권력으로 향했다. 2017년 내려진 대통령에 대한 파면 조치는 그런 분노도 작용했다고 본다.

　비통한 죽음을 동정과 연민으로 아파하는 시선이 대다수지만 그중에는 언제까지 시체장사를 할 거냐 말을 내뱉는 후안무치한 자들도 있었다. 두꺼운 얼굴에 부끄러움을 모르는 모리배들의 발언 속에는 물질 만능을 내세우는 가치관이 숨어있다. 작가는 그런 가치관을 고발한다. 생때같은 자식을 가슴에 묻었지만 아무런 도움도 주지 못하는 국가, 권력기관의 비인간성과 후안무치한 무뢰배들에 대한 고발. 도둑을 잡는 게 아니라 도둑이라고 외치는 사람을 잡는 상황에 대해 내리치는 회초리다.

　2022년 10월 29일 159명 사망, 195명 부상자라는 이태원 참사도 국민의 가슴에 못을 박은 사건이었다. 좁은 골목길에서 압사당한 죽음을 두고 과연 국가는 죽어가는 이들을 위해서 무엇을 했는가라는 질문은 국가 존재의 이유를 새삼 톺아보게 했다. 피멍 든 가슴을 때리며 통곡하는 사람들에게 어떤 조치가 내려졌는가? 책임지는 사람은 아무도 없었다. 피해자는 있는데 책임지는 자가 없다는 말은, 시체는 있는데 살인자는 없다는 말이다. 암수살인처럼 모두가 내 손에는 피가 묻지 않았다고 회피하는 가운데 시간이 흐르자 놀러 가서 죽은 걸 어쩌란 말이냐 하는 조롱이 나타나기도 했다.

작가는 가식으로 치장한 탐욕이 허위의 옷을 입고 힘없는 약자를 심판하는 세태가, 똥 묻은 개가 겨 묻은 개를 헐뜯는 세태가 과연 정당한가를 묻는다. 그 원인은 무엇인가? 그 점을 살펴보자면 내적으로 수오지심의 상실, 외적으로는 왜곡된 역사인식을 짚고 넘어가지 않을 수 없다.

5. 수오지심羞惡之心

2300년 전 제시된 맹자의 사단설四端說은 성선설을 전제로 한다. 측은지심, 수오지심, 시비지심, 사양지심이 그것이다. 그중에서 수오지심은 부끄러움을 알아야 한다는 말이다.

부도덕과 몰염치와 허영과 반윤리가 능력으로 왜곡되어 버린 세태에 던지는 경고장은 섬뜩하다.

부끄러움을 알아야 한다는 첫 번째 대상은 항상 젊은이들이다. 예의를 모른다는 한탄이다. 그리고 젊은이들이 기성세대가 되면 그 기성세대는 다시 젊은이들이 수오지심이 없다고 비판한다. 당시대 젊은이에 대한 한탄과 우려는 항상 기성세대들의 약방문이었다.

1920~30년대 대한매일신보나 조선문단 등을 들여다보면 당시 문사들이 써놓은 글 중에서 젊은 사람들을 한탄하는 글들이 자주 눈에 띈다. "목구멍에서 항문 사이만의 행복만 추구하는 이들이 많아지니 이는 금수와 같다"는 논지다. 세월이 흘러도 젊은 세대를 향한 예의 없고 싸가지 없다는 기성세대의 탄식은 여전하다.

그때는 젊은 세대로 그쳤지만 지금은 그 대상이 확대되고 나아가서는 정당화되어 간다는 것이 더 암울하다. 수단 방법을 가리지 않고 '부자되세요'가 덕담으로 회자된다. 부도덕하고 부당한 방법으로라도 부자가 되라는 담론은 배금주의를 정당화시킨다. 염치와 부끄러움이 없으면 짐승과 다름없다.

6. 역사인식의 재고

일제강점기 독립운동의 기반이 되는 이론은 크게 몇 가지로 나뉜다. 신채호, 김은식, 김구가 내세운 무장투쟁론, 이승만이 내세운 외교론, 안창호의 점진론 등이 그것이다.

만주의 신흥무관학교를 위시한 홍범도, 김좌진의 항일항쟁과 의병 활동은 무장투쟁론을 실현화시킨 것이다. 칼을 든 강도가 내 집에 들어왔으면 몽둥이라도 들고 당장 싸워야 한다는 투쟁론과 우리는 약하니 강대국의 힘을 통해서 독립을 취해야 한다는 외교론은 애초부터 노선이 달랐다. 전자는 사회유기체론, 후자는 사회원자론의 관점에서 논의해 볼 수도 있다.

부정적인 역사 인식은 이승만이 정권을 잡아 친일파를 동조 세력으로 삼은 것에서 시작된 것이라고 볼 수 있다. 해방이 되자 두려워 숨죽이던 친일세력은 이승만의 반민특위 해산 결정으로 환희작약했다. 백척간두 절체절명의 죽음 직전에서 살아난 것이다. 친일 경영인들은 경제권을, 친일 군인들은 국군수비대를, 친일 관료들은 새로운 관직을, 어용 문사들은 교육기관을 접수했다. 그들에게 이승만은 목숨을 살려준 은인이자 결초보은해야 할 국부였다.

최근 이승만 동상을 세우려는 움직임이 일고 있다. 부끄러움이나 주저함 없이 그들의 국부를 칭송하고 역사 교과서를 뜯어고치며 친일은 정당한 국가 발전이었다는 뉴라이트 운동에 힘을 모으고 있다. 죽음의 골짜기에서 살아나 기득권 세력으로 재부상한 그들은 '강자가 살아남는 게 아니라 살아남은 자가 강한 것'이라는 기치 아래 정치, 사회, 경제, 문화 제분야에서 그들의 목소리를 합리화하고 있다. 역사를 왜곡시키고 피폐화시킨다.

'독립운동을 한 집안은 삼대가 망하고 친일한 집안은 삼대가 흥한다'라는 역사인식은 "독립운동한 사람의 후손은 무능해서 가난하게 살았고, 친일한 사람의 후손은 유능해서 부자로 살았다"고 주장하는 유튜버의 등장을 가능하게 했다. 그걸 인용하는 언론까지 나타나고 있다.

수단 방법을 무시하고 부자가 되면 된다거나 독립운동은 무능한 사람들의 반항이라고 세뇌시키는 이들의 농간은 후안무치하다. 이들의 작태는 "그 당시에는 어쩔 수 없었다"라며 친일 행위를 변명하는 것을 뛰어넘어 "그래서 국가 발전이 되었다"며 떳떳이 가슴을 내밀고 있다. "나라를 팔아먹어도 나만 잘살면 된다"가 나라를 팔아먹어도 더 잘 살더라는 담론으로 바뀐 것이다.

소녀상을 폄하하고 강제징용된 탄광 노동자를 회유하며 군함도와 사도광산을 지우고 서울광장에 태극기와 박정희 동상을 세우자는 이야기가 나오는 것도 그런 세력을 위한 것이다.

이런 것이 작금의 비극적 역사인식이다. 내적으로는 부끄러움을 모르는 것, 외적으로는 역사의 정기가 흐려졌다는 것, 이두 가지가 현실에서 부조리한 상황을 만들어낸다. 그렇다면 어떻게 해야 하는가? 지금이라도 부끄러움을 알고 올바른 역사의식을 찾아야 한다.

7. 글이라는 바위를 밀어올리는 시지프스

권영임의 소설집은 모두 부당함에 대해 비판하고 고발하는데 초점을 맞추고 있다. 부끄러움을 알고 권력자의 부당한 압력이나 야비한 술책 앞에 물러서지 않는다. 목에 칼이 들어와도 아닌 건 아니라고 외치는 강직한 정신이 바탕에 깔려있다. 권력자인 갑을 향한 작가의 고발과 반항은 공허한 메아리만 불러올 수도 있다. 바위를 향해 던지는 계란이며 무력한 약자의 비명에 지나지 않을 수도 있다. 하지만 그 단단한 바위도 한 방울씩 떨어지는 낙숫물에 구멍이 뚫린다.

권영임의 비판적 시각은 부당함과 부조리에 대해 던지는 계란이며 그 위에 떨어지는 물방울이다. 부조리한 사회구조나 거시경제에 함몰되어 상처받을 수밖에 없는 약자들을 위한 변론이자 그들에게 입혀주는 방탄복이다.

옳은 것을 옳다 하고 그른 것은 그르다고 할 수 있는 세상이 되어야 한다. 그렇지 못할 때 우리는 그 사회를 부조리하다고 비판한다. 그런 상황은 삶의 과정에서 부단하게 부딪히는 것이며 상처받는 쪽은 언제나 약자인 을의 입장이다. 을은 방어하거나 싸울 힘이 없다는 점에서 더 혹독한 처지까지 몰락한다. "그 사람이 억울하게 잡혀가도 나는 상관하지 않았다. 그건 내 일이 아니었으니까. 옆 사람이 부당한 이유로 잡혀가도 나는 가만히 있었다. 내일이 아니었으므로. 나를 잡으러 오자 아무도 내 곁엔 남지 않았다. 그건 그 사람이나 옆 사람의 일이 아니었으므로."

부조리한 상황에 직면했을 때 부끄러움을 아는 사람은 어떻게 하는가. 실존적 측면에서 제시하는 방법은 자살하든지 반항하든지 두 가지다. 그러나 자살은 사유주체 자체를 말살시킨다는 점에서 부정적인 것이며, 남은 것은 오로지 반항하는 정신이다. 권영임은 그런 상황에서 반항을 선택한다. 반항은 비판과 고발을 통한 싸움이다. 그것은 "싸우지 않는 정의는 불의의 편이다"라고 외치던 김대중 대통령의 일갈을 떠올리게 한다.

작가의 모습은 전인미답의 눈길을 걷더라도 똑바로 걸어가기 위해 노력하는 자세다. 부당함에 대항하는 의지를 땅속에 뿌리박고 싸우는 잡초다. 어떤 부당한 권력의 바람, 어떤 부조리한 압력과 회유가 불어와도 흔들리면서 끝내 꺾이지 않는, 바람보다 먼저 눕지만 바람보다 먼저 일어나는 잡초. 쓰러져도 일어나는 오뚝이처럼, 치면 칠수록 더 세게 돌아가는 팽이처럼 잡초의 삶이 외경스러운 것은 어떤 광풍우가 몰아쳐도 뽑히지 않는 뿌리를 가지고 있는 까닭이다.

그 뿌리는 진실과 생존, 그리고 삶의 본질에 대한 수맥에 닿아있다. 그래서 흔들려야만 한다. 옳고 그름을 상관하지 않고 사리사욕만을 위해 생존을 합리화하는 부박한 사람들은 절대 흔들리지 않는다. 그들은 날아가 버린다. 뿌리 뽑힌 것들은 흔들리지 않고 경박한 세태에 부유하는 해파리의 삶을 살고 있다. 그들은 흔들리지 않음을 부끄러워하지 않는다. 후안무치함이 오히려 생존을 위한 영리한 처세술이라고 생각한다.

8. 꺼지지 않는 쌍심지

밤늦게 글을 쓰다 지쳐 포기하려는 순간 어디선가 밤새 붉은 눈을 뜨고 있는, 고통스러운 사람이 있다는 걸 생각하면 오싹해진다. 밤새워 시퍼렇게 갈아낸 칼에는 경외심이 포함되어있다. 권영임은 가난한 집안의 맏딸로 태어나 전주여상을 졸업하고 말단 여직원으로 대기업에서 근무했다. 그곳에서 겪었던 부당한 직장 내 갑질, 성차별과 싸웠던 경험을 지금부터 30년 전 『미스 김, 시집이나 가지!?』라는 사무직 여성의 성차별을 고발한 에세이를 발간해서 당시에 큰 센세이션을 불러일으켰다.

늦은 나이에 대학에 입학해서 늦공부에 매달린 권영임은 이후 숭의여대 평생교육원, 장안대 등에서 강의를 했으며, 장안대학교에서는 '베스트 티처상'을 받기도 했다. 현재는 한국잡지교육원 전임교수로 재직하면서 잡지사 예비 기자들을 대상으로 강의를 한다.

『도서출판 바람꽃』을 운영하면서 시, 소설, 에세이, 철학 등 다양한 장르의 도서를 발간하고 있다.

권영임은 1990년대 말에서 2000년대 초, 여성노조에서 활동을 했다. 부당한 대우를 받는 여성 노동자들을 대변하는 월간 소식지를 발간했는데 〈쌍심지〉라는 코너에 시사 칼럼을 쓰기도 했다. 온갖 횡포와 부조리의 양상을 지적하는 내용, 부당한 대우를 받는 억울한 여성 노동자들을 위한 사회고발 정신이 번득이는 칼럼이었다.

쌍심지가 시퍼렇다. 부당한 불의를 고발하는 신문고는 계속 울려야 한다. 욕망의 삼각형, 바람직한 미래를 위해서 수용미학에서 제시하는 기대지평이자 작가가 울리는 신문고이다. 또한 글을 매체로 비판과 고발장이 적힌 바위를 끊임없이 산꼭대기로 밀어 올리는 시지프스의 운명과 닮아있다. 꼭대기까지 바위를 밀어 올리고 다시 굴러떨어진 바위를 밀어 올리는 시지프스의 몸짓은 바람직한 인간 본질을 향한 몸부림이다. 그것은 인간의 생명이 지속되는 한 반복되어야 할 싸움이다.

권영임의 작품은 항상 인간의 근원적 본질을 향해 기투企投하고 있는 실존의 몸부림을 보여준다. 그는 이참에 이 소설집 말고도 장편소설 『전생에 나는 여시였다』와 30여 년 전에 썼던 사무직 여성들의 성차별을 다룬 『미스 김, 시집이나 가지!?』를 『미스 김, 시집이나 가지, 그 후 30년!』의 개정판을 선보일 계획이라고 한다.

벌거벗은 임금에 이어 벌거벗은 공주까지, 대나무숲이 아닌 활자의 숲에서 큰 목소리로 마구 까발리는 권영임의 작품 세계가 과연 어느 곳까지 그 메아리가 울려 퍼질지 자못 기대가 크다. 그에게 격려와 더불어 아껴둔 진심을 담아 찬사를 보낸다.

여성과 남성, 21세기의 과제

김성옥(전 장안대학교 교수·철학박사)

1. 인간으로 살기의 어려움: 여성과 남성

권영임의 작품들은 다양한 시선으로 읽힌다. 때로는 풍자적으로 때로는 담담하게 우리네 삶의 일상에 스며들어있는 안타깝고 신산한 아픔들을 맛깔스럽게 풀어나간다. 익살스러우면서도 따스하지만 인간의 아픔이 녹아들어 있는가 하면 한편으론 시대의 단면을 날카롭게 포착한다.

흥미를 위해서라면 인간의 존엄마저 소품으로 사용하는 콘텐츠의 홍수 속에서 작가는 우직하면서도 진정성 있는 시선으로 인간 존엄에 상처를 가하는 세태를 직시한다.

소설집 전체 9편 중 7편은 여성이 주인공이다. 「앵무조개 어금니」와 「이 꽃 같은 나라」는 성폭력을 소재로 한 작품이다. 가정폭력이 소재인 「목탁」은 가부장 사회의 기혼여성들이 겪는 아픔들이 구수한 사투리 말투에 녹아들어 더욱 마음을 저릿하게 하는 작품이다. 반면 유사한 소재인데도 「절 받으시옵고」는 재치와 유쾌함에 절로 미소가 떠오른다.

「도마뱀 게임」은 성 상품화를 냉정한 시각으로 객관화한다. 생계가 달린 직장에서 자신의 업무능력이 아니라 성을 사려는 회장님과의 관계에서 주인공이 대응하는 방식을 다룬 이야기다. 이 작품은 뒤에 다뤄질 「만년 과장, 피씨」와 대비해 읽어보면, 소재와 성별이 다름에도 취업과 생계의 전쟁터에서 발생할 수 있는 사회적 압박의 유사점을 볼 수 있다. 「미스 완전체」와 「오빠는 없다」는 21세기 골드미스 세대의 단면을 흥미롭게 보여준다.

「만년 과장, 피씨」는 가부장 사회에서 생계를 책임진 평범한 가장의 부조리한 삶의 궤적을 보여준다. 주인공 피 씨의 문제적이고 흥미로운 캐릭터는 독자의 상상력을 자극한다. 인물의 비틀기를 통해 다양한 독해 가능성을 열어놓아 해석의 여지가 풍부할뿐더러, 읽기에 따라 가슴 아픈 작품이기도 하다.

이 책의 제목인 「벌거벗은 공주님」은 성별과 상관없이 누구에게나 발생할 수 있는 현시대의 주요 권력, 돈의 위력을 말하고 있다. 주인공만 남자로 바꾸면 「벌거벗은 왕자님」으로 읽어도 무방하다.

작가의 시선이 사회적 인간에 초점이 있는 만큼, 작품 전체를 관통하는 '남성중심-가부장적-자본주의'라는 억압의 사회 틀을 사전에 짚어보는 것은 작품 읽기의 맛을 배가시킬 수 있다. 보다 중점적인 부분은 '남성중심 가부장 사회'다. 자본주의는 그 본격적인 의미보다는 우리 사회의 지대한 권력인 금권의 위력으로 드러난다.

아픔 없는 인간이 있을까마는, 인간이기에 겪게 되는 근원적 고통인 생로병사 등이 있다면, 주로 사회 구조적 차원에서 성별차로 인해, 여성/남성이기에 겪는 고통과 아픔이 있다. 작가의 시선은 사회적 차원에서 발생한 비인간화, 성차별로 인한 남성과 여성의 상호적-비인간화에 초점이 맞춰져 있다.

인간사회의 역사만큼이나 긴 이 사회틀은 '생물학적 성별 차이'에 근거해 '남성/여성의 본성상의 차별, 우월성/열등성'을 주장하며, 오랜 시간을 거쳐 수많은 이론가의 학설과 종교적 교리로 다져지고 무장한 가치체계다. 동·서양의 집단적 무의식이 되어버린 이 가치체계에 따르면, 남성과 여성은 동일한 인간이 아니다. 남자는 남성성(남자의 본성), 여자는 여성성(여자의 본성)이라는 서로 다른 천성을 가진 존재다. 다른 말로 하자면 인간은 공통의 인간 본성을 갖는 것이 아니라 두 종류의 서로 다른 천성을 갖는 이종(二種, 異種)의 집합체다.

페미니즘은 이 가치체계에 대한 비판으로 시작한다. "여성은 태어나는 것이 아니라 만들어지는 것이다"라는 여성성은 여자의 천성이 아니라 후천적 학습에 의해 주조된 것이라는 말이다. 이 주장은 논리적으로 "남성도 태어나는 것이 아니라 만들어지는 것이다"라고 하는 그 역도 성립시킨다. 남자와 여자는 생물학적 차이가 있을 뿐 인간으로서의 본성/천성상의 차이란 없다. 즉 남자/여자이기 이전에 인간이라는 공통의 인간 본성을 갖는다. 인권개념의 토대다.

학자들은 후천적 학습에 의해 주조된 남성성/여성성을 '제2의 천성'이라는 개념으로 정식화하지만, 그렇게 남성/여성으로 주조된 일반 사람들은 그것을 당연한 '제1의 천성'으로 여긴다. 제1의 타고난 천성이기에 인간이 바꿀 수도 벗어날 수도 없는 것이다.

'제2의 천성'을 천성이라 생각하고 받아들인다는 것은 그 안에 내재한 억압적 가치체계를 당연한 도리로 알고 받아들인다는 것을 의미한다. 운명, 숙명, 천성이라는 말로 얼마나 많은 억압과 비인간화가 정당화되고 있는지, 혹은 인간의 존엄이 설 자리가 없게 되는지를 보여주는 작가의 작품들은 재밌게 술술 읽히지만 밑에 숨겨진 시선만은 날카롭기 그지없다.

남성다움/여성다움에 근거해 설정된 '남성의 책임과 의무'는 '여성의 책임과 의무'와 본성적으로 달라 '지배/의존'의 관계로 설정된다. 이것은 인간다움에 근거한 '상호의존관계'보다 우선적 가치다. 태어나면서부터 남자는 남성답게 여자는 여성답게 학습된 사회에서는, 누구나 무의식적으로 자신과 상대방을 '인간으로 보기'보다는 '성별, 남성/여성'으로 보도록 길들여진다.

성별 차이가 차별을 구조화하는 이런 사회에선 개개인의 인간다움과 인간존엄, 인간답게 살기는 구조적으로 무리한 요구다. 동성애나 동성부부를 선택한 사람들에게 가해지는 사회적 억압에서 극명하게 드러나는 것을 단적인 예로 들 수 있다.

성별 차이에 근거해 사회가 규정하는 허용/금지의 삶의 방식과 영역은 성장하면서 관습과 법과 도덕 등으로 개인의 의식에 내면화되어 자신의 처지를 운명 혹은 본성으로 수용하게 만들거나 혹은 자신과 타인을 평가하는 기준이 된다. 프로이트적 개념으로 '슈퍼에고'라는 법정이다. 이 슈퍼에고야말로 기존 사회질서를 유지하는 가장 강력한 힘이다. 슈퍼에고는 구조적으로 고착화된 사회적·집단적 가치체계를 상식과 양심으로 내면화시키고, 이와는 다른 가치체계나 목소리 등을 일탈이나 비정상으로 배제하는 주요 법정이다.

2. 인간으로 살기의 어려움: 성폭력 그 외로운 싸움

「이 꽃 같은 나라」와 「앵무조개 어금니」 두 작품은 성폭력 사건 피해자가 사회 속에서 어떤 처지에 놓여있는지를 들여다본다. 작가의 시선은 '성폭력 피해자의 자기 드러내기'와 '진상규명 – 사실관계 입증'에서 벌어지는 힘들고 외로운 싸움에 초점을 맞추고 있다.

성폭력 피해자는 대부분 피해 사실이 드러나기를 꺼린다. 설혹 드러낸다 하더라도 일 대 일 관계로 발생하기 때문에 진상규명, 사실관계 입증부터 녹록지 않다. 미투(me-too)운동에 힘입어 '나도 피해자'라는 말이 이전보다는 쉬워졌을지 모르나 아직 소수다. 또한 드러내더라도 '피해자라는 주장'과 '사실관계-진상규명' 사이의 거리는 지난하기만 하다.

「앵무조개 어금니」는 과거 담임에게 성추행당한 전력이 있는 딸 윤주와 엄마의 이야기다. 졸업 후 인턴으로 근무하던 윤주는 직장 상사에게 성폭행을 당해 트라우마에 시달린다. 자살의 고민 끝에 가출을 선택한다. 위력에 의한 성폭력 피해자다.

성폭력 원인과 상관없이, 남성중심적 성인지 의식이 지배적인 사회에서 성폭력 여성 피해자는 우선 피해 사실이 드러나는 것을 꺼린다. '도대체 여자가 어떻게 처신했기에'라는 역풍에 휘말리거나, '이미 여자로서 망가진 비정상품' 정도로 취급하는 사회적 무의식이 지배하고 있기 때문이다.

성폭력 피해자를 상처 입은 인간으로 보기보단 '구제할 가치가 있는 여성다운 여성인가'를 사전 심사하는 '사회적 무의식'은 필연적으로 2차 가해로 이어진다. 피해 여성에게도 들어있는 사회적 무의식은 '수치심'이라는 '자기혐오'를 피해자 스스로 자처하게 만들기도 한다.

이런 구조적 억압이 지배적인 사회에서, 2차 가해를 두려워한 윤주의 도피는 누구도 비난하기 어렵다. 같은 피해를 당하고 자살을 시도한 동료의 부모가 피해 사실을 증언해 주길 요청하지만, 윤주는 자신의 피해 사실을 드러내기보다는 차라리 가출로 사라져 버리기를 택한다.

안타깝게도 윤주의 침묵은 자살을 시도한 동료의 성폭력 진상규명을 불가능하게 만든다.

「이 꽃 같은 나라」는 열일곱 살 딸 수나를 강간살인으로 잃은 엄마가 딸의 죽음의 진상을 밝히려 애쓰는 이야기다. 가해자로 의심되는 진호는 시골 마을 유지인 교장 아들이다. 교장과 파출소 소장의 결탁으로 진상규명은 어려워지고, 목격자인 버스 기사의 진술만이 유일한 희망이지만 그도 금권의 위력에 입을 닫는다.

두 작품 모두 진상규명의 출발 앞에서 벽을 넘지 못해 응보

적 사회정의는 시작조차 할 수 없다. 다행히 작품의 결말은 출발의 벽을 넘어선다. 가출했던 윤주는 녹음 증거를 보내옴으로써 동료 죽음의 진상규명을 위한 실마리를 제공한다. 수나 엄마는 가해자의 또 다른 성폭력 장면을 직접 채집함으로써 진상규명의 첫 단추를 꿴다. 그러나 작가의 시선은 작품의 결말이 아니라 과정에 집중되어 있다.

「앵무조개 어금니」에서 피해 사실을 끝까지 숨기려 했던 윤주가 폭로를 결심한 것은 어째서일까? 그녀에게 용기를 불러일으킨 것은 어쩌면 자기 자신보다는 동료의 부모나 제2, 제3의 또 다른 피해자를 위해서일 가능성이 크다. 폭로로 야기될 자기 피해를 감수하겠다는 자기희생이 들어있는 선택이다.

'자신의 피해 사실을 드러내는 증거는 숨겨져야 한다'는 현실의 소리 vs. '제2, 제3의 또 다른 피해자를 위해서 증거는 드러나야 한다'는 마음의 소리. 이 딜레마 사이에서 윤주는 직접 나타나지는 못하되, 증거를 우편으로 전달하는 간접방식을 택한다. 바로 이 우편전달 방식에 작품의 포인트가 있다. 자기희생을 선택한 윤주의 깊은 고민의 과정을 암시하는 부분이다. 이렇게라도 선택하기까지 얼마만큼 고민하고 용기를 쥐어 짜내 마음의 소리를 따르려 했는지 상상의 공감대가 열리는 부분이다.

「이 꽃 같은 나라」는 사회적 약자들의 문제해결에 사람들의 공감과 지지가 어떤 역할을 하는지, 이와 대비해 공감과 지지가 없는 경우를 비교한다.

강간살인의 진상을 규명하러 뛰어다니는 수나 엄마를 공감하고 지지해 주는 사람은 아무도 없다. 남편조차 아무런 상의 없이 딸의 시신을 화장해 버리곤 잊자고 한다. 그러나 수나 엄마는 자신을 짓누르고 있는 고통을 잊지도 벗어나지도 못한다. 자신의 삶을 포기하면서까지 진상규명을 위해 뛰어다닐 수밖에 없다.

그런 와중에 터진 세월호 사건을 보며 수나 엄마는 절절히 가슴 아파한다. 세월호 분향소를 찾아 아이들 영정 앞에서 차마 '좆 같은 나라'라고 욕할 수 없어 '꽃 같은 나라'라고 돌려 말한다.

강간살인으로 딸을 잃은 엄마의 이야기를 주요 스토리로 전개하면서, 엄마의 아픔과 고통을 표현하기 위해 이미 사회적 공감대를 얻었던 세월호 사건 부모의 아픔과 고통을 불쑥 들여온 것은 손쉬운 차용으로 볼 수 있다.

작품의 주제를 자식 잃은 엄마의 고통이나 부모애로 본다면 분명 그렇게 볼 수 있다. 그러나 작가가 겨누는 것은 그것보단 오히려 현실의 역학관계 속에서 수나 엄마와 같은 약자가 어떻게 무너지고 망가지는가, 그리고 사회가 그것을 어떻게 방치하는가이다.

여기서 세월호 사건이 갖는 작품적 역할이 드러난다.

'세월호 침몰로 자식을 잃고 지지해 주는 시민들과 함께 진상규명을 위해 천막농성하는 부모들'과 '죽은 딸의 진상규명을 위해 홀로 뛰어다니는 수나 엄마'는 병렬 배치된다. 억울하게 자식 잃은 부모 마음의 고통은 그 각각을 감히 비교할 수도, 비교해서도 안 될 것이다.

그러나 현실사회에서는 규모의 크기도 중요하다. 세월호 사건은 전 국민의 관심사와 지지가 있었고 국민적 차원의 진상규명 요구는 하나의 사회적 압박/힘으로 작용했다. 그래서 사고로 마무리될 뻔했던 수사가 사건으로 정립되면서 진상규명과 책임자 처벌이라는 국면전환을 맞을 수 있었다.

반면 수나 사건은 뉴스 한 줄에 그친다. 수나 엄마의 싸움은 힘이 되어줄 지지자 하나 없는 외로운 싸움이다. 지방 유지와 파출소장의 결합(권력)과 금권이라는 힘에 대응하는 방법은 남편처럼 포기하고 살거나, 아니면 모든 것을 걸고 싸우는 수밖에 없다. 수나 엄마는 후자를 택했고 자기 자신의 삶을 포기(희생)할 수밖에 없었을 뿐이다.

작품의 결말은 다행히 수나 엄마가 남편과 함께 증거 채집에 성공한다는 전환을 보여주며 끝난다.

3. 인간으로 살기의 어려움: 여성에서 인간으로,「목탁」

작품 줄거리 뼈대는 주인공 화자話者가 노쇠해 임종을 앞둔 친정어머니를 바라보면서, 친정어머니의 일생과 자신의 생을 되돌아보는 방식으로 전개된다. 회상의 과정을 통해 주인공은 그동안 상황에만 휩쓸려 살아왔던 자신의 현재적 자아를 비로소 대면하게 되고 작품은 그렇게 마감된다.

회상 속에 드러난 삶에는 모녀 2대에 걸쳐 겪어온 가정폭력의 온갖 양상이 총망라되어 있다. 남편의 외도, 바람기, 매 맞는 아내, 강제적 성관계, 아들 못 낳는 구박 등에 아동폭력까지 더해진다. 외할머니의 삶도 순탄치 않았다는 암시를 감안하면 모계 삼대에 걸친 가정폭력사의 이야기다. 모계 삼대로 이어지는 여성 억압은 하나의 끈으로 이어진 염주와도 같다.

작중 수시로 등장하는 목탁소리는 주인공이 '현재적 자아'와 대면하면서 '자기인식에 이르는 과정'을 상징적으로 비유해 주는 장치다. 회상에 묘사된 모계 여성 억압의 역사는 주인공의 현재적 자아가 형성되는 과정, 억압과 폭력에 학습되고 길들여 익숙해진 주인공 자신의 모습을 드러내 준다. 동시에 자신을 조금씩 대면해 가는 과정에서 목탁소리는 다양하게 변용된 양태로 병치되는데, 목탁소리의 상징성을 통해 주인공의 자의식이 조금씩 깨어나고 있음을 비유적으로 보여주는 장치다.

주인공의 친정엄마는 남편의 역마살과 바람기, 소위 한량족 남자가 가하는 방임의 정신적 심리적 폭력으로 억압된 삶을 사는 여성이다. 또한 자식 낳지 못한 죄인으로 도대체 이런 세상 살고 싶지 않은 여성이다. 일생을 지배하는 억압에서 엄마가 벗어나는 방법은 죽거나 가출하는 일이다. 하지만 엄마는 둘 다 하지 못한다.

엄마의 죽음을 가로막은 사람은 외할머니다.

"이년아, 찬물에만 위아래가 있는 게 아니라 먹고 죽어나자빠질 양잿물에도 위아래가 있고, 오리알터(저수지)에 뛰어드는 순서도 위아래가 엄연헌 법이여. 늬가 어찌 나를 앞지를 생각을 다 품는 것이냐, 이?"

외할머니의 호통에 엄마는 다시는 죽을 생각을 하지 않았다고 한다. 어떻게든 살아내야만 하는 이 생을 견디라며 외할머니가 건네준 건 염주였다.

"속상하고 안 좋은 맴이 들거들랑 이거 한번 굴려봐라. 세상사가 이 염주맹키로 술술 넘어갈 때도 있을 것이다."

염주로 전해준 외할머니의 삶의 방식은 '인내'다. 염주알을 굴리면서 번뇌와 고통을 소멸시킨다는 원래의 의미보다는, 굴리면서 고통을 견디라는 인고의 삶이 전해지는 것이다. 그렇게 염주를 굴리며 살다 엄마는 겨우 딸 하나를 낳는다. 이렇게 태어난 주인공은 엄마의 새로운 업이 되고 만다.

여전히 대를 이을 아들을 못 낳은 친정엄마는 방랑벽과 외도를 그치지 않는 남편과 가정으로부터 벗어나기 위해 이번에는 탈출/가출을 꿈꾸지만, 이제 어렵게 얻은 딸, 주인공이 엄마의 탈출을 막는 새로운 굴레다. "어미 없이 남의 집 담벼락에 코 비틀고 앉아 있을 나 때문에 죽지도 도망치지도 않았다는 사실을 엄마는 몇 번씩 내게 일렀다" 탈출의 꿈을 가로막는 "나는 당연히 엄마의 화풀이 대상이 돼야만 했던 걸까? 엄마의 손찌검이나 매타작은 엄마 눈물에 비례해서 날로 늘어났다."

엄마의 화풀이로 시작된 매타작은 주인공이 폭력을 학습하는 시발점이 된다. 엄마가 당한 피해는 자식에 대한 가해-화풀이라는 새로운 폭력으로 가지치기 하고, 엄마에게 당한 매타작에 길들여진 나는 결혼 후엔 남편의 폭력에도 익숙해진다.

아들은커녕 딸 하나 없지만 오로지 여성만이 '애 못 낳는 여자'라는 죄인이다. '나'는 묵묵히 시어머니의 핍박과 남편의 폭행을 견뎌낸다. 갈수록 더해가던 남편의 폭행은 결국 접근금지 명령까지 받을 정도로 가속된다.

어느 순간 주인공은 자신에게 되묻는다.

"남편의 폭력 성향은 유전일까? 그래서 그토록 혐오해 마지않았던 일들이 DNA 어딘가에 꼭꼭 숨겨져 있다 때가 되면 마치 야행성 짐승의 이빨처럼 드러나는 것일까? 전문가들은 그게 후천적 학습에 기인한 행동이라고 설명하는 걸 들은 적이 있기는 하다. 호된 시집살이를 한 며느리가 시어미 노릇 독하게 한다는 속담도 그래서 생겨났을 것이다. 그렇다면 어릴 때부터 엄마에게 적잖이 맞고 자랐던 나에게도 매타작 대상으로서의 후천적 학습이라는 게 있는 걸까? 그리고 나아가 그게 내고유한 유전자일 수도 있을까?"

후천적 학습에 기인한 행동들은 말 그대로 후천적이라서 선천적으로 결정되는 유전자 요인이 아니다. 다만 후천적으로 학습된 사회적 가치체계들이 내면화되면서 개인의 무의식으로 체화되기에 마치 선천적인 유전자의 작용처럼 착각될 뿐이다. 이렇게 전도된 무의식을 통해 후천적인 것을 선천적인 것인 양 받아들일 때 현실은 운명/숙명이 된다.

남편의 폭행과 억압에 익숙해진 자신이 선천적인 탓인지 후천적인 탓인지 혼란스러워하면서도 동시에 이 혼란에 답을 줄 단서 또한 찾아나간다. "나는 엄마 배 속에서 나오긴 했어도 엄마 배포를 물려받지는 못했다"는 주인공의 자기진단은 엄마보다 더 심한 억압상태에 있으면서도, 엄마와는 달리 현재로부터 벗어날 적극적인 행동을 하지 못하는 자신의 처지를 되돌아보게 한다. 선천적이라면 적어도 엄마 배포만은 물려받았을 터인데 그러지 못한 자신을 본 것이다.

주인공에게 엄마는 이중적 인물이다. 엄마의 매타작은 남편의 폭력에 길들여진 현재적 자아를 만든 원인 제공자이다. 그러나 마냥 견디지만 않고 다양한 방식으로 탈출을 모색하는 엄마의 생은 동시에 주인공의 자기인식을 돕는 요소로 작동한다. 이 과정은 작품 속에서 목탁소리와 함께 진행된다.

목탁소리의 다양한 변용은 주인공의 의식에서 변화/차이가 발생하고 있음을 비유한다. 환청이라는 새로운 현상은 차이가 발생한다는 의미다. 환청은 원본을 대상으로 일어나는 재현이지만 원본과 재현은 결코 동일한 것이 아니다. 목탁소리 원본인 '그냥 소리'가 없는데도 환청(재현)을 듣는다는 것은, 오히려 듣는 쪽에서 차이가 발생했음을 암시한다. 또한 어떤 소리는 "현실인지 환청인지 모를 아득하고 먼 소리"로도 들린다. 듣는 주체의 이 차이는 '목탁소리의 상징성'과 연계된 의식의 변화를 연상시킨다. '딱, 딱, 딱, 딱' 소리를 이전과는 다른 소리, 다른 양상으로 듣는 주체 쪽의 변화, 즉 의식 쪽의 변화, 의식의 분화를 비유한다.

목탁소리의 이중성과 대비하자면, 주인공이 '딱, 딱, 딱, 딱' 원본에서 '일깨우는 소리'라는 상징을 듣기 시작했고, '일깨우는 소리'는 혼돈스럽게 진행되고 있으며, 이것은 목탁소리의 상징성에 눈뜨기 시작한 자의식의 발생 과정과 비교된다. 의식에 차이/분화가 발생하고 있으며, 논리적으로 설명할 수 없는 혼돈을 반복하며 변화하고 있는 것이다.

"불현듯 내 생의 목탁은 엄마였다는, 뭔가 깨달음 같은 게 내 머리를 스친다. 남편을 기다리지 않아도 좋을 것이란 생각이 든 건 그때다. 나는 염주를 손안에 쥐고 아주 빨리 반질반질하게 손때 묻은 나무 구슬들을 굴리기 시작한다. 지금 반드시 무엇이든 깨달을 수 있는 절호의 기회라도 맞은 것처럼….."

주인공이 나름대로 새로운 자각에 이르렀음을 보여주는 결말이다. 이제는 "남편을 기다리지 않아도 좋을 것"이라 생각하며, 엄마의 염주를 이어받은 주인공은 이전의 주인공과 동일인이 아니다. 엄마와는 달리 구슬 하나를 넘길 때마다 예전의 자신을 하나씩 버려가는 훈련을 시작할 것이란 암시를 함축한다. 주인공이 앞으로 어떤 삶을 살아갈진 모르지만, 분명한 것은 예전의 방식과는 다른 삶이 될 것이라는 점이다.

사람들이 어떤 것을 수용/거부 혹은 긍정/부정하는 데는 기준이 필요하다. 대부분 우리의 기준은 해당 사회에서 후천적 학습에 의해 내면화된 가치체계다. 프로이트적 슈퍼에고다. 문제는 바로 사회적으로 공인된 이 가치체계에 대한 의문이 발생할 때, 이에 대한 판단기준은 없다는 것이다. 남성중심 가부장 사회의 무의식에 길들여진 주인공이 새로운 자아를 재정립하기 위해선 스스로 답을 찾을 수밖에 없다. 철학자들이 이성의 비판적 기능을 강조하는 이유다.

프로이트적 슈퍼에고를 비판하기 위해 사람들이 호소하는 법정은 이성과 양심이다. 그러나 이때의 이성과 양심이라는 법정은 비非-프로이트적인, 오히려 소크라테스나 칸트적 이성과 양심-기존의 가치체계나 제도의 구조 등을 비판하는 인간 내면의 초월적 법정이다.

사람들이 흔히 '마음의 소리'로 비유하는 이것은 사회적 무의식이나 개인의 무의식적 슈퍼에고와도 다르다. 오히려 슈퍼에고까지도 비판적으로 사고할 수 있는 어떤 초월적-비판의 소리다. 설명하기 어려운 마음속의 어떤 명령을 만날 때, 우리는 '마음의 소리'라는 말을 쓸 수밖에 없다. 이 내면의 법정을 전제해야만, 우리는 우리의 무의식에 들어앉은 슈퍼에고를 대상화할 수 있다.

충忠을 절대적 가치체계의 근간으로 하는 유교적 왕조시대에, 맹자가 다른 사상가들과는 달리 역성易姓혁명을 정당화할 수 있었던 논거도 맹자에게는 사단四端이라는 내면의 법정이 있었기 때문이다.

목탁의 주인공은 이제 '마음의 소리'를 만났다. 어쩔 수 없다고 여겼던 여자의 일생이 선천적 운명이 아니라 후천적 학습의 산물이라는 자각이 생긴 것이다. 이제 '주조된 여성'에서 '지향하고자 하는 인간상'을 비판적으로 재정립하는 것은 주인공의 과제다. 여성에서 인간으로의 첫 발걸음을 뗀 것이다.

4. 인간으로 살기의 어려움: 남성 억압,「만년 과장, 피 씨」

작품은 대기업 계열사에서 구조조정된 화자 김 부장으로 시작한다. 김 부장은 지하철에서 천 원짜리 구두약을 파는 전 회사 동료 피 과장을 우연히 보게 된다. 승객들의 마뜩잖은 눈초리를 견디며 커다란 목소리로 물건을 파는 행위는 전직 대기업 과장에게 결코 쉬운 일이 아니다. 그럼에도 아무 거리낌 없이 당당하게 구두약을 팔고 있는 그를 보면서 김 부장은 회사 시절 피 과장이라는 인물을 떠올린다.

우선 피 과장에 대한 객관적 사실이다. 피 과장은 고졸 출신으로 김 부장보다 나이도 근속 년수도 많지만 '만년 과장'이다. 1990년대 노사분규 시절 구사대를 지휘하는 부서에 근무했고, 회사가 정상화된 후엔 현장관리직 등 여러 부서를 옮겨 다니다 연체독촉과에 오게 되고, 연체독촉과로 영락해온 김 부장과 만나게 된다.

다음으로 회사 내 피 과장에 대한 소문이다. 과거 조직폭력배였으며 필요한 경우 그 연줄로 윗사람들을 협박해 해고당하지 않았다는 것이다. 구사대 근무 이력에, 폭력배라는 소문에, 만년 승진 탈락자라는 오명에 사람들이 꺼리는 부정적 인물이다.

마지막으로 김 부장이 연체독촉과에 오면서 그를 직접 겪으며 알게 된 인물상이 있다. 이 인물상은 양가적이다.

일단 피 과장은 성실하고 맡은 일에 최선을 다하는 긍정적인 인물이다. 자신보다 나이가 어린 김 부장에게도 깍듯이 대우하고, 밝고 희망찬 모습으로 동료들과 사무실에 활기를 도모하려 애쓴다. 회사가 어려워지며 사장부터 맨 아래 사원까지 모두 무력감에 젖어 제 살길만 찾는데 그는 맡은 일에 늘 최선을 다한다. 스스로 공부해 업무상 고소장을 직접 쓸 만큼 법적 지식도 풍부하다. 고졸 학력을 벗기 위해 방통대를 졸업하고 야간대 석사까지 마쳤지만 승진도 안 되고 이직도 어려워 그냥 회사에 남아있다.

반면에 이와는 전혀 다른 모습도 보여준다. 자신에게 갑질하는 윤 이사에게 들이대는 피 과장의 모습은 김 부장을 놀라게 한다. 업체에서 뒷돈 받아 챙기는 윤 이사의 멱살을 쥐고 비리를 겁박하며, 자신의 성씨 피를 내세워 "피맛을 보고 싶냐" 운운할 때는 폭력배라는 소문이 사실 같다. 또한 연체독촉 업무 시, 연체금이 미납된 거래업체 사장에게 가차 없이 지불각서를 쓰게 하는 냉정한 인물이다.

작품을 통해 묘사된 피 과장은 경력, 소문, 경험 등에 따라 양가적 해석이 가능한 인물이다. 작가의 주인공 비틀기는 독자로 하여금 주인공의 정체성을 규정하기 어렵게 만든다.

유능하고 성실하며 배움에 대한 열의도 있고 인간성도 좋은 사람인지, 구사대, 현장관리, 연체독촉과 등에 걸맞은 잔인하고 피도 눈물도 없는 폭력배인지 모호하다. 작품에서는 구사대나 현장관리 부서에서 구체적으로 어떤 업무를 수행했는지 밝히지 않고 조직폭력배 이야기도 끝내 소문으로만 남겨둔다.

캐릭터를 이처럼 모호하게 설정한 작품의 의도가 궁금하다. 그러나 피 과장의 인간적 캐릭터를 양가적으로 읽는 과정에서 자연스레 두 가지 의문이 떠오른다.

첫째는 만약 피 과장이 소문과는 전혀 다른 사람, 실제로는 능력 있고 성실하고 따뜻한 사람이라면 도대체 왜 그런 소문이 발생했고 상종 못할 인간 취급을 당할까? 라는 의문이다. 작품의 흐름에서 읽을 수 있는 답은 학벌 기준 사회의 부조리성이다.

피 과장의 구사대 배치나 승진 누락이, 실은 소문처럼 폭력배 출신이어서가 아니라 고졸 학벌 때문이며 그로 인해 사람들이 기피하는 부서에 배치되었고 승진에서도 탈락되었다고 볼 수 있다. 그렇다면 왜곡은 피 과장 캐릭터 차원이 아니라 학벌이라는 제도적 차원에서 발생한 것이다.

첫 부서가 구사대 현장이다 보니 이후에도 현장과 관련된 유사한 부서로만 배치되고, 승진은 못한 채 그런 부서만 돌다 보니 뒤따르는 주먹 이미지가 인물에 따라붙게 되었을 수 있다.

만일 그렇다면 그의 실제 성격이나 업무능력과는 상관없이 학벌이라는 요인이 피 과장의 성격과 이미지를 왜곡시켰다는 말이 된다. 시간이 지나면서 이런 왜곡된 허상은 진상이 된다. 역으로 그가 원래 폭력적 인물이었기에 그런 업무를 맡게 되었다는 전도가 일어난다. 사람들은 그를 폭력배라고 수군거리고 경멸받아 마땅한 사람으로 취급하게 된다. 실제로는 성실하고, 업무능력은 다른 사원들보다 훨씬 뛰어난데도 말이다. 이런 현상은 학벌 기준 조직사회에서 발생하는 제도적 부조리다. 학벌이 인물의 능력이나 성격의 진상을 가려버리고 학벌이 능력과 품위를 결정해 버리는 부조리한 왜곡이다.

둘째는 작품 말미에 김 부장이 제기한 의문이기도 하다. 능력과 노력에 비해 대접도 못 받고 승진도 안 되는데 도대체 왜 그렇게 열심히 일하는가? 답은 작품의 결말에 드러난다. "부장님, 무슨 대단한 철학이 있는 것은 아닙니다. 우리 식구 먹고 살았으면 되었고, 내 아들놈 번듯하게 키웠으면 되었습니다. 개천가 판잣집에서 살던 부모님에게 집도 장만해 주었고, 재벌 회사 다닌다고 시골에서는 사법고시 붙은 것만큼이나 대단하게 생각들을 했지요. 그리고 이유야 어찌되었든 나를 자르지 않고 아침이면 출근할 수 있도록 자리도 내주고…."

피 과장의 답변은 작품을 읽어나가는 동안 따라다니던 의혹을 단숨에 날려버린다. 도대체 이 사람은 어떤 인물이야? 실제 폭력배 전력이 있는 걸까? 성실하고 능력 있는 피 과장에게 그림자처럼 따라다니던, 영화의 한 장면처럼 노동자들을 몽둥이로 후려치는 구사대 모습은 작품 내내 쉽게 떨쳐지지 않았다.

그런데 이런 의심과 궁금증이 마지막 답변에 이르면 '그냥' 사라져 버린다. 더 이상 피 과장이 어떤 사람인진 중요치 않게 된다. '성실하게 가족을 부양한 가장'의 얼굴만이 독자의 마음을 풀어주거나, 혹은 '아하 이런 남자였구나'라는 긍정 혹은 인정이 수반된다. 피 과장에 대한 양가적 감정이 긍정 쪽으로 순식간에 이동해 버린다.

경기의 흐름이 어떻다든지 고용시장의 상태가 어떠한지는 변명이 될 수 없다. 이유와 상관없이 실업·실직·직장에서의 해고는 무능을 상징하고 더 나아가 생계부양을 못하는 남자는 아예 남자 역할을 못하는 인간으로 규정된다. 리어카를 끌건 사기를 치건 생계부양을 해야만 일단 남자로 인정되고, 그렇지 못하면 사회적 인정은 고사하고 주변 사람이나 가족의 인정조차 받기 어렵다.

무엇보다도 가장 심각한 것은 생계부양의 책임을 하지 못한다는 죄의식은 우선적으로 당사자 자신의 '자기부정/존재인정의 실패'를 초래한다. 이것은 남성중심주의 사회의 최심층 구조에서 작동되는 무의식이기에 평생 벗어나기 힘들다. 그래서 아무리 싫어도 필요하다면 아부를 해야 하고, 너를 밟고서라도 내 밥그릇은 지켜야만 한다. 양심보다 더욱 우선적인 가치는 사회적 무의식에서 작동하고 있는 '남성 생계 책임'이기에, 이를 수행코자 하는 '남성의 자기인정의 욕구'가 남성들을 조종한다. '생계'는 남자의 정체성을 규정하는 절대적 지상명령이자, 물러설 수도 도망갈 곳도 없는 남성 존립의 마지노선이다.

"미스 김, 시집이나 가지?"라는 말은 동시에 '여자는 도망갈 곳이라도 있잖아'의 또 다른 표현일 수 있다. 듣는 여성으로서는 기막힌 말이지만, 구조적으로 내면화된 무의식이기에 여성의 무의식에도 들어있다. 직장생활이 너무 고달파 "여차하면 시집이나 가버릴까 보다"라는 말을 하는 여성이 있다면, 결혼이 여성 내면의 무의식에 숨겨진 도피처임을 드러내는 말이다. 남성에게는 이런 도피처가 구조적으로 허용되지 않는다.

피 과장의 답변은 사회적 존재인정 심사를 통과한 당당한 남성의 말이다. 그걸 듣는 순간 피 과장 캐릭터의 양가성에 대한 의심은 '그냥' 중요치 않게 되어버린다. 우리의 집단적 무의식이 인정하는 최고의 가치를 수행한 인물이기 때문이다. 피 과장이 구사대 부서에서 무슨 일을 했건, 설혹 비인간적인 행위를 했더라도 구조적 차원의 무의식적 억압이 다른 선택의 여지를 허용치 않는다는 점을 모두가 알고 있기 때문이다. 만약 피 과장이 자본의 깡패 하수인 노릇을 할 수 없다고 구사대 직장을 던지고, 고졸 학력에 다른 어려운 삶을 선택했다면 가족이나 주변 사람들은 과연 어떤 평가를 내릴까.

사회는 생계 책임 요구로 끝내지 않는다. 생계는 존재 인정의 기본이지 전부가 아니다. 생계부양에도 질이 있다. 의식주의 정도, 자식 교육의 뒷바라지 정도, 문화생활이나 사회적 유행을 누릴 수 있는 정도 등등은 남성 능력의 주요한 척도로 작용한다. 생존을 넘어선 생계의 질 수준은 가족 내 남성의 목소리 크기와 가장특권의 확장범위에 긴밀하게 연계된다. 가장특권, 사회적 지위, 금권력, 이 삼자 결합은 '남성의 능력'을 결정한다.

「절 받으시옵고」의 시어머니와 「목탁」의 친정엄마가 남편의 끝없는 외도에도 끝까지 결혼생활을 이어가는 기저에는 남편들의 경제력이 곧 남편 인정의 근간이었음을 추정해 볼 수 있다. 남편을 떠나고 싶어 하면서도 「절 받으시옵고」의 시어머니는 한 달에 한 번 시아버지에게 절을 올리고 생활비를 타내며, 고가의 물건을 사고 싶을 때면 또 절을 올린다. 남편의 바람기에 명품 쇼핑으로 자신의 존재를 과시한다.

「목탁」의 친정엄마 역시, 남편이 암암리에 어려운 친정을 경제적으로 도와주고 있었다는 사실을 무시하지 못한다.

남성의 능력은 본인만이 아니라 부양가족의 특권으로까지 연동된다는 사실은 중요하다. 이것은 다른 가족을 자신의 특권 영역에 묶어 놓을 수 있는 황금 족쇄이기도 하다. 이것은 남성들이 별다른 인간적인 고민 없이 쉽게 비인간적인 행위나 부정부패를 저지르게 하는 원동력이 될 수 있다.

사장 부인과 과장 부인과 평사원 부인의 차이는 삶의 질의 입지와 활동영역의 범위를 다르게 한정한다. '여자 팔자 뒤웅박 팔자'라는 말은 이런 현실을 정확히 꼬집는다.

자녀들의 처지도 마찬가지다. 자녀들이 누릴 수 있는 교육, 문화생활 등등은 남성 가장의 입지와 밀접하게 연동된다. 금수저, 은수저, 흙수저, 입시부정, 아빠찬스 등의 말이 범람하는 까닭이다. 「벌거벗은 공주님」에서 능력 없는 친구가 공주님이 될 수 있는 세태다.

사회에 만연하는 부정부패와 대다수 사회악은 인정받고 존중받는 '능력있는 남성'이 되어야 하는 내면의 억압구조와 무관하지 않을 것이다. 남성들의 무의식에서 사회는 일종의 전쟁터다. 전쟁에 나간 전사들에게 측은지심이나 사양지심 시비지심 등의 인간성은 기대할 수도 기대해서도 안 된다.

남성중심 사회는 구조적으로 남성을 '보다 나은 고지를 점령하는 전사'로 길러내는 구조이며, 그러한 가치를 개개인의 슈퍼에고로 내면화시키는 사회다. 남자를 '능력 추구 전사'로 주조시키면서 동시에 남성 개개인에게 '인간성'을 요구한다면, 그건 구조적 모순이자 억압이다. 남성중심 가부장 사회에서는 여성만이 아니라 남성도 자유롭지 않다.

아마도 언제일진 모르지만, 남성들의 무의식에서 생계 책임과 생계의 질에 대한 압박이 사라질 때, 그에 상응하는 남성중심적 특권의식도 같이 사라질 수 있을 것이다. 사회의 집단적 무의식에서 생계 책임이 성별 차이에 기반을 두고 있는 한 남성의 특권의식은 사라지기 어려울 것이다. 그때까진 남성도 여성도 서로 자유롭지 않다.

5. 인간으로 살아가기의 가능성: 자기성찰의 힘

21세기 여성은 사회진출이 활발해지면서 여성 스스로 자신을 독립적 인간으로 재규정하는 '선취적 의식'을 획득하고 생계 독립의 기반이 되는 경제활동에 적극적으로 참여한다.

20세기까지 기세를 떨치던 남성 의존 사고방식을 비판적으로 성찰하면서 자신의 정체성을 재정립하려는 여성들은 남성중심적-구조적 성차별에 대한 비판의식도 강하다. 자본주의 물신-금권주의 구조는 여전히 공고하지만, '남성중심주의 구조'에는 분명 균열이 생겨나고 흔들리고 있다.

그러한 균열은 다양한 형태로 나타난다. 집단적 차원에서 세대 갈등이나 성별 갈등 등으로 나타난다면, 개인적 차원에서는 일상적으로 접하는 직장 내, 가정 내, 동료 사이, 친구 사이, 연인 사이 등 어디에서나 나타날 수 있다. 갈등의 양상은 관계에 따라 다양하다.

친밀감과 혈연으로 묶인 가정 내에서는 여성의 목소리가 커진 측면이 있다. "암탉이 울면 집안이 망한다"에서 "암탉이 울면 모두가 침묵한다"로 바뀌고, "여성의 인권은 신권神權이다"라는 말까지 나온다.

이와 비교해 이해관계로 연결된 사회 전체적으로 보면 아직은 남성의 결정권이 더 지배적이고, 특히 사회지도층의 인적자원 성비는 남성에게 훨씬 더 쏠려있는 것이 현실이다. 그러기에 여성 억압에 대한 비판의 목소리에 더 비중을 두어야 하는 측면도 분명히 있다.

사회의 집단적 무의식에 균열과 갈등이 발생하는 혼란 시기는 오히려 기존의 집단 무의식에서 비롯된 자신의 슈퍼에고를 비판적으로 성찰하고 재정립할 수 있는 기회이기도 하다. 그러나 비판적 성찰이 진정한 비판이 되려면 기존의 억압구조를 정확하게 인식해야 한다. 만약 20세기까지의 성차별 비판이 여성 억압에만 초점이 맞춰져 있었다면, 21세기적 선취된 의식은 남성 억압도 함께 대상으로 놓아야 한다는 말이다. 남성의 소리에도 귀를 기울일 때 비판이 비판일 수 있다. 예를 들어 "여성도 병역의무를 이행하라"는 남자들 말도 비판적으로 검토하고 따져보라는 말이다. 황당한 반작용 억지이기에 검토할 가치도 없는 말인지 그렇지만은 아닌지 말이다.

성찰적 비판은 하고 싶다고 되는 것이 아니다. 당당한 돌싱 녀나 골드미스, 혹은 성평등주의자, 여성해방론자로 자처하는 남성 혹은 여성들조차 그들의 무의식 속에 무엇이 들어있는지 알기란 쉽지 않다. 인간은 머리로 하는 생각과 무의식의 명령 이 얼마든지 다를 수 있기 때문이다. 우리 속에 내면화된 전통 적 무의식에서 자신이 얼마만큼 벗어나 있는지는 쉽게 알 수 없다. 자신의 무의식, 자신의 내면의 슈퍼에고를 들여다보려면 어떤 계기가 필요하다. 사고실험을 통한 자문자답이 도움이 될 수도 있다.

처음 만난 데이트에서 찻값은 누가 내나? 생계 책임은 성별 에 있는가 아니면 성별에 상관없이 능력이 있는 사람이, 혹은 능력껏 함께 부담하는가? 내가 생각하는 배우자상은? 보다 능 력있는 남자/여자 vs. 보다 인간적인 남자/여자 중 선택은? 내 가 원하는 며느리상/사위상은? 내가 원하는 시집/처가상은? 바람직한 직장동료는? 등등

자문자답해보면, 머릿속 주장과 가슴속 답변이 다른 경우는 얼마든지 있을 수 있다. 여성에 대한 전통적 무의식은 변해가 고 있는데도 남성에 대한 사회적 무의식의 변화가 동반되지 않는다면, 남성과 여성은 또 다른 대립과 억압구조에 처할 수 도 있다. 만약 어떤 사안에서 남녀가 실질적·제도적으로 동등 한 권리에 이르러가고 있는데도, 사회의 집단적 무의식은 항상

늦게 따라오기에, 여성에 대한 무의식적 갑질 못지않게 남성에 대한 무의식적 갑질도 분명히 존재할 것이다. 이런 측면에서 여성들이/남성들이 개인적으로 혹은 집단적으로 분노하는 경우들이 분명히 있다.

사회가 성별대립으로 갈라져, 남성혐오·여성혐오라는 극단적 개념들이 오가고 있다는 말들이 심심치 않게 들려온다. "여성의 권리는 신권이다"라는 말이 단순히 반작용에서 나온 농담일 수도 있지만, 역으로 어떤 측면에서의 불균형을 호소하는 뼈 있는 말일 수도 있다. 고교 졸업, 대학 졸업 후 여성의 성형은 선택이 아니라 필수라는 공공연한 인식 앞에서는 울 수도 웃을 수도 없다.

성인지에 관한 사회적 무의식이 변화하는 과정에서 성별 정체성에 대한 다양한 입장들이 혼재해 있고 때론 목소리 큰 사람들의 의견이 정답처럼 인용된다. 그럴수록 목소리 크기에 휩쓸리지 말고, 자기성찰에 따른 비판적 사고로 재정립한, 자기판단이 절실한 시대에 우리는 살고 있다. 세태를 풍자하는 어떤 말들은 전문가나 학자들이 미처 보지 못한 주요 흐름을 날카롭게 꼬집는 것인 경우가 있다. 성인지 의식이 혼란한 시기일수록 나와 다른 성별이 내는 목소리에 귀기울이고 비판적으로 성찰해 볼 필요가 있는 이유다.

"네 마음의 소리, 다이몬의 소리에 귀를 귀울이라"는 소크라

테스나, "너의 이성을 사용할 용기를 가져라"라고 칸트가 강조한 것은 바로 후천적 학습의 산물인 집단무의식과 프로이트적 슈퍼에고를 절대적 명령자로 삼지 말라는 제언이다. 또한 목소리 큰 사람, 다수의 의견이라고 무조건 따르지 말라는 것이다. 남자/여자를 떠나, "인간이기에 이성적 비판능력이 있고, 존엄성을 가진 존재이고, 자기결정권이 있으며 따라서 자신이 원하는 바의 행복을 추구할 권리를 누릴 자격이 있는 존재"라는, 이 명제 하나만이라도, 진정 머리가 아니고 마음으로 믿는다면, 사람들은 많은 편견과 선입견을 비판적으로 구별해 낼 수 있을 것이다.

특정 집단의 구성원을 인간 개인이 아니라 집단의 본성만으로 취급하는 행태, 동성애에 대한 비난, 다른 종교에 대한 비난, 다른 사상을 갖는 사람들에 대한 비난 등등이 얼마나 후천적 학습의 결과물인지가 보일 것이다. 사회 속에 만연하는 차별과 배제는 집단적 무의식의 결과물이다. 집단 이전에 인간을 먼저 볼 수 있다면, 차별과 배제를 만드는 사회제도나 구조에 들어있는 문제점과 사회적 무의식에 내재한 문제점에 관심을 갖게 될 것이다.

사람들이 말해서 문제로 인식하는 것이 아니라, 바로 내가 문제로 인식하는 사안들이 있다. 이런 자각 속에 얻은 문제는 바로 나의 문제가 되고 그 문제로 억압받는 누군가에 대한 공감으로 이어질 것이다. 이해관계가 없는 타인들을 위한 연대와 지지의 출발점이기도 하다. 이런 출발이야말로 인간을 위한 사회로 개혁시키는, 아래로부터의 원동력이 된다. 다수이기 때문이 아니라 비인간적 억압에 고통받는 사람들이기 때문에 공감과 지지와 연대를 보내는 사회, 바로 작가가 꿈꾸는 사회다.

가부장적 여성폭력에 매몰된 「목탁」의 주인공이, 자신의 정체성에 대한 혼돈을 거듭하면서 자기성찰의 계기를 얻어가는 과정은 인간 속에 근원적으로 내재한 내면의 법정인 마음의 소리에 눈을 뜨기 시작했음을 보여준다.

「앵무조개 어금니」의 윤주는 현실로부터 도망쳐야만 살 수 있었음에도 불구하고 타인을 위해 죽을힘을 내어 피해 사실의 증거를 제공한다. 윤주의 마음속에서 '마음의 소리'가 어떻게 눈을 뜨게 되었는지 구체적으로 드러나 있진 않지만, 독자는 작품의 맥락과 행간에서 그 고민을 느낄 수 있다.

「만년 과장, 피 씨」의 피 과장이 직장동료들의 조롱과 따돌림에도 모른 척하고, 남들이 혐오하는 구사대 업무를 보면서 과연 어떤 생각을 품고 살았을지 상상력이 필요하다. "직장인들은 주머니 속에 사표 한 장 넣어놓고 다닌다"는 말은 피 과장에게도 해당되는 말일 것이다.

권영임 소설집은 21세기 성정체성 혼란의 시대에 '인간을 위한 성평등'에 대한 성찰의 계기를 제공해 주리라 본다. 무거운 주제에도 불구하고 작가의 글들은 우선 재밌다. 재미있으면서 생각거리를 제공한다. 주인공의 삶을 따라 읽다 보면 어느새 인간을, 주변 사람을, 나 자신을 되돌아보게 만드는 문제의식이 떠오른다.

　소설집 중에서 어떤 작품이 특히 재밌는지, 어떤 작품이 생각을 자극하는지는 사람마다 다를 것이다. 다만 어떤 생각거리가 떠오른다면 그냥 지나치지 말고 사회적 맥락에서 곱씹어 보길 바란다. 그러다 보면 처음엔 미처 보지 못했던, 주인공의 행동을 지배하는 무의식, 주인공의 내면을 보게 될 것이다. 그런 와중에 우리가 일상생활 속에서 만나는 남자와 여자, 즉 인간에 대한 이해의 폭이 넓어질 것이라 기대한다.

작가의 말

—

숨길 수 없는 두려움을 가득 안은 채 또 한 권의 소설집을 세상으로 떠나보냅니다.

우리 사회에서 약자로 살아가는 이들에게 보내는 위로의 글이 되기를 희망하면서 쓴 작품들입니다. 굽이굽이 인생의 길목에서 만난 작품 속 인물들은 모두 제 체험과 떼어놓을 수 없는 연장선상에 있습니다.

출구 없는 비정규직의 차별, 대기업 골드미스라는 허울 속에서 구조 조정에 시달리는 초라한 신분의 여성, 생계로 발목 잡혀 남의 인생을 살아야 하는 빈곤한 가정의 자식, 돈이면 안 되는 것이 없는 자들의 추악한 행태, 쓸모 없어질 때까지 회사를 위해 몸 바쳐 일하다 소모품처럼 버려지는 직장인의 애환을 담았습니다.

오래전에 쓴 작품들이긴 해도 당대의 상황들을 고스란히 전하고 싶은 마음이 앞서서 크게 손보지 않았습니다. 그때나 지금이나 약자들의 삶은 별로 달라진 게 없다는 것을 확인했습니다. 작품을 다시 보면서 여성들은 차별이 아닌 생존을 말해야 할 만큼 오히려 더 열악해졌다는 것도 알았습니다.

개인의 문제가 아닌 잘못된 사회 시스템의 톱니바퀴 속에서 짓밟히고 부서지는 약자에게 조금이라도 위로가 된다면 더없이 좋겠다는 기대를 합니다.

사회적 참사를 겪으면서 우리는 어떤 노력을 통해 함께 울고, 웃을 수 있는 인간다운 공동체를 만들어낼 수 있을지에 대한 고민을 담았습니다.

이십여 년의 직장생활을 하는 동안 죽을 만큼 힘들었을 때, 마흔 살 넘어 대학에 입학한 뒤, 지쳐 포기하고 싶을 때마다 책 속의 문장들을 읽으며 다시 일어설 수 있는 용기를 얻었습니다. 그게 하루를 살아가는 데 버팀목이 되어주기도 했지요. 세상의 문장이 나를 일으켜 주었던 것처럼, 내 문장 하나가 우리 사회 약자들에게 따뜻한 위로를 주는 공명이 되기를 소망합니다. 하여 내 작품 속 등장 인물들에게 언제나 따스한 마음을 잃지 말라고 주문하곤 했습니다.

'부조리한 세상을 노려보는 쌍심지 – 내가 본 작가 권영임' 발문을 써주신 김양호 교수님, 부족한 작품 하나하나에 온갖 철학적 의미를 부여해 그럴싸한 가치를 지닌 소설로 포장해 주신 김성옥 교수님께 감사 인사를 드립니다. 두 분 덕분에 두려움 뿐이던 마음 안에 용기와 기대가 깃들기 시작했으니 얼마나 든든한지 모르겠습니다. 다시 신들메를 조이고 나서렵니다.

2025년 3월
권영임